二 見 文 庫

最後の夜に身をまかせて

トレイシー・アン・ウォレン／相野みちる＝訳

BEDCHAMBER GAMES

by

Tracy Anne Warren

This edition published by arrangement with
Berkley, an imprint of Penguin Publishing Group,
a division of Penguin Random House LLC
through Tuttle-Mori Agency, Inc., Tokyo

最後の夜に身をまかせて

登　場　人　物　紹　介

ロザムンド・キャロウ	弁護士の娘
バートラム・キャロウ	ロザムンドの弟
イライアス・キャロウ	ロザムンドの父。弁護士。故人
ローレンス・バイロン	ローレンス家の八人きょうだいの下から二番目。弁護士
レオポルド(レオ)・バイロン	ローレンスの双子の兄。作家
タリア	レオポルドの妻
カールトン・テンプルストーン	高等法院の判事。男爵
フィービー	テンプルストーン男爵のひとり娘

1

一八二一年五月
イングランド　ロンドン

チャンスリー・レーンを抜けた馬車がリンカーン法曹院の正面玄関前でとまり、ロザムンド・キャロウの心臓はどさりと沈みこんだ。小さな窓の外にちらと目をやると、オーク材の大きな両開きの扉が見える。十六世紀から存在するレンガ造りの門楼に嵌《は》めこまれているのは、第三代リンカーン伯爵ヘンリー・ド・レイシーやヘンリー八世、サー・トーマス・ラヴェル――この高名な機関を創設、支援した煌《きら》びやかな人たち――の紋章だ。

「わたしの見た目、ほんとうに大丈夫？」ロザムンドは、向かいに座る弟のバートラムに尋ねた。馬車のなかは暗く、しんと静かだ。

彼は姉に一瞥を投げた。「も、もちろんだよ。そもそも、だ、大丈夫じゃなかったら、い、家の外に姉さんを出すはずがないじゃないか」

ロザムンドは着慣れない男物の黒い上着と白のベストを引っ張って整えると、じっとり湿った手のひらで黒い夏ウールのブリーチズのしわを伸ばした。弁護士が集まる今夜の晩餐会のドレスコードに合わせた黒い法服に黒い靴下。それに銀の幅広バックルがついた黒靴という装い。すべてバートラムからの借り物で、彼女の体型に合うよう手直しを加えてある。いちばん難儀なのは靴だったが、丸めた布切れを先のほうに詰めてなんとかした。

いつもと違う男物の服を着てみた感想はまだ、なんとも言えなかった。身を守ってくれるドレスなしで動き回るのは奇妙だった。体の一部をこのうえなく不適切な形でさらけ出しているような気がする。黒い靴下で覆われているとはいえ、脚を、しかもふくらはぎをさらすなんて。しかしいっぽう、はじめてはいたブリーチズは不思議なほど解放感をもたらしてくれた。固い鯨ひげで作られたコルセットの上にペチコートやドレスを幾重《いくえ》にも重ねて、苦しめられることはない。とはいえ胸に布を巻いて膨らみを平らにするのは苦しかったし、バートラムに手伝ってもらって首にクラヴァットを巻いたときは、自分が鵞鳥《がちょう》にでもなったような気がした。

しかし、男のなりをすることでもっとも動揺させられたのは、長くまっすぐな茶色の髪を切らなければならなかったことだ。キャロウ家の使用人はみな雇い主に忠実で、口も固く、秘密を外に洩らす心配などない者ばかり。そんなメイドのひとりがはさみを持ってきたとき、ロザムンドは尻込みし、バートラムの案に従って協力すると言ったのを撤回しようかとまで思った。

しかし、いつになく激しいやりとりを弟と延々と交わした末に、肩先ぐらいの長さに髪を切ってもらった。現在の流行とは大違いだが長めに残して、昔の男たちがしていたように三つ編みで垂らすのがよかろうということになった。意外にも、時代遅れの髪型は面長の顔と銀色がかった灰色の瞳によく合っていて、ロザムンドをよりいっそう真面目で成熟した男に見せた。災い転じて福となすとはこのことだった。頬にひげのないつるんとした顔立ちでは、二十八歳という実年齢よりもひどく若く見えたからだ。なにしろ、ただの男ではなく開業弁護士のふりをするのだ。

「と、とにかく、ふ、ふたりで練習したときのように、声をひ、低くするのを忘れないように」バートラムはいつものように少しつかえながら言った。

「わかってるわ」ロザムンドはふだんより低めの声を試してみた。これも不思議なことに、違和感はなかった。あったとしたら、性別を偽ることなどとうていできなかっただろう。

バートラムに先におりてもらい、ロザムンドは深く息を吸ってあとにつづいた。

中庭には、夕日に照らされた建物が長い影を落としている。テューダー様式の堂々たるレンガ造りの建物だ。

これまで、彼女がリンカーン法曹院を訪れたのは一度きり。十年以上前、周囲からも一目おかれる弁護士の父イライアス・キャロウが手早く事務仕事を片付けようと立ち寄ったときのことだ。馬車のなかにいるようきつく言われたが、ロザムンドは父のあとをこっそり尾け、従僕に追われながら敷地内を歩き回った。もちろん建物のなかに入ることは許されず、法曹院に属する会員の部屋が並ぶあたりには近づくこともできなかった。だが今夜はようやく、あのときの好奇心が満たされる。

古今の著名な会員たちの紋章や肖像画が連なるなかをバートラムと歩きながらも、眼鏡の奥の目を丸くして見とれないよう、気をつけた。女らしい柔らかさを出さぬように肩をしゃんと張り、自信に満ちた足取りでまっすぐ歩くよう意識を集中させる。

「む、娘さんのような歩き方をして、すべてをおじゃんにし、しないでくれよ」家での練習のおりにも、バートラムにそう言われたものだ。

広間に入ると、大勢の人の声が聞こえた。黒っぽい法服に身を包んだ弁護士たちがあちこちに集まり、飲み物を手に会話を楽しんでいる。

バートラムが顔を近づけてきた。「か、会食の場所に移る前にみんな、せ、世間話を少しするんだ。さあ、こっちへ。スタン、パ、パートリッジを見つけよう。そうすれば必要な、しょ、紹介をすませられるからね」

ロザムンドはこくりとうなずいたが、のどの奥が詰まりそうだった。いまのところ、周囲の男性のなかで彼女に目を留めた人はいない。でも声をかけられたら、どうすればいい？　バートラムと連れ立つ姿は、親戚同士の男ふたりに見える？　それとも、名誉ある特別な場所に女性が闖入《ちんにゅう》してきたとばれてしまう？

激しく脈を打つ音が耳元で鳴り響く。慎重に準備を重ねてきたとはいえ、わたしたちは見当違いをしていたのでは？　わたしがうまくやれるとバートラムは疑ってもいなかったけど、同じくらい自信をもてたらいいのに。でも、これはバートラムが言い出したことだ。わたしが彼の共同弁護士になりすませば、つい先日亡くなった父が手がけていた案件をさばき、惨憺たる結果を迎えるのをくいとめられる。そんな突拍子もない案を考えついたのはバートラムなのだから。

もちろん、彼が弁護士として二流というわけではない。

断じて、違う。

むしろ、かなり優れた手腕の持ち主だ。

ただ吃音があるせいで——ストレスと緊張にさらされると、きまって悪化する——

法廷でまともに論を張れたことは一度もなかった。じつのところ、これまでも裁判の場に立つのは父のイライアスで、バートラムは法律事務を一手に引き受けてきた。

人前で話すのが苦手で、できれば別の職業に就きたかったという彼に法廷弁護士になるよう迫ったのは、もちろん父だった。そんな父はロザムンドにも法学の知識を授け、法に基づいた分析能力を伸ばすよう励まし、口頭弁論を行ったり意見書を執筆する手立てを教えた。彼女は模擬法廷にも加わったが、残念ながらそれは、バートラムや父だけを前にした内輪の場にかぎられていた。女性が弁護士として開業するのは認められていなかったからだ。もし許されていたら、ロザムンドはもう何年も前に法廷弁護士として法曹界に入っていただろう。彼女にとって法律は、とても興味深く魅力に満ちたものだった。性《しょう》に合わない仕事を弟に強いるより、自分が父のあとを継ぐのを長子としてのよろこび、そして誇りにも感じたことだろう。

だが三週間前のある晩、父は書斎の机に向かった状態で亡くなっていた。いきなり動脈瘤が破裂したのだろう、と医師は言った。母はすでにこの世になく、ロザムンドとバートラムはふたりだけで残され、たちまちにして人生が一変した。

というわけでロザムンドは、四つある法曹院のうちのひとつ、リンカーン法曹院に会員として正式に認められるよう、法廷弁護士として男性のなりをしているのだった。

バートラムは年配の親戚のロスの人格を〝借りる〟ことを思いついた。さいわいロスのことは、名前や弁護士として開業するに足る資格を有していること以外なにも、弁護士名簿には記載されていなかった。ロスはロンドンを嫌って田舎に引っこんだ弁護士で、地元のヨークシャーより南に来ることはほとんどない。そうでなければ、この計画はやはりうまくいかなかっただろう。

「ロスの名前や顔を知っている人間など、ロンドンにはひとりもいない」とバートラムはロザムンドを安心させた。「それに、ロスもこの件について知ることは決してない。法曹院のほうは、会員資格の部署を取り仕切るスタン・パートリッジが、金曜の晩餐会に姉さんが、いや、我らが親戚のロスの出席に同意してくれた。会員として認められるにはこの晩餐会に三度出席しなければならないが、残りの二回はあとに回してもいいそうだ。スタンは頭の回転がいいほうじゃないけど、きわめて重要な地位にあることに変わりはない。ぼくたちが面倒なことに巻きこまれることはないよ」

面倒なことにはならない……

ロザムンドはバートラムの言うとおりであるよう祈ったが、思いがけず、心臓がダービー出走馬のごとく早鐘を打ちはじめた。

ちらと入口を振り返り、すばやく考えを巡らせる。いまからでも、撤退することは可能だ。くるりと踵を返し、誰にも見られずにこっそり退出すれば、それですむ。バートラムに手を伸ばして詫びの言葉を口にしようとしたが、彼はパートリッジを見つけようと大股で前を歩いていた。追いつく前に年かさの男性がふたり現れて、ロザムンドの行く手を塞ぐ。人ごみで弟を見失うまいと横によけたとたん、そこにいるとは思ってもみなかった別の男性にぶつかってしまった。

振り向いたその男性と目を合わせようと顔をあげ、さらに上を見あげる。百七十センチ近いロザムンドは女性にしては長身のほうで、男性と会話するときにもせいぜいが四、五センチほど視線をあげればよかった。しかし、目の前にいる彼はそそり立つようで、少なくとも十五センチは背が高い。

ロザムンドははっと息をのんだ。鼓動が変に跳ねたが、それはぶつかったせいだけではなかった。とにかく、いままで見たこともないほどハンサムな男性だったのだ。琥珀色とも黄金色ともつかぬ豊かな髪。金色と緑の入り混じったすばらしい色合いの瞳。すっと筋の通った優美な鼻。精悍なあご先に、上品ながら男らしさを感じさせる頰と下あごのライン。唇はといえば、キスをするために神がお造りになったのかと思わせるような——そんな経験もほとんどないのになぜそんなことを思ったのか、ロザムンドは自分でもわからなかった。

しかし目下のところ、その凜々《りり》しくも魅力的な唇は苦々しげに引き結ばれていた。彼は赤い液体を指から振り落としてハンカチに手を伸ばした。ロザムンドがぶつかったせいで、持っていたグラスからワインがこぼれたに違いない。

「申し訳ない」ロザムンドはすんでのところで、声を低めるのを思い出して言った。「あなたの姿が目に入らなかったようです」

背の高いその男性は手を拭きながら、ちらと視線を投げてきた。「問題ない。こういうことは得てして起こるものだ」

彼は二センチほど残っていたワインを飲み干して、通りすぎる接客係のトレイにグラスを戻すと、落ち着いてハンカチを四つ折りにしてポケットに収めた。

白いシルクのハンカチだ。バートラムがいつも使っているリネン製のものとは違う。身に着けているのも品がよく、仕立てもすばらしいが、華美な装飾はない。莫大な富をもつ者だけが誂えられる類のものだ。

「で、きみは？」凜々しく美しい彼が尋ねる。耳に心地いいバリトンの声。ロザムンドの体は不思議なことに、そして不都合なまでにぞくりとした。

かけられた言葉の意味を理解するまで、長い間があった。「ぼく？　ああ、ぼくはロザ……ロス・キャロウだ」ロザムンドは両脇に垂らした手を握りしめた。もう少しでほんとうの名前が舌先からこぼれるところだったが、なんとか押しとどめることができてほっとした。

「キャロウ？　はじめまして。ローレンス・バイロン卿だ」

バイロン？　あのバイロン一族の人間なの？

前にも聞いたことがあった。父がここ数年で何度か口にしていたことがある。ローレンス・バイロンは訴訟に勝ちつづけていることで名を知られ、貴族階級のコネクションに頼るのではなく、鋭敏な洞察力と、一心に仕事に当たる態度で法曹界でも侮り難い人物として評判を得ている。たしか、彼の長兄は公爵だったはずだ。

まあ、どうしましょう。

ローレンス卿が探るような目でロザムンドを見る。「リンカーン法曹院では新顔か？　会ったことはないようだが」

「ええ、新顔です」ロザムンドは男らしく声を低めるよう努めた――少なくとも、男が喋っているように聞こえるよう祈った。「最近、北部からロンドンに来たばかりでして」

バートラムに言われて、ロス・キャロウとしての人生を細部までこしらえ、そらで言えるよう何度も練習させられたおかげで、すらすら返事ができた。

だがローレンス卿は整った眉を寄せ、顔をしかめた。「北部の人間のような訛りがないが」

「幼い頃をこの街で過ごしてから、一家で移住したんです。ロンドンっ子のような話し方が抜けないのでしょう」

卿はうなずいたものの、目をすがめた。

彼はなにを見ているの？　ロザムンドは、居心地の悪さについ体をくねらせそうになるのを必死にこらえた。

ああ、神さま、彼に疑われているのではありませんよね？

視線を落とさぬよう注意しながら、ロザムンドはじっとしていた。

「キャロウ、と言ったな？」卿がやおら口を開く。「イライアス・キャロウの血縁か？」

安堵と痛みの入り混じった不思議な感情に全身を貫かれる。ふいに父の名前を出されて、もうこらえられなかった。激しい悲しみの波にあらがうかのように両手が震える。父がこの世にはいないという事実を受け入れるのはつらかった。威厳と説得力に満ちた声を聞くことも、父を相手に歴史や政治、文学、そしてもちろん法について論を戦わせる楽しみも二度とかなわないと認めるのは、いまもまだできなかった。

ロザムンドは涙が出そうになるのをこらえながら、うなずいた。「ええ、イライアス・キャロウは……ぼくの親戚でした」

金色と緑色の混じった瞳に憐《あわ》れみの情があふれた。「心からのお悔やみを申しあげる。親しかったわけではないが、彼は人格も優れた有能な法廷弁護士だった。彼の死は、法曹界にいる我々全員にとっても衝撃だった。大きな痛手だよ」

偽りのない卿の言葉に心動かされ、ロザムンドのなかで力が抜けた。こんな哀悼の言葉はうわべだけで通り一遍のことが多いが、彼は心の底からそう思っているように感じられた。「ありがとうございます、閣下《マイロード》」

ローレンス卿が言葉を継ごうとしているように見えた瞬間、バートラムが後ろからロザムンドのところにやってきた。彼のそばには、黒い法服を着たひょろっとしたのっぽの男性がいる。歩くときに両腕をぱたぱたさせるのが、まるでカラスだ。彼女とローレンス卿が立ったまま会話しているのに目を留めると、のっぽの男性は満面の笑みを彼女に向けた。

「おお、これはこれは」瘦せこけた体格には不似合いなほど大きな声。「すでに、誰と話をすればいいかおわかりのようだな。よろしい、じつによろしい。ところで、私はスタンリー・パートリッジだ。きみがロス・キャロウだね。というか、ここにいるきみのいとこからはそう聞いているが」

パートリッジは手を差し出さなかった。法廷弁護士同士が握手をするのは伝統に反しているからだ。代わりに、彼はふたたびにんまりして、ロザムンドの返事を待っている。

ロザムンドは大いに安堵した。パートリッジは、彼女がまさに言ったとおりの人物――つまり、男性――だということを迷いもせずに受け入れている。しかし、それと相反する声が心のなかから聞こえてきた。こんなにあっさり男だと信じられるとは、憤慨すべきではないかしら。わたしが女性だとわからないなんて、いったいどういうこと？　しかし、やはりバートラムが言うとおり、人々は自分が見たいと思うものをそこに見いだすのかもしれない。

「はじめてお目にかかります、サー・スタンリー」ロザムンドは頭を下げてお辞儀をした――これもまたバートラムに教えられた、男性に特有の礼儀作法だ。「お会いできて光栄です。このリンカーン法曹院の一員に加えていただけるよう晩餐会にお招きいただき、お礼申しあげます。つい最近ロンドンに来たばかりのぼくを快く受け入れてくださるとは、あなたはじつに寛容な方だ」

「いやいや、我々弁護士は兄弟のようなものだ。きみもそのうちわかるだろうが」

パートリッジはベストのポケットに両手の親指を引っかけ、少しそっくり返るような姿勢になった。「バートラムがきみを高く買っている。まあ、きみの親戚なのだから、当然と言えば当然だが」一瞬の間を置き、自分の冗談にくつくつと声をたてて笑う。「家柄はどうであれ、我々の世界では頭の切れる新顔はつねに大歓迎だ。そうじゃないかね、ローレンス卿？」

　静かな傍観者でいたローレンス卿は真顔でうなずいた。「おっしゃるとおりですね。新人を迎えるのを口実に酒がふんだんに振る舞われるときはとくにそうだ」

　一瞬、誰も口を開かなかった。

　だが、サー・スタンリーが高らかな笑い声をあげた。「おっしゃるとおりですな。まったく、卿のおっしゃるとおり。上等な酒を楽しむことができないやつは、男の風上にもおけない。ほかの誰かが勘定をもつのなら、とくにそうでしょう？」

　ローレンス卿は表情ひとつ変えずにいたが、不遜な感じの輝きが目に浮かんだ。一見すると世慣れて洗練された雰囲気の陰に、どんな男性が隠れているのだろうか。ロザムンドはなおのこと、気になった。抜け目なく機知に富んでいるのは確かだ。しかも、それとなく人の心を刺激する才能がある。気まぐれで、行動が読めないところもありそうだ。機先を制してライバルのやる気をくじくのも、日常茶飯事だろう。卿と法廷でやり合う機会がないのはいいことだ。きっと、彼を打ち負かすのはじつに厄介なことだろう。

「さあ、きみをあちこちに紹介して回らなければならない、キャロウ。いつまでもローレンス卿を独り占めするわけにはいかないぞ。夜が更ける前に会っておくべき人々が、大勢いるんだからね」パートリッジは混み合った部屋中を指すように黒く長い袖を振ってみせたが、その様子はコウモリを思わせた。

集まった男性たちを目にして、ロザムンドはあらためて緊張を覚えた。励ますような表情のバートラムと目を見交わし、ふたたびその場を離れた。そうするあいだも、ローレンス卿の視線が自分に注がれていることに気づいた。

本能的に目を伏せたくなる。だが男性のあいだでは、そんな振る舞いは弱さを露呈するものだ。この状況では、そんなふうに見られることがあってはならなかった。

男らしさを見せるのよ。男なら当然することをやりなさい。

ロザムンドはローレンス卿を見据えた。

彼も見つめ返してくる。

わずかにあごをあげてみた。

すると彼は、片眉をくいとあげた。

ロザムンドはまばたきをせぬよう自分を抑えた。

卿は、まばたきなど必要ないという顔。

「もう、よろしいかな」パートリッジは、無言の決闘が続いているのにも気づかずに声をかけた。

ローレンス卿はまだしばらく目を凝らしていたが、パートリッジに視線を向けた。この数秒など存在しなかったかのようにゆったりと大らかだが、この場を制しているのは自分だと言いたげな振る舞いだ。

「もちろんですとも。いつもながら楽しかったですよ」ローレンス卿はパートリッジに、そしてバートラムに会釈をした。彼が同じように頭を下げるのを見て、卿はふたたびロザムンドに目を向けた。「キャロウ。会えてうれしかった。ぼくたちの道はふたたび交わるだろう。ロンドンは大都市かもしれないが、法曹界は驚くほど狭い」

「そうですね。では、そのときまでごきげんよう、マイロード」ロザムンドは軽く頭を下げた。

卿も同じくお辞儀をした。

それ以上言葉が交わされる前にロザムンドはパートリッジに追い立てられた。その後ろをバートラムがついて歩いてくる。

ローレンス卿のほうを振り向いてはいけない。ロザムンドにはわかっていた。そして、また別の人々に紹介されるうち、彼のことなどすっかり忘れてしまった。

ロス・キャロウが去っていくのを見送りながらも、彼のどこにこれほど好奇心をかき立てられるのか、ローレンスにはわからなかった。知性があって言葉遣いも適切に思われたが、法廷弁護士というのはそういうものだ――残念ながら、彼の親族のバートラムだけは例外だが。バートラムがどこへ行こうと、ぎこちない沈黙や吃音がつづくという評判がついて回る。だからこそ、ロス・キャロウをロンドンに呼び寄せたのだろう。父親の死がもたらした大きすぎる穴を埋めようとしているに違いない。

イライアス・キャロウの名前を聞いたとき、ロスの顔に深い悲しみの色が現れたのには驚かされた。親族の死を悲しむのがいけないというわけではない。ただ、遠く離れた地に住む親戚、しかも年齢の離れた人物に対する思いにしてはやや激しすぎるのではないだろうか。

とはいえ、ぼくがキャロウ家のなにを知っているというのだろう。イライアスとは、すれ違った回数を数えても片手で足りるほど。ほかに、法廷で対決したことが一度あるきりだ。

だが、この新顔のロス・キャロウは、バートラムとは不思議なほど似ていない。見てそれとわかる若さと、すっと鼻筋の通った顔立ちのせいかもしれない。すべすべとなめらかな頬。週に一度もひげを剃ればじゅうぶんなはずだ。二十歳をすぎていると も思えないが、すでに法学生としての実習を終えて法曹界に入ったことを思うと、少なくとも年の頃は二十二、三だろうか。

それにしても、大した度胸のよさだ。会話の終わり頃にぼくが彼の目を見つめると、挑戦するようなまなざしを投げてきた。経験から言えば、たいていの男はすばやく目をそらして、打ちひしがれたような顔をする。だがロス・キャロウは違った。一歩も引かず、自分を曲げることなく毅然として、さらには……ほかにもはっきりとは指摘できないなにかを、たしかに感じさせた。

おそらく、そんなところがひとえにぼくの関心を引きつけたのだろう。あの若者はかなり手強い好敵手になるだろう。それを明らかにする機会があるとは思えないが、ロス・キャロウと法廷で一対一で対峙し、あの度胸のよさがどこまで発揮されるのか探るのは、さぞおもしろいことに違いない。

ローレンスはそんな思いに苦笑すると、晩餐会の場へ向かう前にワインの入ったグラスをあらたに見つけるべく、くるりと踵を返した。

2

「どこへ行くんだ？　まだ六時にもなっていない。舞踏会へ行くには早すぎるぞ」

なめし皮でできた馬車の運転用手袋をしようとしていたローレンスが振り向くと、一卵性双生児の兄、レオが玄関ホールに立っていた。ここはキャベンディッシュ・スクエアに立つタウンハウス。ふたりのロンドンでの住まいだ。

ふたりは同じような背丈や筋肉質の引き締まった体格をしていて、黄金色の髪や男らしく凜々しい顔立ち、緑と金色の混じった瞳もそっくりだった。もっとも、ローレンスの瞳は緑より金色のほうが勝《まさ》っていた。

「舞踏会に行くのではない」ローレンスは手袋をはめる作業に戻った。「おまえの許可を得る必要もないことだが、今夜は同僚と夕食をともにすることになっている」手袋をはめ終えて、ビーバーの毛皮でできたトップハットを頭にのせる。

レオは片眉をくいとあげた。「同僚？　ゆうべ、リンカーン法曹院での例の晩餐会で、無味乾燥な法律の話にはうんざりしているものだと思っていたが。まったく、ひどく退屈だっただろうに」

ローレンスはもの柔らかに微笑んだ。「いや、それほどでも。おまえと違い、ぼくは〝無味乾燥〟と言われる法律の話が大好きだからな。ちっとも退屈ではなかった。おまえがぼくと机を並べて大学で法律を学んだのが、いまとなっては驚きだ」

「だって、なにかを学ばなければならなかった。そうだろう？」レオはにんまりした。「いや、近頃の生活のほうがずっと性《しょう》に合っている。妻と一緒に過ごし、地所の様子を見にいったり新しい小説を執筆したり。タリアが言うには、いま書いているものは前作とは比べものにならないほど恐ろしいらしい」

妻のタリアとローレンスを別にして（ふたりは双子なのだから）みなが驚いたことに、レオはこれまで活用されていなかった才能を活かして、小説を書きはじめた。昨年に書きあげた処女作は陰謀や殺人や暴力沙汰が満載で、読んだ人間の背筋を凍りつかせるほど陰惨な話だった。彼はまた、この作品を世に出してくれる出版社まで見つけてきた——といっても、すでに評判のバイロン家の名前にさらに悪評が加わるのを避けるため、ペンネームを用いることにした。というわけでミスターB・ロン・デルプールは、この先もさらに売上げを伸ばすこと間違いなしの書籍から相当の利益をあげていた。

ローレンスは微笑んだ。「熱狂的に受け入れられた前作の半分ほどの出来だとしても、じゅうぶんな成功を収めるのは間違いないな。で、いつ読ませてくれるんだ？」

「完成してからにきまってるだろう？　それより前はだめだ。批評家としては、タリアのほうがずっと思いやりがあるからな」

「それは、彼女がおまえとベッドをともにしているからだ。ぼくは、おまえに気兼ねする必要などない」ローレンスは楽しげに笑った。

レオはよからぬことを考えているような目で弟を見ると、すぐに声を合わせて笑った。

「今夜の約束は、ほんとうにキャンセルできないのか？　タリアを観劇に連れていくんだが、おまえも一緒にどうだ？」

「行きたいのはやまやまだが、また別の機会にしよう。これから会う予定の男は、ぼくが手がけるつぎの訴訟に役立つと思われる情報をもっている。先送りするわけにはいかない」

「うわ、仕事がらみの夕食なのか。思っていたよりもさらに野暮だな。我が弟よ、いったいどうしたというんだ？　昔はもっとおもしろいやつだったのに」

「いまだって、おもしろみを失ってはいない」ローレンスは弁解がましく答えた。

「いや、違うね。気をつけないと頑迷な老いぼれになってしまうぞ」レオは弟に向かって指を振りたてた。「おまえに必要なのは、しかつめらしい態度から解放されることだな。少しは面倒なことに巻きこまれたほうが、あらたな息吹を与えられて、魂の洗濯にもなるというものだ」

「いまは、面倒に巻きこまれている場合じゃないんだ。昔はよく、おまえとふたりでそういう羽目に陥ったものだが。往来での乱闘騒ぎで逮捕されたのをあれこれ噂されたじゃないか。あれも、三年経ってようやく収まったんだ。いまさら、ちょっとした過ちをおかしてふたたび評判を落とすようなまねだけはしたくないね」

「いや、おまえの評判はあれよりずっと前に汚《けが》されていたが、それでもロンドンで一、二を争う法廷弁護士だと言われている。あらたな醜聞《スキャンダル》がもちあがったとしても、大した苦労ではない」

「スキャンダルに巻きこまれるつもりはない。もう、そういうこととは縁を切った」

「不祥事とは縁を切った、だと?」レオはせせら笑った。「だが、おまえもバイロン一族の人間だ。スキャンダルにまみれるのが宿命だよ。ほんとうにぼくの弟か？　ほら、夜のあいだに取り替えられてないか、確認させせろ」

とめる間もなく、悪魔に取り憑《つ》かれていないかと調べるかのように、レオはローレンスの片方のまぶたを大きく広げた。

兄の手を、ローレンスはいらいらとはねのけた。「やめろよ。ばか《アス》みたいなまねはよせ」

レオは悪びれるでもなく、くすくす笑った。

「誰が〝ばか〟みたいなまねをしてるの？」歌うような声が尋ねる。

ローレンスが階段のほうを向くと、黒髪の美しい女性が踊り場からおりてくるところだった。優美な足取りでー段おりるごとに、瑠璃色のイブニングガウンが柔らかな衣擦れの音をたてる。レオは隠しきれない愛情とよろこびに瞳を輝かせると、弟のことなど忘れたように妻のもとへ行き、彼女の手を唇に押し当てた。熱い思いでレオに微笑み返すタリアの様子も濃密ななまめかしさを感じさせて、正視していられないほどだ。

ふたりをひと目見れば、深く愛し合っているのは明らかだった。レオとタリアがともに人生を歩むために乗り越えてきた試練を間近で目撃し、ふたりをふたたび分かつものは死以外にはないと知っているローレンスもその例外ではなかった。

誰にも邪魔されない時間を兄夫婦に与えようと、ローレンスは目をそらした。レオとタリアはロンドンへやってくると、キャベンディッシュ・スクエアに立つこの広々としたタウンハウスに滞在するのだが、こっそり盗み見るようなまねはしたくない。それに、自分とまったく同じ姿形をした男が、実の姉のように感じる女性と官能的なまなざしを交わしているのを見るのは、なんとも奇妙な感じがした。

耳元でなにかささやかれるとタリアは声をあげて笑い、ふざけるようにレオの胸をぴしりとたたく。彼は短いながらも情熱的なキスを妻の唇に授けたが、そこでようやく、ふたりきりではないことを思い出し、ローレンスのほうに向き直った。

「で、あなたたちのどちらがばかものなの？　それとも、尋ねる必要などあるかしら、わたしの愛おしいレオ？」タリアの口元にはまだ笑みが浮かんでいた。

「ひどいな、ローレンスに決まっているじゃないか」レオが茶目っ気たっぷりにウインクする。「今夜は裁判絡みのつまらない夕食に出かけると言うんだ。きみからも、予定を変更するよう説得してくれ」

だが、タリアは首を横に振った。「ローレンスがあなたと同じくらい頑固なのはわかっているから、説得だなんて無理よ。もちろん一緒に来てくれたら素敵だけど、どうかしら、ローレンス？　今夜は、コヴェント・ガーデンのロイヤル・オペラハウスでチャールズ・メイン・ヤングが歌うのよ。きっとすばらしいと思うわ」

「同行したいのだが、今夜は先延ばしできない重要な仕事の用事なんだ」ローレンスは義姉に答えた。「ほかのきょうだいが顔を出さないとは驚きだな。たしかに、エズメとノースコート卿はまだ幼いカイルとテン・エルムズにいるし、ケイドとメグは来月までイングランド最北のノーサンバーランドから離れるつもりはない。だが彼ら以外はみな、いとこやはとこも何人か含めて、社交シーズンのためにロンドンにいるはずだ。芝居見物に誘ってやったら、少なくとも二、三人はうんと言いそうなものだが」

「じつは、わたしたちもパッカム家での夜会に招かれていたのをお断りしたのよ。エドワードとクレア、マロリーとアダムはそちらに行くことになっているはずだけど」タリアは、まだ名前が出ていなかったバイロン家のきょうだいとその配偶者について言葉を継いだ。「レオとわたしはこちらで夕食をすませてから、友人のマチルダ・キャスカートや彼女のご主人と劇場で落ち合うことになっているの」

「ドレークとセバスチャンも合流するかもしれない、とは言っていた」レオが言い添えた。「だが、彼はなにやらあらたな実験に取り組んでいる。ふたりが来るほうには賭けられないな」

「そうだな」ローレンスは、頭脳明晰だが些事にはいつも上の空の兄と、賢くてどこまでも辛抱強い彼の妻のことを思って微笑んだ。

「じゃあ、明日か明後日の夜に会えるかしら」

タリアの期待をこめた言葉に、ローレンスは首を振った。「やはり、法廷での弁論のための準備をしていると思う。それに週の後半には、ロンドン郊外のキューにあるテンプルストーン判事の自宅で夕食会が予定されている」

レオが眉根を寄せた。「テンプルストーン男爵のことか？　フィービーの父親の？」

「ああ、まさにその人だ」ローレンスは答えたが、くってかかるような響きになってしまった。

フィービー・テンプルストーンという女性、そして、彼女に対して最近、彼が関心を示していることについて、双子の兄がどう思っているか。それは、言われなくともわかっていた。社交シーズンがはじまった頃に金髪の愛らしい娘に紹介されてからというもの、ローレンスはさまざまな舞踏会で彼女を相手に踊った。一度など、彼女を隣に乗せて、上流階級が〝見られる〟ために集う時間帯に馬車でハイド・パークを走ったぐらいだ。ふたりのことが噂になり、恋の行く末が紳士のクラブ〈ホワイツ〉で賭けの対象になっているのも承知している。とはいえ、社交シーズンのたびに毎年、デビューしたばかりの娘たちを相手にあれこれ取り沙汰されるのが常なので、とくに珍しいことではない。

だが今回は、ローレンスもフィービーに求婚しようかと考えているのが驚きだった。彼女の父親がふたりの結婚を望んでいるのは周知の事実だ。クライボーン公爵のきょうだいで唯一の独身者と縁続きになるのは、テンプルストーンにとってはやはり自慢の種になるのだろう。

しかしながら、この縁組みで得をするのはあちら側だけではない。フィービーの父であるカールトン・テンプルストーンは高等法院の判事で、法曹界に強大な影響力をもっている。いずれ首席判事になるのは間違いないと目される人物だ。国王に意見を求められる勅選弁護士や上級法廷弁護士となり、ゆくゆくは裁判官に鞍替えしたいと考えているローレンスにも手を貸してくれる、力強い後ろ盾になるはずだ。

とはいえ、これまでのところローレンスも細心の注意を払い、ミス・テンプルストーンに対しては礼儀作法に外れぬ清い関心を示すのみにとどめておいた。求婚すべきかどうか心を決めるまでは、逃れようのない罠にいつの間にか引っかかるような事態は避けたかったのだ。

フィービー自身は若くて愛らしく、素直な十八歳の娘だ。礼儀をわきまえていて、ピアノフォルテの腕前もまあまあといったところ。結婚したら、とくに法廷弁護士にとってはよき妻となるだろうが、ローレンスは彼女に対する自分の感情について思い違いなどしていなかった。

ぼくは彼女を愛してはいないし、これから愛することもない。レオが非難するのは、まさにこの点だった。相手がミス・テンプルストーンだからというのではなく、ローレンスが彼女に対してそこそこ気に入っている程度の好意しか抱いていない事実が気に入らないのだ。

最初レオは、ローレンスがフィービーに関心を寄せるのは父親のことがあるからだと決めてかかり、とくになにも言わずにいた。だが、ローレンスが舞踏会などで彼女に関心を寄せ、ともに行動することがつづくと、それまで気にも留めずにいたレオも困惑や懸念を見せ、最近では不審や警戒心をあらわにするようになっていた。

「あの娘に本気で求愛しているわけではないんだろう?」レオは、ハイド・パークから戻ってきた弟に向かって詰問するように言った。上流階級の人々が馬車や馬の扱いを見せびらかすために集う時間帯に、ローレンスはミス・テンプルストーンを馬車で隣に乗せて走ってきたところだった。

「いや、その可能性もある。まだはっきり決めたわけではないが」ローレンスは書斎で気に入りの椅子に腰をおろしながら言った。「ぼくが妻《めと》を娶るのは、そんなにいけないことか?」

懸念していたことが裏づけられたレオと、可能性があると認めたぼく。いまこの瞬間に、より衝撃を受けているのはどちらだろうか。ローレンスは、自分でもわからなかった。

その後三十分にわたり、レオは柄にもなく結婚についてローレンスに説教をした。ひとりの女性を選んで妻とする理由はただひとつ、それは愛だ、と。

ローレンスもとくに異を唱えず、黙って耳を傾けた。きょうだいは七人が七人ともそれぞれの配偶者と熱烈に愛し合い、すばらしい結婚生活を送っている。いまは急がず、心の底から愛することができる女性を見つけるべきだと期待されているのもわかっていたが、頭の片隅にはいつも、あの疑問があった……

命と引き換えにしてもいいというほど愛を注げる対象が、この世にいなかったとしたら？　非の打ちどころがなく、ぼくの人生をいつかよろこびで充《みた》してくれるような運命の女性がいなかったら、どうするのだろう。

きょうだいたちの結婚生活がうまくいっているのは、運よく事態が転がった結果にすぎなかった。ぼくは、そういったものに重きを置いていない。自分に関する場合はとくにそうで、たしかな事実や先入観のない論理に頼るほうがずっと性《しょう》に合っていた。

そして、二十九年になんなんとする人生において、生涯最後の日までどころか、たった数週間でも一緒に過ごしたいと思う女性にはまだ出会っていない。それが事実だ。この社交シーズンにデビューした娘はもちろん、これまでに知り合った娘たちを見ても、その状況が変わることはなさそうだった。

といって、女性との交際が足りなくて困るということはなかった。それどころか、ローレンスは放蕩者と呼ばれるにふさわしい振る舞いに事欠かなかった。今年だけでも、驚くほどしなやかな体をしたバレリーナや、人目があるところで親密な行為に至るのが好きな若くみだらな未亡人との関係をつづけていた。オペラ歌手ふたりとともに過ごしたときは、自分でも出せるとは思わなかった声をあげさせられて、忘れ難い一夜となった。しかし、そういう体験は悦びこそもたらしてくれるが、どの女性とも恋仲になることはなかった。それは、話しはじめて二秒もすればローレンスの目をどんよりくもらせるような、頭の悪い上流階級の娘たちも同じだった。というわけで、法廷弁護士らしく感情を交えぬ論理のもと、愛のために結婚する可能性がないのなら便宜上の結婚をしたほうがまだましだと考えていたのだ。

法律を学びはじめた当初は、レオとともに遊び半分の気持ちだった。双子の兄は、平時に軍隊に入ったり聖職に就いたりしてもまったく得るものはないと考えていた。そもそも聖職は、常識などくそくらえという不遜で生意気な性格とは正反対の軸にある。そういうわけでふたりは、貴族の家に生まれた年若の男子ならたいてい選ぶ道を蹴って法律の世界に進んだ。しかしレオと違ってローレンスは、たちまちこの分野に魅了された。知力を要する複雑さや、絶え間なく変化する課題を突きつけてくる法の世界に興味をそそられた。学位を取得して資格を得る頃には、これこそが自分の天職だと確信した。また、ゆくゆくは法曹界で出世をしたいと考え、それには裁判官になるのが最善かつもっとも満足できる手段だと思った。

かくてローレンスは、テンプルストーン判事の愛らしく麗しい娘に目を向けた。愛してはいないが、自分の目的や必要にかなう存在だったのだ。

それでも、はっきりした約束をするのはまだ憚《はばか》られた。とにかく、いましばらくは待ったほうがいいとささやく声が聞こえたので、それに従った。社交シーズンが終わるまで何週間もある。腹を決めるまで、たっぷり時間もあるはずだ。

ローレンスが見やると、レオはまだなにか言いたげな顔をしていた。

だが兄が口を開く前に、片方の手袋をもう一度引っ張ってはめ直した。「さしつかえなければ、そろそろ出かけるよ。楽しんできてくれたまえ。芝居の感想などは、明日の朝食の席で聞かせてくれ」

タリアは優しい笑みを浮かべたが、レオはいら立ちと心配の入り混じった表情で弟を睨んだ。

シルクハットのつばに指を一本当てて会釈しながら、ローレンスは玄関を出た。

3

三日後、ロザムンドは両手に法律書や書類を抱え、ざわざわした法廷にバートラムと並んで足を踏み入れた。ズボンをはいた脚に黒い法服が擦れて音をたてる。頭にのっているのは、カールのきつい儀礼用の白いかつら。ロンドンで最古の仕立て屋、〈イード&レイヴンスクロフト〉から今朝がた届いたばかりの品だ。茶色い地毛の三つ編みは、胸の部分に垂らす白い飾りをおさえる襟のなかに収めて、うまく隠してある。バートラムもまったく同じ格好をしているが、白と黒だけの味気ない服装は顔色の悪さを目立たせるだけだった。

吐き戻しそうになって朝食の席を立ったときの彼は、血の気の引いた青ざめた顔をしていたが、少なくともそれは収まったようだ。ロザムンド自身も胃のあたりがぎゅっとつかまれるような感じがして、あまり調子がいいとは言えない。

もし、嘘がばれたらどうしよう？　ロザムンドはずっと考えていた。ほんとうのことを知られたら、どうすればいいの？

とはいえリンカーン法曹院では、四品が供される晩餐会でテーブルをともにした人々と長々と会話を交わし、集まった法廷弁護士の前で法曹院への入会許可に必要な宣誓の言葉を述べたが、誰にも疑われなかった。ロザムンドに向かって指を振り立て、不正を働く者は出ていけと言う人もいなかった。もちろん、リンカーン法曹院と裁判所は同じではない。ここで正体を知られたら、建物から追い出されるだけではなく、もっとひどい処分を下される。裁判所はその権限をもっているが、いまさら怖気づくことも許されないほど、ロザムンドは深く関わりすぎていた。

それに、バートラムを放ってはおけない。

被告側の弁護人席に向かいながら彼をひと目見ただけで、ロザムンドは自分が正しいことをしていると納得した。

また少し、顔色が悪くなったのでは？

この二日間で予行練習を重ねてきた注意事項から外れなければ、バートラムも乗り切れるはずだ。必要不可欠な証人尋問をなんとか終えられるよう、ロザムンドは祈るばかりだった。原告側が誰を証人として呼ぶかはわからない。そういう情報は共有しなくてもよいとされているからだ。被告に不利な証拠の詳細や、宣誓証言の写しを、原告側の弁護士がロザムンドたちに提供する必要もない。

目下のところ、真偽を確かめる最善の方法は〝その場で自由に弁明を行うことだ〟という概念が主流となっている。個人的にはロザムンドはそれに反対だが、訴えられた側により大きな権利が与えられるよう法が改正されるまで、現行の制度内で論を張るしかない。ともあれ刑事裁判ではないので、こちらの思うとおりの展開にならなかったとしても、バートラムが誰かを死に追いやるという心配はしなくていい。ここにいるのは、なんでもいいから弟の役に立てるようにというのが目的だが、いちばん大切なのは精神的な支えとなることだった。

ふたりは大きな丸テーブルにつき、持ってきた法律書や書類を前に置いた。法廷の事務官や書記が近くでそれぞれに準備をはじめるなか、控えていた廷吏も開廷を告げようと立ちあがる。

開廷の時刻までまだ二、三分ある。もう何度目かと言いたくなるほど、バートラムは準備してきた覚書にまたしても目を落とし、小声でなにやらつぶやく。ロザムンドはすでにとがらせてある羽ペンを取りあげ、ふたたび削りはじめた。そうしているうちに足音が聞こえてきて、テーブルの反対側でとまった。顔をあげたロザムンドは、目を丸くした。そこには、ローレンス・バイロン卿の忘れられない顔があったからだ。

羽ペンが手から落ちる。

「お二方《カウンセラーズ》とも、おはよう」

ローレンス卿の声にバートラムがぱっと顔をあげる。相対《あいたい》する代理人の姿に気づいたとたん、頬からさらに血の気が引いていった。ごくりとつばをのんだ拍子に、のど仏がクラヴァットの上で上下する。「お、おはようご、ございます」

ロザムンドは心のなかでうめき声をあげた。思っていたよりもなおいっそう、バートラムが不安を募らせている。

これはよくない。不吉な予感がする。

可能なかぎり感情を排した表情を保ちながら彼女は短く、しかし愛想よく会釈を返した。「ローレンス卿、またお会いできて光栄です」

「同感だ、ミスター・キャロウ」

ローレンス卿の法服は極上の品だ。儀礼用のかつらも同様なのは、ロザムンドの目にも明らかだった。きっちり巻かれた白いカールがきりりと力強い顔立ちを引き立て、金色と緑の混じった瞳をさらに印象的に見せている。

女のような目でうっとり卿を見つめている現場をおさえられてはいけない。ロザムンドは自分をきつく戒《いまし》めて視線をそらしたが、さいわい、彼には気づかれなかったようだ。

「先日お会いしたときは、こうして原告側と被告側に分かれて対峙するとは思ってもみませんでした。あなたはいかがですか？」ロザムンドは好奇心に駆られて、最後に尋ねてしまった。

「いや。こういう展開になるとは興味深いな」ローレンス卿は薄い紙の束と羽ペンを一本、そしてロザムンドからは訴訟事件摘要書《ブリーフ》の写しに見えるものをテーブルに置いた。

ほかにはなにも持ってきていないの？　いえ、それも当然だ。勝訴につぐ勝訴という目覚ましい成功を収めているのだから、それ以上に準備する必要など感じていないのだろう。共同弁護士も、彼の隣にはいない。

「ともかく晴れたのはよかった」ローレンス卿は椅子の背に体をあずけた。いかにも落ち着いた態度だ。「荒れ模様の天気の日だと、この法廷はろうそくを何本灯しても薄暗くてしかたないからね」

ロザムンドの隣ではバートラムがぼんやりとうなずいたが、青ざめた顔色のほうがより多くを物語っていた。その様子をちらと見たローレンス卿の目に同情が映る。

それを見てロザムンドは、弟を守ってやりたいという生まれもっての感情に肩をいからせた。ローレンス卿のように流暢に格調高くは喋れないかもしれないが、バートラムには懸命な努力で得た意志の強さと粘り強さがある。

いまこそ、卿にもそれを見せてやるのよ。

わたしだって、気圧《けお》されるものですか。

「あなたの依頼人ですよ」ロザムンドは上方の傍聴席を身振りで示した。上品な身なりの三人組が意気揚々と入ってきたところだ。前列ふたつ分の長椅子に座っていた人々はお仕着せの従僕ふたりに追い払われ、ぎゅうぎゅうの後ろ側の席に回ったり立ったりせざるを得なかった。そうやって空いたところに、銀髪の年配の女性が座った。亡くなったミスター・ヴォクスリーの大叔母だ。背筋をしゃんと伸ばし、頑固そうな硬い表情をしている。凝った作りのボンネットについた駝鳥《オーストリッチ》の羽飾りが、彼女の後ろにようやっと座った人たちの狭くなった視界をさらに遮る。

訴訟のためにロザムンドが作成した書類によると、ヴォクスリー家は貴族にもつながりのある裕福な紳士階級《ジェントリー》だ。大叔母をはじめとする原告は、若き未亡人となったパトリシア・ヴォクスリーが高価な宝石数点と絵画二点、それに競走馬一頭を所有しているのは違法だと訴えを起こした。この競走馬は翌月のダービー競馬の本命とされ、大衆も高い関心を寄せていた。原告側は、この品々はパトリシアの亡くなった夫だけが相続する限嗣《げんし》財産の一部であり、ゆえにヴォクスリー家に属するものだと主張していた。だが、バートラムとロザムンドの依頼人のパトリシアは、これらすべてが夫婦の個人的な財産で、夫から妻に遺《のこ》されるべきものだと考えていた。「どれもみな、合法的にわたしのものです」と彼女は言い、どの品も――法廷で争いもせずに――あきらめる様子などなかった。

ローレンス卿が視線をバートラムに転じた。「きみたちの依頼人が同意すれば、まだ和解する時間はある。ミセス・パトリシア・ヴォクスリーは証言台に立つため、いまは廊下で待っているはずだ。彼女と相談したいなら、ぼくは待ってもいいが」

バートラムは一瞬ぽかんとしていたが、すぐにロザムンドを横目で見た。瞳には動揺と懇願するような色。卿の申し出を受け入れたいのだ。この訴訟に勝つのは容易ではない。それはロザムンドたちもよくわかっていた。遅まきながら和解での解決にもちこめば、バートラムが公開の法廷に立つ必要はなくなる。だがパトリシアが同意することは決してないということも、姉弟は承知していた。

それとわからぬほどかすかにロザムンドが首を振ってみせると、彼は絶望したように肩を落とした。

「いや、閣下《マイロード》。ぼくたちは予定どおり、ほ、法廷で争います」

バートラムの言葉を聞いて、ローレンス卿はゆったりと頭を下げた。「では、そのように」そしてロザムンドに目を向ける。「幸運を祈る。強き男が最後には勝つように」

あるいは、強き女が勝ちを収めるように。ロザムンドは得意げに、心のなかでつぶやいた。

わたしはこうして、共同弁護士の立場で実際の訴訟の場に立っている。ひとりの女性にとっては注目に値すべき一歩だ。それを知るのが、わたしとバートラムだけだとしても。

廷吏が開廷を告げた。法廷内のざわめきがぴたりとやみ、静けさを破るのは衣擦れの音や落ち着きのない咳払いだけになる。廷内の全員が立ちあがるなか、控えの間から判事が入ってきて、手すりの向こうの一段高いところに設けられた重厚な木製の椅子に腰をおろした。ロザムンドやバートラム、ローレンス卿は国王や国家に対する敬意を表すため、判事に一礼してから席に着いた。

民事訴訟という性格上、陪審団は存在せず、判決は判事の胸三寸で決まるので、原告、被告の弁護士ともに彼の不興を買わないよう努めるのが肝心だ。ロザムンドは、判事閣下が理解があって先を急がない人物であるよう祈るしかなかった。気持ちの狭い人だったら、バートラムの吃音を快くは思わないだろう。

そして、裁判がはじまった。

ローレンス卿は立ちあがり、判事や傍聴人に向かって話をはじめた。とくに力まずとも、よどみないバリトンの声が法廷の隅々にまで響き渡る。簡潔で冷静な論理とともに争いの要点をあげていき、問題となっている財産は彼の依頼人の手に戻されるべきだとする法的根拠を述べていく。

つぎに彼は証人を呼んだ。まずは、ヴォクスリー家の限嗣相続財産に最後に変更が加えられた際の遺言書について、その原案を作成した事務弁護士。つぎに、ヴォクスリー家の地所や財産、その内容について熟知している一族の顧問弁護士。そして、競走馬の調教を任されていた人物。この三人はともに、問題となっている品々はみな限嗣相続財産の一部で、誰からも敬愛されていたミスター・ヴォクスリーが亡くなったのはじつに悲痛なことだが、未亡人には係争中の資産を所有しつづける権利はないと証言した。

バートラムは反対尋問する機会を与えられても、そのたびに辞退した。「い、いえ。訊きたいことはありません、は、判事閣下」と震える声で答える。

感情を出さぬよう抑えながらも、見るからに余裕のある表情でローレンス卿は弁論を終えた。法廷にいる人々の感情が彼の側に傾いたのは、一目瞭然だった。

ついで、バートラムの番がきた。彼は最後にもう一度、手元のメモに目を通した。そのなかには、たったいまの原告側証人の証言を受け、ロザムンドが急いで書いたふたつのポイントも含まれていた。彼は震える両手を法服のひだに隠そうとしながら、立ちあがった。

被告側の証人たちを呼ぶバートラムに、ロザムンドは自信を持てと鼓舞する視線を送った。彼は、未亡人のパトリシア・ヴォクスリーからはじめた。証人席に入る彼女の黒い瞳は不安に大きく見開かれている。彼女は宣誓の言葉を述べながら、あたりを見回した。バートラムに負けず劣らず落ち着かない様子だ。

彼は二度ほど繰り返してようやく、「もっと大きな声を出せ。きみの言うことがなにも聞こえなかったら、判決を下すことができないじゃないか」と無愛想に大声をあげる判事にも満足いく声を出すことができた。

傍聴席からくすくす笑う声があがる。興味本位でやってきただけの二、三人に失礼なことを大声で言われて、バートラムの頬がかっと赤くなる。

静粛に、という判事の声で廷内はふたたび静まり返った。

「お、おはようございます、ミセス・ヴォ、ヴォ、ヴォクスリー。ほ、本日は出廷いただきありがとうございます。に、に、二、三質問するだけですので、そ、それほど長くは、か、かからないでしょう」

「そんなふうにつかえてばかりいたら、いつまで経っても終わらないよ」傍聴席から野次が聞こえた。

ロザムンドは気色ばんだものの、判事が不届き者を叱責するのを待った。テーブルの向かいではローレンス卿が険しい表情をしている。口元をぎゅっと引き結び、誰が野次ったのか探すように傍聴席を睨んでいる。

だが、判事はなんの譴責《けんせき》も行わなかった。爆笑の渦が収まるのをただ待ってから、バートラムにうなずく。「代理人《カウンセラー》、つづけたまえ」

青白い顔色がまた戻ってきた。バートラムはごくりとつばをのんで深呼吸すると、宝石を収めてある革装のケースに手を伸ばした。

ネックレスにブレスレット、指輪、イヤリング、そしてティアラの五点セットで、ゴールドにダイヤモンドやサファイアがあしらわれた品はかなりの価値があると見られている。先ほどの証人たちの証言のあいだにローレンス卿はこれらの品々を、ミスター・ヴォクスリーの立派な肖像画やヴォクスリー家の地所の屋敷から眺めた風景画、それにもちろん競走馬とともに証拠として裁判所に提出した。

係争中の品々――サリー州の厩舎に預託されている競走馬をのぞいて――は、裁判の前に裁判所事務官によって保全されていたので、バートラムやロザムンドが実際に目にするのはこれがはじめてだった。

「ミ、ミセス・ヴォクスリー。こ、これらはあなたのほ、宝石ですか?」

「異議あり」ローレンス卿が、バートラムの質問に間髪容れずに声をあげた。「宝石類の所有権はまだ確定していません。我々が今日ここに集まったのも、それを決するためであります」

「異議を認めます」判事がうなずいた。「質問を言い換えたまえ、ミスター・キャロウ」

バートラムはじっとり湿った額を震える指で拭ってから、パトリシア・ヴォクスリーにふたたび向き直り、革張りのケースを差し出した。「これらのほ、ほ、宝石類は、こ、この裁判のま、前にはあなたがしょ、所有していたも、ものですか?」

若き未亡人は少し時間をとって、宝石を見つめた。「はい。これはわたしの装身具です」

「異議あり」ローレンス卿の声が響く。「証人はここでも、まだ所有権が決していない品について勝手な発言を繰り返しています」

「異議を認めます」判事はパトリシア・ヴォクスリーに目を向けた。「いいですか、係争物についてあなたの所有物だと言うのは今後、控えるように。原告側代理人が述べたように、それらの所有権を決するために我らは集まっているのです。ミスター・キャロウ、先をつづけて」

バートラムはびくびくしながらのどをごくりとさせ、覚え書きを見るためテーブルに戻ってきた。メモの紙をあれこれ探すうち、何枚かが床に落ちる。見るからに慌てながら、彼はそれを拾おうと床に這いつくばった。

「そろそろいいかね、弁護人」判事はいらいらとテーブルを指でたたいた。

ぱっと飛びあがったバートラムの顔は、髪の生え際まで夕日のような桃色に染まっていた。しかも、ひどく汗をかいている。「す、すみません、は、はん、判事か、かっ、かっ――」言葉がつかえて、どうしても出てこない。「はん、はん、判事、はんはん、はん――」

上の傍聴席からは、くすくすおもしろがるささやき声やあからさまな嘲笑が聞こえてくる。バートラムの苦悩を思うと、ロザムンドは胸が張り裂けそうだった。証人尋問の場はあっという間に、彼が恐れていたとおりの悪夢に変わりつつあった。そして彼女もわかっていたように、どぎまぎして困惑や気まずさが深まれば深まるほど吃音はひどくなっていき、しまいにはまったく喋れなくなってしまうのだ。

判事が大仰《おおぎょう》にため息をつく。「きみがなにを言いたいか、我々もみな承知している。どんどん先を進めたまえ、ミスター・キャロウ。進めることができるなら、という話だが。ほんとうにきみは法廷弁護士なのか？　たったふたつの単語さえ、明瞭に発音することができないでいるじゃないか」

バートラムはさらに顔を赤くして無言のままでいた。なにか喋ることなどできるわけがない。

衝動に任せた振る舞いを考え直す間もなく、ロザムンドは立ちあがっていた。「判事閣下、お許しいただけるのであれば、五分間の休廷を求めたいのですが」

判事は鋼《はがね》のように冷ややかな目で彼女を見据えた。「きみは？」

「キャロウと申します。ロス・キャロウです」

「また、別のキャロウか？　ふむ、きみのほうはまともに単語をつなげて発音することができるんだろうね。きみの――あちらの弁護士とはどういう関係だね？」判事がバートラムにさっと手を振る。彼は肩を落とし、打ちひしがれた様子だ。

「ぼくのいとこです」

「きみは彼よりも舌が回るよう、祈っているよ。よかろう。五分間だぞ。せいぜい無駄にしないように」

　法廷中が蜂の巣をつつくような騒ぎとなった。未亡人のパトリシアは証人席で立ったまま残され、どうしたらいいのかもわからず、不安げにあたりを見回している。

　だが、ロザムンドには彼女を心配する余裕はなかった。隣にどさりと座りこむ弟に全神経を集中させる。

「ラー、ラー」彼は誰にも聞かれないよう、顔を寄せてささやいた。「す、すまない。も、もう、ぼくにはで、できない。な、なにをかん、考えていたのかも、わ、わ、わからない。す、すべてはとん、とんでもないだい、だい、大失敗に終わった。ね、姉さんにひき、引き継いでもらうしかない、ない、ないよ」

　ロザムンドは目を丸くした。「引き継ぐ？　バートラム、そんなことできないわ」

「で、できるよ。できなくちゃ、こ、困るんだ。そ、そうでないと――」

　そうでないと、わたしたちは裁判に負けることになる。

　こんなふうに自信を打ち砕かれては、バートラムが残りの証人から証言を引き出して反対尋問までやりおおせるだけの落ち着きを取り戻すのはとても無理だ。それどころか、彼はロザムンドを呼ぶのにも、名前を省略した愛称〝ラー〟を使っている。これ以上ないほど追い詰められて不安定だという証拠だ。彼の幼少期で最悪の日々――

ロザムンドと最後まで言えないほど心が磨り減った七歳の頃——にまでさかのぼる癖だ。彼よりわずかに二歳上なだけのロザムンドだが、母が亡くなってからというもの、バートラムにとっては彼女が唯一の頼みの綱だった。そして、いまも彼は姉の力を必要としていた。

バートラムはふたたび、ごくりとつばをのみこんだ。明らかに、絶望に打ちのめされた目をしている。

でも、どうやってわたしが首席代理人の役割を代わってあげられる？　当初の予定では、彼のそばにじっと座っているだけでよかったはずなのに。法廷までバートラムに同行するのと、彼に代わって訴訟を引き受けるのとではまったく別の話だ。それに、法について人並み以上に理解しているとはいえ、わたしは法廷弁護士ではない。法廷で論を張ろうと試みるのさえ、思いあがりもはなはだしい。バートラムがこれ以上弁論をつづけられないのなら、被告側の代理人としての役割から撤退するしかない。ほかに道はないわ。

でもその場合、パトリシア・ヴォクスリーはどうなるの？

ロザムンドは、証人席でじっと待つ若き未亡人に目を転じた。しごく真っ当な人物に見える。夫を喪《うしな》った悲しみと向き合ったかと思えば、そのつぎには、自分の物だと信じて疑わなかった財産の所有権を巡って親戚と争うという試練をくぐり抜けようとする、年齢に似合わぬ気丈さを備えた女性だ。

争われているのは、単なる物の所有権だ。だが、法的代理人が満足な主張ひとつできなかったというだけで彼女がそれを失うのは、どこか違うような気がする。もちろん、弁護士の働きが不十分だったという理由であらたな訴訟を起こすことも可能だが、裁判には金がかかる。そしてパトリシア・ヴォクスリーにはもう、余分なことに使う金など残っていなかった。

さらには、バートラム自身やその評判という問題もある——この訴訟から撤退したら、それほどの評判も残らないかもしれない。噂はすぐに広まるだろう。ろくすっぽ口もきけず、まともに弁論もできなかった様子や、吃音のため無様にも退却しなければならなかったことがおもしろおかしく語られるだろう。弁護士資格の剥奪に足る過ちをおかしたかのような恥辱を受ける。代理人になってくれという依頼人がいなくなれば、いままで仕事の手伝いや支援をしてくれた事務弁護士も手を引くに違いない。つまり、バートラムの法曹界でのキャリアは終わってしまう。

だけど、わたしが手をあげて代わりを務めれば、終わりはしない。

そんなこと、わたしにできる？　ほんとうにやるべき？

ふいに顔をあげると、ローレンス卿と目が合った。数メートル離れたところで、気だるそうに事務官と話をしている。バートラムとロザムンドがふたりだけで話せるよう、これまではうわべだけでも取り繕っていたようだが、やはり気になるのだろう。きわめて重要な決断がくだされようとしているのを知りたいに違いない。

〝で、どうなった？〟ローレンス卿はそう言いたげに、片眉をくいとあげた。

だがロザムンドが反応する間もなく、廷吏が審理の再開を告げた。ローレンス卿はテーブルの向かいの席に戻って腰をおろした。判事がふたたび法廷に入ってきたので、三人とも立ちあがる。

判事は席につくと、ロザムンドとバートラムを見つめた。「さて、代理人のお二方。弁論を進められるかね？」

バートラムが姉をちらと見やる。明らかに懇願しているまなざしだ。

ロザムンドはさらに少し考えたが、深く息を吸って肩を起こした。

「はい、判事閣下。被告側の準備はできております」

「では、はじめたまえ」

惨憺たる結果にならぬよう――さらには正体がばれてしまわぬよう――祈りながらロザムンドは証人席に近づき、バートラムが途中までやりかけた尋問を再開した。

4

「提示された証拠、および宣誓証言を慎重に検討した結果」三時間近く経ったのち、判事は厳粛に告げた。「被告側の勝訴とする。当該資産については、被告人のミセス・パトリシア・ヴォクスリーの独占的使用権を認め、ただちに返還されるべし。これにて結審、閉廷」

さまざまな反応が一気に噴き出した。判決の読みあげを聞くために入廷したパトリシアは歓喜に満ちあふれていた。隣にいた年配の女性と心からの抱擁を交わしている。おそらく母親か、親戚だろう。

いっぽう傍聴席では、ヴォクスリー家の人々が呆然としていた。驚きと不満を隠せずにいる。パトリシアの亡夫の大叔母であるミセス・ヴォクスリーは激しい怒りに目を見開き、法廷内が炎上しないのが不思議なくらいの表情をしていた。

ロザムンドは彼らのことなど気にせず、満面の笑みをバートラムに向けた。両腕を弟の体に回して祝福のハグをしそうになったが、すんでのところで落ち着きを取り戻し、男らしく見えるよう肩をぽんとたたいた。そして、甲高い声で快哉を叫ばぬようにした――少なくとも、きゃあと声をあげることはしなかった。

「わたしたち勝ったわね、バーティ。ほんとうに勝ったのよ」判決が下されるのを自分の耳で聞いたにもかかわらず、とても信じられない。

「違う、勝ったのは姉さんだ」バートラムが笑みを返してきた。誇らしげに瞳を輝かせている。「姉さんはすばらしかったよ、こうなるだろうとは思っていたけれど。す、すまなかった。ぼくがひどい、へ、へまをやらかしてしまって。姉さんがいなかったら、ざ、残念ながら、ま、まったく違う結果となっていただろうね」

「あなたは緊張していただけよ。つぎはもっとうまくやれるわ」

「まさか」バートラムは首を横に振った。「つぎなんて、ありっこない。じゅうぶん以上に身をもってわかったよ」どういう意味なのかロザムンドが質問する前に、弟の視線は彼女の背後をさまよった。「あまり耳をそばだてられないときにまた、話をしよう。裁判所の事務員がぼくに用事があるようだから、ちょっと行って訊いてくる。そんな依頼人の、ざ、財産がきちんと手元に届けられるよう手配もすませてくるよ。そんなに長い時間はかからないだろう。せいぜい二十分ぐらいかな」

「了解。では行ってきて。馬車のところで落ち合いましょう」

バートラムはうなずくと、行ってしまった。

法廷内にはまだ相当な人数がいるにもかかわらず、ロザムンドはふいにひとりぼっちになった感じがした。心のなかでひとつため息をつき、自分のだけではなくバートラムの書類や文献を集めはじめたが、そうするうちに弾むような気分は少し薄れてしまった。なにを祝うにしてもひとりでは、胸のすくような思いが半分になってしまう。でもバートラムが戻ってきたら、ふたりでお祝いのつづきをしよう――それに、彼が考えている将来に向けての計画についても話し合わなければ。時間があれば、料理人はわたしの大好きなデザートを作ってくれるだろう――摘みたてのベリーをのせたパイか、レーズンと糖蜜のタルト。どちらもきっとおいしいはずだ。

そう思うと、気持ちも少し上向いた。

最後に残っていた書類を揃えていると、誰かが背後に立っていることに気づいた。肩越しに視線を送ると、そこにいたのはローレンス・バイロン卿だった。あまりに背が高いので、目を合わせるには見あげなければならなかった。

ロザムンドは背筋をしゃんと伸ばした。「閣下《マイロード》」

「ミスター・キャロウ」

「なにか、ぼくにご用ですか？」

「いや、そうではない。ただ、今日のきみの勝利に対して祝いの言葉を述べたくて。きみの弁論は巧みで説得力があった。じつに見事だったよ」

よろこびや誇りとともに、驚きがロザムンドの全身を駆け抜けた。いままで耳にしてきた事柄からすると、ローレンス・バイロンは軽々しく愛想やお世辞を口にする人間ではない。心の底からそう思わない相手には、褒め言葉など言わないのだ。ロザムンドにとっては、ローレンス卿を打ち負かすのと、卿からそのことで賞賛の言葉をもらうのとはまったく別のことだった。

「ありがとうございます、マイロード。身に余るお言葉をいただき光栄です」

卿は肩をすくめた。「あくまで事実にすぎない。いま頃になって、宝石類に打刻された純度認証印にもっと注目すべきだったと気づいた。この裁判において宝石類がどれほど重要な役割を果たしているか、それでわかるわけだからね。しかしそんな印はふつう、宝石類には入っていないのだから、ぼくが見逃したのも、正当化されはしなくとも理解を示されるだろう。だが、これからは同じような見落としは絶対にしないつもりだ」

「前に手がけた裁判のことがあったので、自分の目で証拠の品々を確かめようと思っただけです」ロザムンドは打ち明けた。

実際、くだんの品々も最初は彼女たちに有利な物証とはなってくれなかったが、ふとひらめいてティアラの純度認証印を調べたところ、製造者はもちろん純度が検分された日にちも打刻されていて、それが決め手となったのだった。

「サラブレッドに関する書簡については、きみがどこでそう考えたのかは尋ねまい。実際、とてつもなく運がよかっただけなのだから」ローレンス卿は皮肉な笑みを浮かべた。「だが競走馬の所有権については、それを勝ち取ったことをきみの依頼人が後悔する日がくるのではないかな？　まあ、興味深く経過を見守らせてもらおう。競走馬というのは恐ろしく金がかかるものだし、なんの対策も講じなければ、男の、あるいは女の懐《ふところ》をすっからかんにする。あの牡馬が予想どおりダービーで勝ちを収めるよう、きみの依頼人は期待を託すしかない。でなければ、せっかく今日勝ち取った残りの品々を売るはめにならないともかぎらない」

「傍聴に押し寄せた人々の関心の高さから察するに、ぼくの依頼人はあの馬のおかげでひと儲けしますよ。あなたは賭けごとをなさいますか、ローレンス卿？」

金色と緑の入り混じった瞳の奥がきらりと光る。「夢中になることもある、と周囲には知られている。きみはどうだ？」

一週間前のロザムンドだったら、自分は卿が出会ったなかで一、二を争うほど大胆さに欠ける人間だと告げていただろう。しかし、男性の法廷弁護士のふりをしながら、たったいま裁判で——しかも、まったくはじめて手がけた訴訟において——勝ちを収めた事実を思うと、自己評価を改めたほうがいいかもしれない。

「もちろん、いちかばちかやってみる性質《たち》ですよ。そうでなければどうして、こうやって今日、あなたに打ち勝つことができたでしょう?」

一瞬ローレンス卿は目を見開いたが、やがて声をあげて笑った。温かみがあり、低く豊かな笑い声がロザムンドの五感を心地よくなぶる。

「たしかに、きみに豪胆さが欠けているということはないな。明日の夜、ぼくのなじみのクラブへ来たまえ。セントジェームズ・ストリートの〈ブルックス〉だ」ローレンス卿はポケットから一枚カードを取り出した。「これを見せれば、案内してくれる。九時、ではどうかな?」

九時ですって? いつもなら、その時刻には寝《やす》むために自分の部屋に下がっている。それに、卿はほんとうに、紳士が集うクラブにわたしを誘ったの?

だがロザムンドが了承するのも待たずに、彼はくるりと背を向けて去っていった。

卿の背中を見送ってから、彼女は手のなかにある白い長方形の名刺に視線を落とした。優美な筆記体の黒い文字が一行あるだけだ。ローレンス・バイロン卿。

彼の名前を親指でなぞってみた。

「バイロンと、なにを話していたんだい？」

びくっとして見回すと、ひじのあたりにバートラムがいた。「どこからやってきたの？　馬車のところで落ち合うのだと思っていたけれど」

「思っていたよりも、は、早く用がすんだんだ。で？　ローレンス卿はなんだって？」

ロザムンドはポケットに名刺をそっとしまった。「裁判に勝ったお祝いを述べてくれただけよ」

「ほんとうかい？」バートラムは訝《いぶか》しむように眉根を寄せた。「それは、ずいぶん寛大な態度だね。彼はめったに裁判で負けたりしないから、この件についてはさぞ、おもしろくないはずだが」

「たぶんそうでしょうね。だけど紳士だから、顔に出さずにいるのよ」

「ふむ、たしかにそうだね。じゃあ、帰ろうか？　お祝いをしなくちゃならないし」

今日の勝利を思い出させる言葉に、ロザムンドは微笑んだ。「そのとおりね」

その晩、ベリーをのせたカスタード・パイが空《から》になった皿を料理人が下げていってからようやく、ロザムンドは名刺のことを思い出した。寝室に戻ってポケットから出して、しげしげとまた眺めてみる。ローレンス卿はなぜ、クラブに招いてくれたのだろう。法廷弁護士としての同胞意識のためだろうか、それとも、ほかに意図がある？

それにわたしはなぜ、バートラムにまだ秘密にしているのだろう。

たぶん、いい顔をされないとわかっているからだ。人前では男のふりをしているといっても、当然ながらバートラムは弟としてわたしを守ろうとする。ロス・キャロウのなりをしていても、ロンドンの街をひとりでうろつくなんて彼が賛成するとは思えない。とはいっても、わたしはれっきとした大人の女だ。自分の面倒くらいちゃんと見られる。二十八という年齢ではすっかり婚期を逃し、夫となる男性を見つける可能性も薄い。

でも、初々しい十八歳の頃には想い人がいたし、その男性と結婚するつもりでいた。ある舞踏会で出会ったトムは頭の回転も早く、颯爽《さっそう》たる陸軍中尉だった。その晩、彼はロザムンドに二度ダンスを申しこみ、夕食をともにしてから、翌日もまた会ってほしいと懇願してきた。息もつけぬほどの胸の高鳴りとともに、彼女はイエスと答えた。まったくありえないことのように思われたが、たったひと晩でトムにのぼせあがってしまったのだ。またロザムンドにとってうれしいことに、彼のほうも同じ感情を抱いてくれた。

短すぎたその夏の数週間が彼女の人生最良の時期だった。ふたりは長々とそぞろ歩きをしながら弾む会話を楽しみ、馬車に乗ったりした。朗読会や音楽会へ行き、ふたりでともに歩く未来をひそかに想像しはじめていた。だがそんなときでさえ、穏やかで幸せな日々はあまりにすばらしすぎて、長続きしない夢のように思われた。

一八一一年、トムがイベリア半島への召集令を受け取った九月一日は、秋だというのに肌寒い日だった。戦地に赴くまで一週間しか残されておらず、彼はどうしても結婚してほしいとひざまずいた。ロザムンドは同意したかったが、そんな重大な決断をするにはまだ若すぎると言って父に反対された。知り合ってまだ二、三週間とあらば、なおさらだ。

そういうわけで、ロザムンドは毎日欠かさずに手紙を書くという約束と熱烈なキスとともにトムを見送った。一時休暇が出たらすぐに戻ってくる、そして結婚の許しを得られるよう父上を説得する手立てを見つける、とトムは言った。愛と貞節を誓い合い、彼は戦地へ向かった。

だが、トムは一月には亡くなった。

いきなり手紙が来なくなり、ロザムンドは最悪の事態が起こったと悟った。それからひと月あまり経った頃、恐れていたことが裏づけられた。友人のフリアーズ中尉なる人物が、スペインのとある町を急襲した際にトムが戦死したと手紙で知らせてきたのだ。彼女がトムに宛てて書いた手紙も送り返されてきた。どの手紙も十回以上は読まれたかのように擦り切れて隅も折られ、赤いリボンできちんと束ねられていた。フリアーズ中尉によれば、トムはロザムンドのことをいつも話していたという。ぞっこん惚れていて妻にするのが待ちきれない娘だ、と。ロザムンドは戻ってきた手紙を、トムから受け取った手紙と一緒に旅行鞄の底に入れ、彼を想う気持ちとともに鍵をかけてしまいこんだ。

以来、ロザムンドは屋敷の切り盛りや、法廷弁護士として開業する父親、のちにはバートラムの手伝いをして生きてきたが、求婚してくる男性は現れなかった。関心を示す若い男性がときおりいたものの、ロザムンドは気づきもせず、ある日突然、それさえぱたりとなくなった。深い悲しみの淵からようやく抜け出したときには、世間的には行き遅れとされる二十三歳となっていた。結婚してこどもを産み育てる機会は彼女を通り過ぎてしまっていた。だがロザムンドは、悔いてもしかたないことをあれこれ言う人間ではない。妻となり母となる道が閉ざされたことについて気持ちにけりをつけると、父や弟に仕える日々にさらに邁進したのだった。

だがいまは、聡明な弁護士からの誘いについて考えこんでいた。女性だということは知られていないが、彼はロザムンドに会いたいという。バートラムは、ローレンス卿に断り状を送れと言うだろう。しかし弟は、あとしばらくは法廷弁護士のふりをつづけてもらわなければ困るとも言っていた。父が残していった案件を投げ出すわけにはいかない。それにバートラムは、法的な知識や助言を依頼人に授けるだけで出廷せずにすむ案件のみに業務を移行する必要がある。それがすむまでは、ロザムンドにはロス・キャロウとして振る舞ってほしいというのだ。

しかし、たとえ真のロザムンドに戻ってほしいと弟に言われても、彼女自身がそれを望んでいるかどうかは定かではなかった。

今日のようなことがあったあとでは無理だった。

実際の法廷に立ち、実在する判事を前にして現実の訴訟で弁論を行い、ローレンス・バイロン卿のような秀でた法廷弁護士を相手に、みずからの思考力や才能で競う機会を味わってしまったいまとなっては。

最初の緊張を乗り越えて気が楽になると、勢いに乗った。そればかりか、男性のふりをしたことで与えられた自由をも享受できた。さらには、敬意を払われるという体験も。

男性であるとは、そして、ある職業に就く権利があるというのは、どんな感じがするのだろう。ここ何年ものあいだ、ロザムンドは折にふれて考えてきた。みずからの興味関心に従って天賦の才能を働かせる自由を認められず、女は家庭を守っていればいいとする旧弊な世間にしょっちゅうぶち当たるのではなく、自分の知性や判断力を賞賛されるとは、どんな感じがするのかしら。

だが男物の靴を履き、文字どおり男としての立場を体験して《イン・メンズ・シューズ》みると、男女のあいだの違いを身をもって知った。教育を受けた女性として自分の考えや意見を表明しても、家族以外の人間からは相手にされないのが常だ。いっぽう、短いながらも男として振る舞ったときには、周囲の人々が耳を傾けて実際に心に留めてくれるのを肌で感じることができた。お天気のようにさして重要でない話をしたときでも、彼らはロザムンドが言うべきことを気にかけてくれた。

この決定的な違いにロザムンドは酔いしれた。すぐには捨てられない。法廷弁護士のミスター・ロス・キャロウとして振る舞うのをやめないのなら、ローレンス卿の誘いも受けてしかるべきだわ。

それに、ロンドンでも屈指の上流階級専用のジェントルメンズ・クラブの内部をこの目で見る機会を逃す手はない。バートラムでさえ、高尚な雰囲気をもつ〈ブルックス〉への招待状を言葉巧みに得たことなど一度もないのだから。

わたしは行くわ。ロザムンドは心に決めた。というか、ロス・キャロウは明日の夜九時に〈ブルックス〉へ行く。

そうと決まれば、バートラムに気づかれずに家を抜け出す手立てを考えるだけだ。ベッドに腰をおろし、ロザムンドは策を練りはじめた。今日はロンドンでもっとも評判のいい弁護士に対峙《たいじ》して、裁判で勝利を収めた。誰にも見つからずに自宅から忍び出る方法など、簡単に見つかるはずだ。

ロザムンドは希望に目を輝かせた。

「ブランデーのお代わりはいかがですか？」と従僕が尋ねる。

ここは、紳士だけが入れるクラブの〈ブルックス〉。掛け心地のいい椅子で「タイムズ」紙を手にしていたローレンスは顔をあげた。「いや、いまはいい。もう少しして客人が到着したら、一杯もらおうか」

「承知いたしました」従僕はお辞儀をして下がっていった。

部屋の向こう側にかかっている時計をちらと見る。

九時五分。

キャロウは約束の時間に遅れている。

ローレンスはページをめくってたたみ直した新聞に視線を戻したが、経済についての興味深い記事だったはずなのに、いつしか思いは胸のうちへと向かっていった。

今夜このクラブで会おうと、彼をいきなり誘わずにはいられなかったのはなぜなのか。いまでもわからない。好奇心、か？　ぼくが裁判で負けることはめったにない。さっさと勝ちを収められるはずの訴訟では、とくに。だがロス・キャロウは、ぼくが慎重に検討を重ねた法的根拠をすべて覆すと、思いもよらぬ証拠を提示して説得力ある証言を引き出し、判事を自分の味方につけた。じつに見事な弁論だった。原告側がいつも有利なのが常とされる法制度においては、こども騙しなど通用しない。

で、田舎から出てきたばかりというこの新参者はいったい誰なんだ？　わずか一週間前は誰も聞いたことのなかった男だ。以前からの持論だが、自分が関わりをもつ男がどんな人物か見極めるのは、いろいろ役に立つ。それには、打ち解けた雰囲気のなかで酒を酌み交わしながら話をするのがいちばんだろう？

ロス・キャロウがここに姿を見せたら、の話だが。

時計をふたたび見ると、九時を十分ほど過ぎていた。あと少し待っても来なかったら、馬車の手配をさせよう。正直言うと、早くに帰れるなら、それはそれでありがたい。事務弁護士からあらたに受け取った摘要書《ブリーフ》を検討して、つぎの火曜日に開かれることになっている審理の準備をしなければならないし、明日の晩は舞踏会がある。ミス・テンプルストーンと踊り、夕食もともにすると約束してあるのだ。義姉のタリアにも最近言われたが、忙しすぎて自分の時間がまったくない日々をおくっている。

ローレンスはグラスに残っていたブランデーを飲み干すと、また新聞に視線を戻した。

その五分後、ロス・キャロウは従僕に案内されてやってきた。頬を赤く染め、やや困ったような表情をしている。眼鏡をかけているにもかかわらず若々しく、繊細で優美な顔立ち。ローレンスはふたたび驚かされた。実際、ろうそくの柔らかな灯りのもとで見ると、愛らしいと言ってもいいほどだ。

いったい、どこからそんな突飛な考えが浮かんだのだろう。ローレンスは当惑して目をしばたたき、不要な糸くずのようにそれを頭の隅に追いやりつつ立ちあがった。

「こんばんは、閣下《マイロード》」キャロウが切り出す。「約束の時間を守らなかったことを、どうかお許しください。辻馬車がなかなか捕まらず、遅れてしまいました」

「自分の馬車で来ることはできなかったのか?」

「いえ、それは……ぼくの――」キャロウはふいに眉根を寄せ、口をつぐんだ。「今夜は、いとこが馬車を使っておりまして」

言葉に詰まったのはなぜだろう、とローレンスは思った。だが、彼らのあいだに諍《いさか》いがあったとしても、ぼくが口を出すことではない。昨日の法廷におけるバートラム・キャロウのお粗末な弁論を考えれば、ふたりがその後に口論したとしても不思議ではない。

「この時期はいつも道が混んでいるから、辻馬車はなかなか見つからない」ローレンスは理解を示すように言ってやった。「だが気にするな。おかげで、今日のできごとに追いつくことができた」向かいのひじ掛け椅子を身振りで示し、座るよう無言で促す。

キャロウは腰をおろしたが、背もたれに体をあずけるのではなく、背筋をぴんと伸ばしたまま端にちょこんと座った。両ひざを揃え、その上に両手をきちんと組んでのせている。ふつうではない姿勢にローレンスは目を引かれたものの、とくになにも言わず椅子の背にゆったりもたれた。

「なにを飲む?」

「えっと、そうですね、紅茶などがいいです」

ローレンスは訝しむように片眉をあげた。「紅茶? こんな時間に? きみは、謹厳な生活を重んじるメソジスト教徒ではないだろう?」

「ええ、イングランド国教会の信徒ですが」

やや面食らったように答えるキャロウをローレンスはしばらく見ていたが、少し離れたところで邪魔にならぬよう立っていた給仕を振り向いて呼んだ。「このクラブで最高のクラレット（ボルドー産の高級赤ワイン）を一本と、グラスをふたつ」そして、キャロウの眼鏡の奥の瞳をふたたび見つめた。内側から光るような、灰色とも銀色ともつかぬ色合いだ。「きみだってワインは飲むだろう？　どうしても紅茶のほうがいい、と言うなら別だが」

　キャロウの眉間にうっすらとしわが刻まれる。「いえ、ワインは最高ですね」

　注文に応じるべく給仕が下がると、別の使用人がやってきて、ローレンスのすぐそばで空になっていたブランデーグラスを音もなく下げた。

「で、この街はどうだい？」ローレンスはふたたび、背もたれに体をあずけた。「こちらへ来たのはつい最近だと言っていたように記憶しているが。北部のヨークから、だったかな？」

「ええ、ヨーク近隣です」

「これまでのところ、ロンドンはどうだい？」

「ヨークよりはるかに大きいですね」キャロウはそっけなく皮肉な口調で答えた。

　ローレンスはふと言葉を失ったが、声をあげて笑った。「これは参った。この街が気に入ったか、と尋ねるべきだったな。大都会はときに人を怯《ひる》ませるものだから」

　キャロウの灰色の瞳がきらりと光った。眼鏡のレンズをも透過するような輝きだ。

「ぼくは違います。活気あふれるこの街に、胸がわくわくさせられる。毎朝目を覚ますたび、まったくあらたな一日がはじまるのがうれしくてたまりません。ロンドンのような生き生きとした都会では、今日という日がどんな日になるのか誰にもわかりませんからね」

「昨日のようなことがあったあとではとくに、ということかな？」

キャロウの口元にゆっくりと笑みが浮かんだ。「ええ、とくにそうですね」

胸のなかでなにかがうごめくのを感じ、ローレンスはまったく無意識のうちに笑顔を返していたが、ちょうどそのとき給仕がワインを持って戻ってきた。キャロウから目をそらす格好の口実に、彼は不思議なほど安堵を覚えた。

ローレンス卿がワインの抜栓に応対するすきに乗じ、ロザムンドはひそかに息を継いで胸のざわめきを抑えようとした。

どうしよう。なんということのない世間話をしていても、ローレンス卿はわたしの神経を張り詰めさせるすべを知っている。でも、男の振りをしているせいで当然覚える不安はあるものの、ローレンス卿との丁々発止のやりとりを楽しまずにはいられないわ。昨日、法廷で論を戦わせたのと少し似ている。もっとも、少なくともあの場では法律と裁判の手続規則を当てにできた。ここでは正真正銘、頼れるのは自分しかいない。

しかも、ここは卿の領域《テリトリー》だ。ロザムンドが想像していたように、紳士が集うクラブの〈ブルックス〉はなにからなにまで洗練されていて、排他的だった。中流階級に属する弁護士の娘であり姉でもある彼女は、高尚な貴族と同じ空気を吸うことに慣れていなかった。とはいえ、ここが上品でしゃれているのは確かだが、新聞のゴシップ欄を読んで信じていたような胸躍る場所とはほど遠い。実際、身なりのいい男性が三々五々座っては酒を飲んだり話をしていたり。それに、隣り合う部屋のひとつではカードゲームが行われているようだ。どちらかといえば、バートラムが仲間たちと寄り合う近所のパブを思わせる。こちらのほうが、少しばかり趣味がよくて高級というだけの話だ。

ローレンス卿がワインのテイスティングをするさまを、ロザムンドは見守った。いつもの二倍、自分の言動のすべてに気をつけなければ。まったく、さっきはどうして紅茶なんて頼んでしまったのだろう。朝食の席をのぞけば、紅茶は女性の飲み物だ。ウイスキーやポートワインなど、もっと男らしい物を頼むべきだったけど、どちらも一度も嗜《たしな》んだことがないのを考えると、この機会に試してみるのは賢明とは言えない。

少なくとも卿はワインを頼んで、ことを荒立てずにしてくれた。クラレットがお気に入りだったことはないけれど、少し飲むくらいなら、醜態をさらしたり――もっと悪いことには正体を現したり――することもないだろう。

ワインのテイスティングが正しくすむと、給仕は銀のトレイにのせられたふたつのグラスに注ぎ、最初にローレンス卿に、それからロザムンドにトレイを差し出した。もごもごとした彼女の礼の言葉を表情ひとつ変えずに受け取ってから、給仕は下がっていった。

ローレンス卿はまたしても椅子にゆったりもたれて、グラスを掲げた。「大小さまざまな勝利に乾杯」

ロザムンドもそれに倣った。「勝利に乾杯」

驚いたことに、ワインは上品な口当たりでいながら清々しい味わいだった。オークや、秋のブラックベリーを思わせる果実の香りもする。

ブラックベリーは大好きだわ。

クラレットに対する見方を変えなければならないわね。ロザムンドはもうひと口、ワインを含んだ。

「知っているとは思うが、きみを打ち負かす別の機会をぼくは待ち望んでいる」

そんな機会があるとは思えないけれど。ロザムンドは卿に応えず、ふたたびワイングラスを傾けた。

「ところで」卿は肩の力を抜いたふうを装った声で言った。「こんなことをどれくらいつづけるつもりだ？」

口ごもった拍子に赤ワインが変なところに入り、ロザムンドは咳きこんだ。

そして、さらに咳きこんだ。

咳が収まらず呼吸を整えることもできないと見てとるやローレンス卿は立ちあがり、ロザムンドの背中を強くたたいた。あまりの衝撃に、彼女はぜいぜいする息をひとつ大きくのみこんだ。これが、この世で吸う最後の息になるのだろうか。だが、ふいにのどが開いて呼吸ができるようになり、ありがたいことに肺に空気が入ってきた。

「少しはましになったか？」

ひと呼吸おいて尋ねるローレンス卿に、ロザムンドは二、三回咳をしてうなずいた。「え、ええ」低くぜいぜいとした声でどうにか答え、ワイングラスを慎重に脇へやる。

「それはなによりだ」危険が去ったのに気をよくしてか、ローレンス卿はふたたび自分の椅子に座りこんだ。「〈ブルックス〉の真ん中できみがぽっくり逝ってしまったら、どんな面倒なことになるか。古顔の連中は、静かなゆうべを邪魔されたといって卒中を起こすに違いない」

実際、同じ部屋にいる男性のなかにはロザムンドの様子を見守っている人もいた。好奇心をあらわにする人から、いら立ちや不快感を隠そうともしない人までさまざまだ。ある老人はふんと怒りの声をあげると、折りたたんでいた新聞紙をふたたび伸ばして、その陰に隠れてしまった。

ロザムンドはもう一度だけ咳をした。「あなたのお知り合いのお心を乱すつもりは毛頭ありません」

だがローレンス卿は微笑み、抜け目なく楽しげに目を光らせた。「おや。法廷の内外を問わず、きみは大勢の人間の心を常に乱しているような気がするが」そして、取りあげたグラスをくるくる回す。「落ち着いたようだから、もう一度訊く。さっきの質問にはなんと答えるつもりだ？」

罠にかかった動物のように、ロザムンドの心臓の鼓動が恐怖に速まった。彼は知っているの？　だけど、どうやって？　当て推量したのでもなければ、ありえない。わたしをここへ呼んだのは、男のなりをしていることなどお見通しだと告げ、追い詰めて恥をかかせるため？

「どの質問ですか、マイロード？」ロザムンドはわからないふりをして尋ねた。わたしから真実を引き出したいなら、卿のほうがそのものずばりの告発をすべきだ。

「きみが不運にも咳の発作を起こす前に、ぼくがした質問だ。いとこの肩にのしかかる責任をきみが代わりに引き受けるのを、あとどのくらいつづけるつもりなのか知りたい。昨日のことを見れば、きみたちのどちらが優れた弁護士なのかは明白だ。なのにきみは、彼に主導権を握らせてやっている……少なくとも、彼がとんでもない混乱を引き起こすまでは」

安堵感がロザムンドの全身を駆け抜け、こわばった肩や背中から緊張が解けていく。しかし、ローレンス卿の言葉がじゅうぶんに理解されると、こんどはまったく別の理由で彼女はふたたび体をこわばらせた。「いま、なんとおっしゃいました?」

「むきになるな。審理の場で弁論に臨まずにすむようイライアス・キャロウが息子に裏方仕事をさせていたのは、法曹界の人間なら誰もが知っていることだ。だがもちろん、イライアスがバートラムを保護してやることはもうできない。だから、きみの出番となったのだろう? だがきみも、彼が口を開くのをよくも許したな? 人前では筋のとおった文を最後まで言うことさえおぼつかないやつなのに。見当違いの忠誠心に基づいて彼に従うのでは、きみたちどちらのためにもならない」

ロザムンドの両手は拳に握られていた。「ぼくの――いとこ――は、法律をじゅうぶんに理解している、優れた弁護士です」

「弁護士として彼が劣っているというわけじゃない。ただ、きみも昨日目撃したように、法廷の場で弁論を行うのには向いていないと言っているだけだ。だが、きみはそうではない。ところで、きみはいったい幾つなんだ？」

「ぼくの年齢がどう関係があるのか、よくわかりませんが」

卿は答える代わりに待っていた。先を急がない視線も揺らがない。

「二十四歳です」ロザムンドはしぶしぶながら答えた。

男性としては若く見えるので、誰かに尋ねられることがあったら、二十八歳という実際の年齢より下にごまかしたほうがいい、とバートラムと取り決めてあった。

「ぼくが言いたいのはまさにその点だ」ローレンス卿はワイングラスをくるりと回した。「弁護士としての研修を終えてまだ三、四年しか経っていないのに、知り合いの経験豊富な弁護士の大半と同等か、どうかすると、それ以上に優れた弁論をきみは行った。その事実だけでも、ぼくは興味を惹かれた」

さっきまでいら立っていたロザムンドは、ほのぼのとした思いにとらわれた。ローレンス・バイロン卿のことはよく知らないが、正当に与えられるべきでない賞賛の言葉をむやみに授ける人間ではない。それは確かだ。

「だから、ぼくをここへ呼んだんですか？　ずっと気になっていたのですが」

卿の口の端にうっすら笑みが浮かぶ。「ライバルのことは知りたいと思うし、できるなら友達になりたいからだ」

「なにをどうしたら、ぼくたちが友人同士になれると思えるんですか？」

「友達になれないと思うのはなぜだ？」

ロザムンドはローレンス卿の印象的な瞳をじっと見たが、心臓の鼓動が不安になるほど変に跳ねているのに気づいて目をそらした。卿がこれほどハンサムなのは、はっきり言ってずるい。今夜こうして彼とここで話をしているのは、女神アフロディーテに愛された美青年アドニスと同席しているようなものだ。

「きみはビリヤードをやるか？」ローレンス卿が尋ねる。

「ビリヤード？」ロザムンドは、的外れな質問に目をしばたたいた。

「ほら。フェルトを敷いた台で、突き棒《キュー》を使って玉を撞くあれだ」

「ビリヤードがどういうものかは知っていますが、やったことは一度もありません」

卿は太ももを片手でぱんとたたいて立ちあがった。「よし。それなら、ぼくがきみを負かすのもずっと楽になる。来いよ。廊下を少し行ったところがビリヤード室だ」

「すみませんが、できません」

「もちろんできるさ。いやとは言わせない」

ローレンス卿は、自分がこうしたいと思ったのを否定されておとなしく引き下がる人ではないのだ。ロザムンドは先ほどとは違う不安を抑えつけながら、黙って彼についていった。


白い手球をふたつ持って音をさせながら、ローレンスはつぎのゲームの準備をした。これまでのところ、ロス・キャロウとふたゲーム戦った。彼に木製のキューを渡してビリヤードの基本的なルールを教え、練習のために二、三度撞いてみさせてから、ゲームをはじめた。

言うまでもなく最初のゲームでは、序盤の易しいショットでキャロウが得点できなかったのちはローレンスが主導権を握り、そのまま勝ち切った。すばやく正確な熟練の技で大砲のようなショットをつぎつぎ繰り出し、的球を六つのポケットに沈めた。

勝負がつくと、ローレンスはキャロウの意向を確かめもせずにふたたび球をセットして撞きはじめた。肩をくねらせて脱いだ上着を近くの椅子の背に放る。キャロウにも同じようにしろと言ったのだが、彼は頑なに拒んだ。きつい袖周りが動きを狭めることを思うと、試合運びの邪魔になるだけだが、それでもゲームをつづけるうちにキャロウの腕前もあがっていき、何度か球をポケットに沈めることさえあった。はじめてキューを手にしてから一時間も経っていないことを思えば、なかなかどうして大したものだ。

ローレンスは濃い色調の木製サイドボードのところまで歩いていくと、置いてあったワイングラスを取りあげ、残りを一気に飲み干した。先ほど給仕が持ってきたクラレットのボトルに手を伸ばして自分のグラスに、そしてキャロウのグラスに注ぎ足す。

そして、そのグラスを差し出した。

キャロウは受け取ったが、こくりとひと口飲んだだけですぐグラスを脇に置いた。あまり酒飲みではないのか。ローレンスは思った。こんなところも生真面目だが、ユーモアのセンスはある。それも、思いがけないときにひょっこり顔をのぞかせるようなユーモアだ。とはいえ二十四歳という若さなら、もう少し羽目を外してもいいはずだ。肩のあたりの力みに――どうしても脱ごうとしない上着に、その肩は隠れているとはいえ――強情なところが現れている。もっとも、単に不慣れな場所にいるせいかもしれない。紳士だけが入れる会員制の社交クラブに足を踏み入れた経験などキャロウには一度もないであろうことは、すっと通った鼻筋と同じくらい明らかだ。だが、それだけではないような気がする。なにか隠している感じもするが、それはまったく意味をなさない。田舎から出てきたばかりとはいえ、誰がどう見ても有能な若き弁護士がいったい、どんな秘密をもっているというのだろう？

なんであれ、キャロウは変わり者だ。それは否定できない。それでも、一緒に過ごすほどに、若干の疑念がわくものの彼に好感を覚える。キャロウは……控えめに言っても少し変わっている。頭の回転が早くて弁も立ち、興味深く愉快な言葉の選び方をする男だ。

それに、きわめて博識で機知に富んでいる。

ビリヤードをやりながら、ふたりはいろいろ語り合った。法律の話からはじまり、話題は歴史や文学、芸術など多岐にわたった。政治について意見をたたかわせたときにはちょっとした議論となり、いくつか相容れない点が見つかったものの——キャロウは、貴族にしては珍しくホイッグ党に共感を抱くローレンスよりもさらに自由主義的で、急進派ともとられかねない見方をもっていたが、それ以外は驚くほど共通点が多いことがわかった。

今夜このクラブに来るよう招いたときは、キャロウの振る舞いの動機を知りたいというだけだったものの、これほど一緒にいることを心から楽しむようになるとは予想外だった。

「こんどは賭けてみないか？　もちろん、大きな額じゃない。ちょっとゲームをおもしろくするために色をつけるだけだ」ローレンスはキューをまた取りあげた。

キャロウは炉棚の上の時計にちらと視線を走らせた。「興味深いお申し出ですが、機会があればまたそのうちに。もう遅いですし、そろそろ帰らなければ」

「まだ真夜中にもなっていない。まさか、まだ田舎にいるのと同じような時間帯で生活しているわけじゃないだろう？　ここはロンドンだ。夜が明けるまでベッドに就かない人ばかりが暮らす街だぞ」

「そんなのは上流階級の人だけですよ、マイロード。ぼくはそういう人種とは違う」

「そうかもな。だが、弁護士や医師など専門職と呼ばれる人のなかにも、昼も夜も忙しくしている知り合いは大勢いる。少しは楽しめ、キャロウ。いまを逃したら、いつ人生を謳歌《おうか》するんだ？」

一瞬、キャロウの灰色とも銀色ともつかぬ瞳に影がさした。誘惑に心が揺れているのだ。ローレンスにもおなじみの衝動だ。

「たかがビリヤードのゲームじゃないか」

キャロウは黙ったまま考えていたが、ひとつため息をついた。「わかりました。もう少しだけいましょう。でも、せいぜい一時間ですよ。弁護士としての職務の弁《わきま》え方から察するに、あなただってひと晩中どんちゃん騒ぎなどしたくないはずだ」

「これが？　どんちゃん騒ぎだって？　とんでもない」ローレンスは声をあげて笑った。「もっと強い酒を浴びて派手にふざけ、さらにはよろこんで体を差し出してくる娼婦が二、三人いなければ、どんちゃん騒ぎとは呼べない。じつを言うと、きみよりも若い頃に兄のレオと街に出て浮かれ、忘れ難き一夜を過ごしたことがある。それぞれがウイスキーのボトルを二本ずつ空けて、賭博場三カ所で大金を賭け、かわいくじゃれついてくる娼婦を四人買った。あまりにも長時間、激しく体を重ねて愛し合ったものだから、翌朝は屋敷へ戻る馬車に乗りこむのもひと苦労だった。キャロウ、これが乱痴気騒ぎだよ」

　だが、高笑いとともに猥雑な返しをしてくるかと思いきや、キャロウはローレンスを見つめるばかりだった。目を丸くして口を開け、頬を真っ赤に染めている。そして、くるりと背を向け、せかせかとキューにすべりどめの粉をつける。

　ローレンスは面食らったまま、その様子を眺めた。ぼくの思い違いでなければ、キャロウに衝撃を与えてしまったようだ。しかし彼だって、少しばかりあけすけな話をされたぐらいで気を悪くするほど、うぶなわけでもないだろう？　いくら田舎育ちだとはいえ、そこまで世慣れていないはずがない。

「ほんとうに、メソジストじゃないんだろうな?」ローレンスは衝動にあらがいきれず、からかいの言葉を口にした。

キャロウはキューの先に小さな白墨の塊をぎゅぎゅっとつけると、音もなくそれを置いた。「はじめましょう、マイロード。ぐずぐずしていても、時間は巻き戻りませんよ」

「いいだろう」ローレンスはまたも、訝しむように彼を見た。

自分の手球を取りあげると、キャロウはビリヤード台の端へ歩いた。「でも、あなたがまたぼくを打ち負かすであろうことを思うと、はっきりいってゲームをするだけ無駄なような気もします。結果が必然的なことを思えば、あなたとの賭けに同意するぼくは愚か者に違いありません」

「いや、それはどうかな。きみは初心者にしてはまずまずの腕前だ。自分でも驚く結果になるかもしれないぞ。そのいまいましい上着を脱いでみれば、とくに。いったい、なにを隠そうとしているんだ?」

冗談めかした言葉を聞いてキャロウの瞳が光った。一瞬の動揺と不安。まっすぐ彼を見ていなかったら、ローレンスでも気づかなかっただろう。

キャロウは目を伏せながら、肩をいからせた。「上着がなければ狙いも定まるとあなたがおっしゃるので、ここはぜひ、試してみようと思います」

　返事を待たずにキューを脇へ置き、上着から両腕を抜く。たいていの男ならそれを放るところ、キャロウは時間をかけてきちんとたたみ、椅子の背にそっと掛けた。

　ローレンスは無言で首を横に振った。まったく、彼には驚かされっ放しだ。

「準備はいいですか、マイロード？」

「だいたいは。まだ、賭けの条件を決めていないが」

「ああ、そうでしたね」キャロウはあまり愛想のない声で言った。

「友人同士の賭け事だから、金以外のなにかを賭けよう」ローレンスはさらにワインを飲みながら考えた。「うん、閃《ひらめ》いたぞ。負けたほうが、勝者の選んだ先へ相手を連れていってもてなすんだ。ふだんなら、技術を要するゲームに関してはぼくも譲歩しないたちだが、今回はきみがビリヤードをやりはじめてまだ間もない点を鑑み、五十ポイントのハンデをやろう。三百ポイント先取したほうが勝ち、だ」

　キャロウは眉根を寄せた。「それでも、あなたの勝ちは見えているようなものだ」

「怖気づいたとか言うんじゃないだろうな、キャロウ？」

「もちろん違います」

　ぶっきらぼうに言い返すキャロウの様子に、ローレンスはにんまりした。「ふむ。

「では、はじめようか?」

一瞬、キャロウはやはり拒むような顔を見せたが、いきなり長方形のビリヤード台の端へ歩いていくと、自分の手球を所定の位置に置いた。身を乗り出して、左手の指でつくったブリッジのあいだにキューを抜き差しして緊張をほぐし、どこを狙うべきかショットのラインを慎重に考えている。力強くスムーズな動きでひと撞きすると、手球は緑色のベーズで覆われた表面を走っていった。意図したとおり、向かい側のゴム壁《クッション》に当たって跳ね返って転がる。

その球がとまるのを、ふたりは見守った。

「うまく撞いたな。ほら、上着を脱いだほうがずっと楽だろう?」

キャロウはうなずいた。「あなたの番ですよ、マイロード」

「ローレンス、だ」

「えっ?」

「ローレンスと呼んでくれ。〝マイロード〟とばかり呼ばれていると、いやに歳をとったような気がする」

キャロウはまじまじと見返した。「では、そのように……ローレンス」

「よし。脇へどいてくれ、ロス。そうすれば、ゲームのつづきができる」

6

「着きましたよ、旦那」

ほぼ二時間後、キャロウ家のタウンハウスの前に辻馬車がとまると、御者が言った。どの窓にも灯りはない。みな、とうに下がって寝《やす》んでいるのだろう。

ロザムンドは小銭を数えて運賃を渡してから、御者が馬に鞭をくれて通りに消えていくのを見送った。ウールの外套を着ているにもかかわらず、ぶるっと体が震える。春だというのに夜気が冷たい。

遠くで犬の吠える声がした。早く家のなかへ入ったほうがいい。このあたりは品のいい人たちが住む地域で、犯罪もめったにないとはいえ、ロンドンであることに変わりはない。物陰に誰が潜んでいるかわかったものではない。

だがロザムンドは正面玄関に行くのではなく、家の側面にあるくぐり戸を開けて踏段を駆けあがった。鍵を出して勝手口を開け、なかへそっと入る。

火を絶やさぬよう灰を盛りあげてある調理用の炉から温もりが漂ってくるものの、大きな木製テーブルが置かれた厨房は薄暗かった。明日の食事の準備がすぐできるよう、どこもかしこもぴかぴかに磨かれてある。ロザムンドは一瞬、階上《うえ》へあがるのにろうそくに火を灯そうかとも思った。しかし、きちんと服を着ているとはいえ、誰も起こしたくないし、たったいま戻ってきたのを知られたくもない。

家の裏側にある階段へ向かおうとしたところ、隅に大きな人影が座っているのに気づいた。叫び声がのど元まで出かかる。

「いったい全体、どこに行っていたの？」

誰なのかわかったので、叫び声は出さずにすんだ。ロザムンドは胸に片手を当てた。早鐘のように打つ心臓が肋骨を突き破ってこないのが不思議なくらいだ。「ちょっとやめて、バートラム。あなたのせいで死ぬほど驚いたわ」

バートラムは火打ち石から火花を火口に落とし、ろうそくを灯した。柔らかな明かりがふたりの周りを小さく照らす。「そうだとしても」と固い声で言う。「ね、姉さんの自業自得だよ。だいたい、いま何時だと思ってるんだい？」

弟の目を見るうち、やましさを覚えた。「遅いのはわかっているけれど――」

「遅い？　もう真夜中の、に、二時だよ。姉さんがいないとわかってから、生きた心地がしなかった。全然戻ってこないから、夜警に連絡して、姉さんの遺体が沈んでいないかどうか、テムズ川をさ、浚《さら》ってもらおうかと思っていたところだ」

ロザムンドは両腕を胸の前で組んだ。「そんなことをする理由はないわ」

「そもそも、姉さんがこっそり家を抜け出していなければ、ぼくはなにをする必要もなかったんだよ。どこへ行っていたの？」

ロザムンドはあくびを嚙み殺した。「ねえ、明日の朝にしない？　あなたも言ったように、もうかなり遅いし」

「いや、明日の朝にはできないよ。いま、ここで話をしなくては」

「そう、わかったわ。だけど、せめて一階の居間へ行きましょう。そっちのほうがまだいいわ。この厚手の外套を脱ぎたいの」

バートラムが承知するのを待たずに、灯されたろうそくを取りあげて階段へと向かう。

弟はなにやら小声でぶつぶつ言いながらも、あとをついてきた。

玄関ホールに外套を掛け、ロザムンドは隣の居間に入った。消えそうな暖炉に火をふたたび点けるために薪を一本放り、すぐそばに座りこむ。お気に入りの袖椅子だ。

バートラムも向かいの椅子にどさりと腰をおろした。

そのときようやく、弟の乱れた格好に気がついた。髪は、この数時間に何度も指でかきむしったかのように束になって跳ねている。ロザムンドはふたたび罪の意識を覚えた。「心配かけてごめんなさい」

ふん、と拗《す》ねるような声。姉をまだ許すつもりはないようだ。

「わたしがどこに行っていたか、知りたいのね」

バートラムがロザムンドと目を合わせる。

「〈ブルックス〉よ」

「ブル――なんだって？」彼の口があんぐり開いた。「そんなところでなにをしてたんだい？」

「ローレンス・バイロン卿が招いてくれたの」

「バイロン？」バートラムの目が疑うようにすうっと細くなる。「彼が姉さんになんの用だったんだ？　それに〝招かれた〟って、いつ？」

ロザムンドはズボンについていた糸くずを取った。「昨日、わたしたちが裁判に勝ったあとで」

「つまり、ふ、ふたりで話しているのをぼくが見たときってことか？　彼はおめでとうと言うためにやってきた、と言っていなかったか？」

「そうよ。だけどそのとき、紳士が集うクラブにも誘われたの」

バートラムは苦虫を嚙みつぶしたような顔になった。「そして姉さんは、それをぼくには話さなくてもいいと思ったわけだ」

「誘いに応じるかどうか決めかねていたし」

「だけど、行くと決めてからもやっぱり黙っていたんだろう？」

「あなたが反対するってわかってたから――」

「は、反対するに決まってるじゃないか」バートラムが言い捨てる。怒りのあまり、いつもの鷹揚な態度にもひびが入る。「バイロンは優れた弁護士かもしれないが、それ以外では節操のかけらもないふしだらな放蕩者だ」

「節操のかけらもないと言うのは不公平に思えるけれど」

ふしだらな放蕩者、という部分については……

「公平だろうが不公平だろうが、彼とは距離を置くことだね」

「どういう根拠で？」

「さっき言ったじゃないか。彼は恥も自責の念もない放蕩者だ。こと女に関しては、不愉快きわまりない評判しか聞かない。ぼくがいままで聞いたことのある話を、す、少しでも知ったら、姉さんは純潔が汚《けが》されぬまま家に戻ってこられた、こ、幸運に感謝しながら、自分の部屋に閉じこもりたくなると思うよ」バートラムはふたたび眉間にしわを寄せた。「まさか、汚《けが》されてはいないだろうね？」

「バートラム！」

骨の髄まで衝撃を受けたのは、これで今夜二度目だった。弟がそれとなくほのめかしたみだらな話の数々については、すでにひとつは耳にしていた――それも、ほかならぬローレンス卿本人から。

「忘れているといけないから言っておくけれど、彼は、わたしが男だと思っているのよ。信じてちょうだい、今夜は馴れ馴れしくされたことなんてなかったから」

バートラムはなおも数秒ほど姉を睨んでいたが、やがて肩から緊張が抜けていった。

「じゃあ、ふたりでひと晩中、なにをしていたんだい？」

いま言われたばかりの勝手な非難の言葉を思うと、そんなことはどうでもいいと言い返してやりたくなる。しかしバートラムは弟として、愛する姉を心配しているだけだ。ロザムンドの怒りも少しやわらいだ。「お酒を飲んだわ――ワインよ。それからビリヤードをやった」

「ビリヤード？」

「ええ。撞き方を教えてくれたの」

「彼が？　ほんとうに？」声に皮肉な響きが混じっている。

「ええ。最初は赤ん坊のようにぎこちなかったけれど、何ゲームかやるうちにコツをつかんだみたい。最後のゲームでは、あと二十ポイントで勝てるというところまでいったのよ。もっとも、最初に五十ポイントのハンデをもらっていたから、結局は接戦でもなんでもなかったわけだけど」

例の賭けも、勝ったのは彼のほうだ。

ロザムンドは眉根を寄せた。このこともバートラムに白状すべきだろうか。たいてい、弟には隠しごとなどしない——最近まで、秘密にしなければならないこともなかった。だけど、ローレンスと親しくなるのを弟がよく思っていないのは明白だ。いえ、やはりローレンス卿と呼ぶべきだわ。ファーストネームで呼ぶ許しを本人から得てはいるものの、そうするのがいいとは思えない。ほんとうに友人同士になったかのように、なぜか親密すぎる感じがする。

「なんてことだ、姉さんは彼のことが気に入ったんだな。そうだろう？」バートラムはやっと思い当たったというように言った。

「言葉に気をつけて、バートラム。あなたから借りた服を着て座ってはいるけれど、わたしはあなたの姉よ。それを忘れてるわ」

バートラムはたちまち、おとなしくなった。「ごめん」

無礼だと怒っているのを見たら、弟の追及の手も緩むのではないかしら。ロザムンドは頭をかしげたが、バートラムはいったん食らいついたら、納得するまで放さない質《たち》だ。

「で？」

「で？」

「姉さんだってわかってるくせに。バイロンのことだよ。好感をもっているの？」

ロザムンドは顔をあげてバートラムの目を見つめ、肩をすくめた。「そんなこと、わかるわけないでしょう？　まだ出会ったばかりなのに」

「だけど、彼をどう思っているか、それぐらいはわかるはずだ。そしてぼくの目には、それは好意的なものに見えるよ」

「そんなこと言うまでもないわ。彼も法廷弁護士の職にあるとはいえ、ひどく甘やかされて育った裕福な貴族なのよ？　わたしたちとは住む世界がまったく違うの。だけど、たしかに興味深い方ね。頭がよくて立派な教育を受けていて、洗練されている。それに、わたしが言うべきことに心から関心を寄せてくれているように見える。わたしも、彼と会話する機会を存分に楽しんだわ」

だけど、ローレンス卿のほうもそんなふうに感じてくれるだろうか？　一緒にゆうべを過ごした相手が同じ弁護士仲間ではなく、男のなりをした独り身のロザムンド・キャロウだと知ったときでも？

想像される彼の反応にはとてもよろこべず、ロザムンドはため息を隠した。「心配いらないと思うわ、バートラム。今夜は誘ってくれたものの、ローレンス・バイロン卿がわたしみたいな人間に貴重な時間をこれ以上割くとは思えないもの。ちょっと興味を惹かれた、というだけよ。ロンドンの法曹界で名前を知られていない人間に裁判で負かされたから、どんな男か確かめてみたかったのよ」

「で、彼にそれができたのかな？」

「いいえ。こちらの思惑どおりの印象をもっているでしょう。好奇心が満たされたから、今夜のことで終わりのはずよ。これからは、裁判所の廊下でちらと見るぐらいになるでしょうね」

ふたたび裁判で原告側と被告側に分かれて代理人を務めるようなことになれば、話は別だけど、その可能性は低い。傑出した弁護士だった父が残した法律業務を行うと決めたものの、さほど長くはかからないだろう。それが終われば、わたしは表舞台からひっそり姿を消して元の生活に戻るだけだわ。

もちろん賭けに負けたから、わたしは――というかロス・キャロウは、ローレンス卿と一緒に遠出をしなければならない。だけど、卿がほんとうに貸しを取り立てるとは思えない。あんなに忙しい人だもの、すでに忘れているだろう。

ロザムンドはズボンのしわを指で伸ばし、またため息をつきたくなるのをこらえた。

そんな姉の様子をバートラムはもうしばらく眺めた。「姉さんの言うとおりだな。ぼくが大げさに反応しすぎたよ」

「ほんとうにそうよ」

暖炉で燃える薪がぐらりと動く。赤と金色の火柱が小さくあがったものの、すぐに収まった。

「とにかくよかった。姉さんが無事に戻ってきて」

ロザムンドは微笑んだ。「同感よ。でもね、バートラム、男のなりをするこのお芝居をつづけるなら、ときどきはわたしひとりで行動する必要があると思うの。どこへ行くにもあなたがついてきたら、周囲に怪しまれるわ。男性同士はそういうことはしないから」

バートラムは険しい表情を見せた。「姉さんをひとりで行動させるのは気が進まないけど、しかたないね。でも、夕方に出かける用事は最小限にしてもらうよ」

「これ以上はないと思うわ」

「あと、出かけるときはちゃんとぼくに言ってからにしてくれ。と、とくに夜の外出については。こっそり抜け出すのはもう、やめにしてくれよ」

「もうしません。約束するわ」

ようやく気がすんだのか、バートラムは椅子の背に体をあずけた。

ロザムンドも同じく椅子にもたれた。ふいに出たあくびで目に涙がにじみ、片手で口を覆う。「遅くなってしまったわ。ほんとうに、もう寝ましょう」

「そうだね」バートラムは姉と目を合わせた。だが、ふいに少年のように瞳を輝かせた。「でもその前に、〈ブルックス〉のことを教えてくれ。どんなふうだった?」

思わずにんまりしながら、ロザムンドは弟に話をはじめた。

7

その二週間後、ローレンスは朝の間のサイドボードから卵やソーセージ、トーストを皿にのせて食卓についた。六月のまばゆい陽の光が反射する銀製のコーヒーポットを手にした従僕がカップに中身を注ぐと、湯気とともに芳しい香りが立ちのぼる。従僕が下がると、ローレンスはアイロンでしわを伸ばされたばかりの「モーニング・ポスト」紙を開いて読みながら、一心に朝食を食べはじめた。

十分後にレオがやってきた。挨拶の言葉をつぶやくと、サイドボードのところへ行って皿に食べ物をのせる。彼はローレンスの向かいに座り、熱いコーヒーをひと口すすって満足そうにため息をついた。

「今朝は、タリアは自分の部屋で朝食をとっているのか？」ローレンスは新聞をめくりながら尋ねた。

「まだ寝ている」レオはベーコンを口いっぱいに頰張ったまま答えた。「ゆうべ舞踏会に出かけて、帰ってきたのは夜更けだったんだ。目を覚ますのは昼過ぎじゃないかな」

かつては悪名高き離婚女性として、タリアの評判は悲しいほど地に落ちたままだったが、レオとの結婚を機にそれはほぼ払拭され、ふたたび上流階級に受け入れられるようになった。それでも彼女を頑として認めず、これからも相手にはしないと言い張る人間はいるものの、バイロン一族がタリアを気に入っていることを折にふれて見せつけると、かつてのようにさまざまな催しへの招待状が殺到するようになったのだ。

レオはといえば、妻のタリアが社交界にあらためて受け入れられているのをよろこんでいるが、それは彼女が幸せだからだとローレンスはわかっていた。レオ自身は周囲にどう思われようと、つゆほども気にしない。大事なのは、タリアがそばにいてくれること。それさえかなえられていれば、世間の評判などどくそくらえ。彼はそういう態度でいた。

レオはあくびを噛みころしながら苺ジャムの瓶に手を伸ばし、バターを塗った三角トースト二枚にたっぷり塗りたくった。一枚をふた口で平らげると、さらにコーヒーを流しこみ、こんどは皿に山盛りにした卵料理に取りかかる。「おまえは何時に帰ってきたんだ？　タリアと真夜中に戻ってきて軽食をとったあとも見た覚えがないが。

だいたい、夕食は家でとったのか?」

「いや、その直前に部屋に下がった。明日は出廷する予定があり、今日はその準備をしなければならないから、ひと晩ぐっすり眠るのが賢明だと思って」

じつは昨晩の舞踏会ももう少しですっぽかすところだったのだが、すんでのところで思い出して約束を果たした。大勢の令嬢たちと何度かダンスを踊り、そのなかには愛らしいミス・テンプルストーンもいた。一度ならず二度ダンスを申しこむと、彼女はよろこびに顔を輝かせた。しかし、夕食をともにしようとは誘わずにがっかりさせてしまった。それ以外は満点の対応だったのに、唯一の減点だった。

しかし、恥じらいながらも誘うような視線をミス・テンプルストーンがおくってくるのを思えば、いまはこれが最善の策だろう。彼女は求婚されるのを期待している。まさにそうすべきだとぼく自身がわかっているように。ではなぜ、それができないのだろう? 勢いに任せてプロポーズして、やるべきことをすませてしまえばいいのに。ミス・テンプルストーンはもちろん、父親の判事も婚約を歓迎するはずだ。なのに、最後の一歩を踏み出そうと思うたびに抵抗を感じる。

おそらく、自由気ままな独身生活を失うことへの本能的な拒否反応だ。ミス・テンプルストーンを娶ることと自分の気持ちの折り合いをじゅうぶんつけるのに、いま少し時間が必要なだけなのかもしれない。いったん納得すれば、こんな不安も消えるだろう。それまでは法廷弁護士としての義務を果たさなければならない。明日だって、依頼人のために弁論の場に立つことになっている。

裁判所といえば、ロス・キャロウとふと出会うことはないだろうか。〈ブルックス〉でビリヤードのゲームをしてから彼の姿を見ることもなく、連絡もないままだ。賭けで負けた約束を果たすためにキャロウのほうから連絡をしてくるものだと思っていたが、忙しさにかまけて気が回らないのだろう。こちらから、それとなく催促する必要があるかもしれない。

「おもしろくないことでもあるのか？」レオが尋ねる。

「なんだって？」ローレンスは顔をあげたが、ひとり物思いに耽っている現場を押さえられて驚いた。

レオが新聞のほうをあごでしゃくる。「おまえをいらつかせるような記事でも？ずいぶん時間をかけて政治欄を読んでいるから、保守的なトーリー党のばかものの主張に不服なのかと思って。じつは、頭に血がのぼるよう、おまえは敢えてそうしているのではないかと思うこともあるんだが」

「いや、議論を巡る双方の見方に通じておくためだ。そうすれば、その話題を振られたときにもじゅうぶんな理解のもとに話を進められる。敵対する人物がなにを考えているか知らぬままでいるより、それを把握しておくほうがいいのは確かだからね。そのほうが、いざ対決するときになっても容易に打ち負かすことができる」

「それはそうだが、気をつけないと、わざわざ胃潰瘍になるようなものじゃないか」

ローレンスは腹部をぽんとたたいた。「ぼくが？　まさか。鉄の胃袋をもっているからな」

「おまえの体で鋼板なみに固いのは、その頭だけだよ」

ローレンスが声をあげて笑うと、レオもそれにつづいた。

兄が食事を終えるまでのあいだローレンスは新聞に視線を戻し、いくつかの記事にざっと目を通した。そのうちのひとつは、たしかに彼の胃を怒りで捻《ねじ》れさせるような内容だった。

残っていたコーヒーを飲み干すと、新聞を脇へやって立ちあがった。「書斎で仕事をするよ。またな」

競馬欄をじっくり見ていたレオはちらと顔をあげた。「ああ、忘れないうちに言っておくが、来週のネッドとクレアの結婚記念日を祝う抜き打ちパーティーのことを覚えておけ、とのことだ。贈り物を買うようおまえに頼んでおけ、とマロリーから言いつかっている」

「覚えておけと心配されるのはおまえのほうだと思うが？」

レオは弟の言葉を聞いて、にんまり笑った。「心配するな。そのためにタリアがいるんだから」

ローレンスは鼻で笑った。「そんなこと、彼女に聞かれるんじゃないぞ」

まったく悪びれるふうもなく、レオはさらに笑みを深めた。

「まあ、いいさ」ローレンスは言った。「愛すべき姉マロリーに伝えておいてくれ、贈り物の手配も含めて自分のことはちゃんと面倒を見られる、とな。用がすんだなら、ぼくは仕事に取りかかる」

その言葉とともに出ていく弟を見送りながら、レオはくすくす笑いながら新聞に視線を戻した。


「原告勝訴。訴訟費用はすべて被告の負担とする。これにて閉廷」

判事の決定にロザムンドは安堵のため息をついた。口元に笑みが浮かぶ。また勝った――今回は、訴えを起こした側の代理人を務めた。

依頼人は頑健な男性で、拳闘選手のような胸板にベストのボタンがはち切れんばかかり。彼はゆったり進み出ると、ロザムンドの手を握って大きく上下に振った。彼女以上によろこびで跳びあがらんばかりだ。「すばらしい、上々の結果ですよ、ミスター・キャロウ。お礼の言いようもありません」

「どういたしまして、ミスター・チップスベリー。商売がたきに悩まされるのもこれで終わるといいですね」

ミスター・チップスベリーは羽振りのいい茶商人で、商売がたきを名誉毀損で訴えていた。古くて粗悪な茶葉を野菜くずや肥やしで染めて新しく見せかけている、とデマを流されていたのだ。根も葉もない噂のせいでチップスベリーの商売は多大な損害を被ったが、顧客の信用もそのうち回復するだろう。

「やつの口をこれで封じられるはずですよ、間違いない」チップスベリーは言った。「懲罰の意味を込めた損害賠償金だけでなく、私があなたにお願いした弁護の代金もやつにちゃんと請求してください。やつがすっからかんになるくらい、割り増しで請求してもかまいませんよ」

ロザムンドは笑いたくなるのをこらえた。「倫理規定の範囲内でできるだけのことをしますよ。あらためておめでとうございます、ミスター・チップスベリー。被告があなたに謝るとともに、謝罪公告を出すよう判事閣下に命じられたのにもさぞ満足していらっしゃることでしょう」

「じつに痛快です」チップスベリーはベストのポケットに親指を入れて胸を張り、満面の笑みを見せた。「うちのお客さんたち全員に、なにがなんでもその公告を見せてやります」

「いやまったくです、ミスター・チップスベリー。ご存分に」

「どんなお茶がお好きですか、ミスター・キャロウ？」

「お茶、ですか？」

「あなただってお茶は飲みますよね」ふいに不安になったのか、チップスベリーは眉根を寄せた。「まさか、近ごろ流行りのコーヒー党とかではないでしょう？」

「ええ、違います。お茶は大好きです。毎日飲んでいます」

チップスベリーの顔に笑みが戻った。「では、うちの最高級の品が入った木箱をお回ししましょう。あなたのようなすばらしい男性には一流の品だけがお似合いだ」と言ってロザムンドの背中をばんとたたく。彼女はつんのめりそうになったが、どうにかテーブルにもたれて転倒を免れ、笑顔まで作ってみせた。「親切なお申し出に感謝いたしますが、そんなことをなさる必要はありません」

「いやいや、あるに決まってるじゃないですか。ノーという答えは受け入れません。

緑茶、それとも紅茶?」

ロザムンドは、あとに引かないぞというチップスベリーの顔を見つめた。もし真実を――彼の言う〝すばらしい男性〟がじつは〝すばらしい女性〟なのだと――知ったら、どう思うだろう。

「緑茶ですか? それとも紅茶を?」チップスベリーが繰り返す。

「では、紅茶で」

「承知しました」茶商人はにっこり笑った。「さてと、長々と引きとめるのはこれで終わりにしますよ。あなたがどれほど忙しいか、わかっていますからね」

「あなたもご同様でしょう、ミスター・チップスベリー」

彼の目をふたたび見たロザムンドは、いかにも男らしく肩をたたかれるのかと思って身構えた。しかしチップスベリーはもう一度最後に手を握ると――これまた力強い握手だった――小さく口笛を吹きながら去っていった。

血の流れを元に戻そうと、痛む手を握ったり開いたりしたのち、ロザムンドは儀礼用のかつらがずれていないかと頭に手をやり、弁護士用のテーブルにのっていた私物を集めて法廷をあとにした。

バートラムには、さほど婉曲とはいえない言葉で同行したい旨を告げられたが、今日はロザムンドひとりでやってきた。前にも話したように、若い女性に付き添う年配の婦人よろしく常に彼が後ろをついてくるのでは、男のなりをしていることに信憑性がなくなる。それに、バートラム自身にもやるべき仕事があった。この二週間でふたりは新しいパターンに落ち着いた。父親が存命中だったら一も二もなく反対されただろうが、バートラムは法廷外の事務仕事に専念し、それ以外の職務にはロザムンドが対応するというものだ。このほうがバートラムもずっとおだやかに過ごせるし、正直言ってロザムンドもそうだった。彼女は法に魅せられ、その知識を実地に生かす機会を享受していた。

もちろん、いつかはこの生活をあきらめることになるが、秘密が発覚してしまうのではないかという不安や心配は日を追うごとに薄れていった。通りにいるごくふつうの行商人から、毎日のように顔を突き合わせる弁護士や裁判所の事務職員に至るまで、ロザムンドの正体を疑う者はひとりもいなかった。男にしては妙に美しい顔立ちや、男らしいと言い難いしぐさはあっても、彼らにとってロザムンドはじゅうぶん男性に見えていた。それに彼女のほうも〝振り〟をするのが日々、上達していた。周囲の男性の振る舞いや癖を観察しては、自分でもまねてみる。最近ではバートラムにまで、いかにもそれらしく見えると言われたぐらいだ。

お腹がぐうと鳴る。家で待つ昼食のことを考えながら廊下の角を曲がると、近くの会議室のドアが開いた。男性がふたり出てきて、あたりでひしめく人の群れに混じる。ロザムンドはとくに注意も向けずにそのまま歩き、噂話をする事務職員ふたりと、ハンカチで鼻を覆う弁護士のあいだを抜けようとした。

「キャロウか?」

名前を呼ばれて足をとめ、頭を巡らせる。ローレンス・バイロン卿だとわかった瞬間、ロザムンドの脈が変なふうに飛んだ。聞こえなかったふりをして先を急ごうかと一瞬思ったが、卿にまっすぐこちらを見られていてはもう遅すぎる。彼を避けていたわけではない。だがバートラムと話したあと、卿とは少し距離を置いたほうが賢明だと考えたのだ。といって弟が心配しているような理由ではない――ローレンス・バイロン卿のような悪名高き女たらしが、わたしのような独り身に関心を抱くはずなどないわ。本来の女性の姿でいるわたしに会ったら、卿はもう一度顔を見ようとも思わないだろう。だからといってわたしがローレンス卿に惹かれなかったとか、人並み以上の彼の魅力に気づかなかったというわけではない。たったひと晩一緒に過ごしただけで、すでに好意を寄せている。芽生えかけている友情を深める機会を得たら、この気持ちがどうなることか。ローレンス卿のことを深く知っても、いいことなどありそうにない。ロス・キャロウはそのうち、二度と姿を見られないよう〝存在そのものを消さなければならない〟ことを思えば、とくにそうだ。

なのにローレンス卿は、かつらをつけた法廷弁護士にさっさと別れの挨拶をすると、ロザムンドのほうへ歩いてきた。そして「キャロウ」と挨拶してくる。弁護士の法服を着た姿が洗練されていて、じつに素敵だ。「ここで会えるとは、うれしい偶然だ」

「まったくです」急にざわざわしてきた胸のうちが顔に出ぬよう表情を整える。「ご機嫌いかがですか？」

「申し分ない。きみはどうだ？　法廷から出てきたばかりなのか？」

「ええ。また別の審理が終了しました」

「首尾よく、ということかな？」

ロザムンドは笑みを抑えられなかった。「勝ちました。あなたのお尋ねの意味がそういうことであれば」

「ふむ。おめでとう。またしても、だな。きみに会うたび、ぼくは祝福の言葉をかけているような気がする」

「ロンドンで法廷弁護士としての道を歩みはじめてからまだ日も浅い。どこかで慰めの言葉をいただく機会だって、きっとありますよ」

「それはどうかな。とにかく、今回はきみに完膚なきまでにたたきのめされたのがぼくでなくてありがたいとだけ言っておこうか。ぼくも今日は審理があったんだ」ローレンス卿は、出てきた部屋のほうに頭をかしげた。「あそこにいるのが相手方の代理人だが、和解に達したばかりだ」

「あなたの依頼人に有利なように、ですね?」

こんどはローレンス卿が微笑む番だった。まだ少年のような邪気のない笑顔は、ロザムンドのみぞおちのあたりをざわつかせた。「ぼくの依頼人にとってこのうえなく有利なように、ね」

「では、ぼくからもお祝いの言葉を。よかったですね。あなたの連勝記録がまた復活したと聞いてうれしいです」

「ああ、ぼくもだ。勝つと言えば、先日のビリヤードのことを思い出したんだが」

明るく浮かれていた気持ちが若干、沈む。「ああ、あの賭けのことですね」

「そう、賭けのことだ」ローレンス卿が片方の眉をくいとあげる。「忘れてはいないだろうな?」

「もちろん忘れてなんかいないですよ!」ロザムンドは、弁解がましい自分の口調にうんざりした。

じつのところ、例の賭けのことばかり考えていた。ローレンス卿のほうですっかり忘れて放置してはくれないかと淡い期待をかけていたのだが、男性にとってギャンブルでの借りは個人の面子《めんつ》の問題に等しいことを思うと、それはありえない。もっとくだらないことで決闘沙汰になることもあるのだ。

「とにかく、あまりにも余裕がなくて」ロザムンドは言った。「もっと前に連絡するつもりだったのですが、時間だけが過ぎてしまいました」

「そうじゃないかと思っていた」ローレンス卿の言葉のみならず口調も感じよく、穏やかなものだった。「あとでまた連絡し合う手間を省くため、ここで決めてしまわないか？　じつは、うってつけのことがある。こんどの土曜日、ワトフォードで拳闘試合があるんだ。かなりの荒くれ者が闘うことになっているんだが」

ローレンス卿は、ロザムンドが興奮に叫び声をあげるものと決めつけるように待っていた。

だが彼女は、胃袋をぎゅっとつかまれたような気がした。「拳闘試合？　ボクシングのこと、ですよね？」

卿の瞳が愉しげに輝く。「ああ。たいていは激しい殴り合いになる。きみはボクシングが好きではないのか？」

わたしが？ボクシングが好きか、ですって？　拳で殴り合う勝負を見たことはないけれど、大の男がふたり、持久力や屈強さを競うばかばかしい対決のためにパンチを繰り出して、血まみれになるものだと聞いている。ふつう、どちらかが降参するか気を失って倒れるか、あるいは死ぬかするまで闘いはつづくらしい。とんでもない。ボクシングが好きだなんて、とうてい言えやしない。

でも、たいていの男性は好きだ。どうやら、ローレンス・バイロン卿もそのうちのひとりらしい。

「もちろん、ぼくだってボクシングは好きですよ」ロザムンドは興奮を装って答えたが、いつから当たり前のように嘘をつくようになったのか、不思議でならなかった。

「いいですね。土曜日、とおっしゃいましたね？」

ローレンス卿はまたしても怪訝そうな目を向けてきたが、そのうち真顔になった。

「ああ。あと、きみはいつも自由に馬車を使えるわけではないから、ぼくのに一緒に乗っていかないか？」

「それはたいへんありがたいです」バートラムの馬車に乗っていきたくてもできないと言うのはやめにした。なにしろ、馬車の運転ができないのだ。

「よし、いいぞ」ローレンス卿は懐中時計で時間を確認すると、小さな音とともに重たげな金の蓋を閉めた。「さてと、あと数分で法廷に戻らなくてはならない。土曜の朝に迎えにいく。八時ではどうかな？　拳闘が行われる現場までは二、三時間ほどかかるから、早めに出発しないと、見応えのある部分は見られずに終わってしまう」

ロザムンドはのどの奥につかえるものをのみ下した。「では、八時に」

屋敷の住所を卿に教えてから、ふたりは別れた。

裁判所をあとにしながらも、不安でロザムンドは体がこわばった。いったいどういうわけで、こんな困った状況に自分を追いこんでしまったのかしら。

8

なぜ、こんな困った状況に陥ったのだろう。よく晴れて気持ちのいい土曜の朝がきたときもなお、ロザムンドは頭をひねっていた。仕事のあとに毎晩のように縫ってできあがったばかりの黒い紳士服という姿で、今日これから出かけることを弟にどう伝えようか思案していた。

もっと前に話そうかとも思ったが、バートラムに不機嫌な空気を撒き散らされるのは耐えられない。ぎりぎりまで黙っておこう。そうすれば、行くなと説得される時間も機会もなくてすむ。ローレンス卿とともに拳闘試合へ行くことを思うと緊張もするけど、それと同じくらい興奮でわくわくする。彼とまた一緒の時間を過ごせるのだ。思慮分別があったとしても、回避することなどとうていできるものではなかった。

ロザムンドは朝食をとった——少なくとも、とろうという気持ちだけはあったが、あまりにそわそわして、なにも塗っていないトースト一枚の半分をお茶で流しこむのがやっとだった。ミスター・チップスベリーの好意で届けられた、最高級の中国産紅茶だ。

これ以上食べるのはやめようと決めたそのとき、バートラムが食堂に入ってきた。向かいの席に座り、朝食になにが食べたいか小声でメイドに告げる。メイドが急いで厨房に戻っていくと、彼はロザムンドに目を向け、問いかけるように眉間にしわを寄せた。

「どうしてズボンをはいているの？　土日はドレスを着て、家でくつろぐものだと思っていたけれど。もっとも、誰かと会う約束があるなら話は別だが」

ロザムンドは皿に残っていたトーストを手に取り、ゆっくり時間をかけて粉々に砕いた。「じつはそうなの」

バートラムはティーポットに手を伸ばし、自分のカップに注いだ。「へえ？　誰と？」

一瞬口ごもったもののロザムンドは息を吸い、覚悟を決めて言った。「ローレンス・バイロン」

「バイロン？　こんどはなんの用だ？　また、彼のク、クラブへ行こうというんじゃないだろうね？」

「いいえ、殴り合いを見にいくの」

「拳闘試合か？」バートラムは目を大きく見開いた。

「卿に言われたとき、わたしもまさに同じ反応をしたわ。よかった、はっきり説明してもらわないとわからないのがわたしだけじゃなくて」

「行っちゃだめだ」

「その話はもう終わりのはずよ。体裁を保つためだわ、バートラム。忘れたの？」

「体裁なんて、く、くそ喰らえ。拳闘試合だなんて、女が行くところじゃない」

「でも卿は、わたしが女だなんて知らない。ほかの誰も知らないの。大丈夫よ。それに、このちょっとした外出は、卿に賭けで負けたのを清算するためのものだから」

「賭け、ってなんだよ？」

「ビリヤードで卿に負けた、って言ったでしょう？」

バートラムの瞳が雷雲のように暗くなる。「だが、卿に借りを作ったとは聞いてないぞ。なんだよ、ロザムンド。あの放蕩者と、に、二分ほど一緒にいただけで、彼の毒牙にかかるなんて」

「ばかなこと言わないで。半日くらいロンドンを抜け出すだけよ。それに、何十人もの人たちに囲まれているんだから」

「男たち、だ。人、じゃない」

「わたしも、そのうちのひとりの振りをするのだけど」

「それに、ロンドンを抜け出すってどういうこと？　正確には、その拳闘試合とやらはどこで行われるんだ？」

「ワトフォード」

馬の蹄、そして馬車がタウンハウスの前でとまろうとする音が下の通りから聞こえてきた。窓の外に視線を走らせると、いまやおなじみとなった黄金色の髪や広くがっしりした肩、それにいままで見たこともないほどしゃれた軽装馬車《フェートン》が目に入った。

ロザムンドは立ちあがった。「卿だわ」

「すぐに帰らせればいい」バートラムは不服そうに口をとがらせた。

「ほんの二、三時間よ。日が暮れる前には戻ってくるから、心配しないで」

バートラムはナプキンを投げた。「そうだな。ぼくも一緒に行く」

「だめよ、あなたは来ちゃだめ」ロザムンドはテーブルを回りこみ、弟の両肩を手で押して座らせた。「フェートンでは座る場所がないわ。ふたり掛けなのよ。それにあなたは招待されていないし」

「勝手に押しかけることにした」

「やめて、バートラム。お願いだから。わたしは大丈夫。ローレンス卿が面倒を見てくださるから」

バートラムの表情がますます険しくなる。「ローレンス卿は姉さんをお、男だと思ってるから、わざわざ面倒を見たりなんかしない。別のことをしようと決めたら、とくに」

「卿がわたしをどこかに置いていくなんてありえない。あなたがどう思っているかは知らないけど、彼はれっきとした紳士よ」

バートラムはふんと鼻を鳴らした。「それはまだわからないな」

階下でドアをノックする音。

ロザムンドは身をかがめ、弟の頰にキスをした。「じゃあね。夕食の席で会いましょう」

弟がふたたび反対の言葉を繰り出す前に食堂を出て、ついてこないよう祈りながら階段をおりる。だが最後の二、三段は、あえて歩みを緩めた。急いでいる――もっと悪いことに走っている――ところを見られたくなかったからだ。

最後の段からちょうど足が離れた瞬間、従僕が正面玄関のドアを開けた。

戸枠を額縁のようにして、ローレンス卿が立っていた。暗い緑色の上着とズボンという姿はいつにも増して颯爽として見える。清涼な森を思わせる色合いが、緑と金色の混じった瞳を引き立てる。温かみのあるアイボリーのシルク地に、抑えた感じの金色の鍵が幾何学的なパターンで小さく散っているベストも素敵だ。

布を巻いた胸の下で心臓が早鐘のように鳴っているのを痛いほどに意識しながらも、ロザムンドは落ち着いて客人を迎えているような表情を作った。

深く息を吸い、鼻の上の眼鏡を手でちょっとずりあげる。「おはようございます。約束の時間に正確でいらっしゃるんですね」

「おはよう、キャロウ」と言って卿はなかへ入ってきた。「時間どおりに来たのは、いま出発すれば大通りの渋滞を避けられるのではないかと思ったからだ。少なくとも往路は楽に行けるはずだ。準備はいいか？」

「はい。帽子と手袋だけ取りにいかせてください」

ロザムンドはきびきびとした動きでそれを手にした。バートラムが顔を見せる前に家を出たかったのだが、彼はふいに現れた。階段の踊り場に仁王立ちして、こちらを見おろしている。

ローレンス卿が顔をあげてバートラムを見つめる様子を、ロザムンドは見守った。卿は親しげな笑みを送った。「やあ、元気か、キャロウ？」

「おかげさまで、閣下《マイロード》」バートラムは脇に垂らした両手を拳に握り、凄むような目で睨んでいる。

あたりの空気がぴんと張り詰めた。

どうしよう。バートラムはすべてを台無しにしようとしているの？　気をつけてくれないと、世間を欺いていることがばれてしまうわ。

「まさに出かけようというところだよ」ロザムンドはわざと明るい声を作った。

「ああ、そのようだね」バートラムは姉の目を見つめた。彼のほうは、心配を隠しきれない口調だ。少なくとも、ロザムンドには丸わかりだった。「さっき話し合ったことを忘れてはいないだろうね」

「もちろんだとも。さあ、閣下の馬をこれ以上待たせないほうがいい。きっと、思い切り走りたくてうずうずしていることだろう」

バートラムが口を開いた。ロザムンドは一瞬、行かせはしないとにべもなく言われるのかと不安になったが、彼もどうやら思い直したようだ。打ちのめされたように肩をがくりと落としている。「じゃあ、夕食の席で会おう」

「いってきます」ロザムンドは安心してと言いたいような視線を弟に送り、彼が気を変える前にさっさと玄関ドアを出た。

ローレンス卿がそのあとをついてきた。

「いまのはいったいなんだったんだ？」ふたりとも馬車に乗りこむと、彼が尋ねた。

「なんのことですか？」ロザムンドは知らないふりをした。

「きみと彼のあいだのことだ。言いたいことがあるのに言わずにいる、そんな雰囲気をひしひしと感じた。それに、きみが出かけるのをあまり歓迎していないように見えたが」

まさにご明察。弟のことは好きだが、それでもときどき、耳を両側から平手で思い切りぶってやりたくなることがある。

「なんでもありません。単なる家族間のいざこざです」

「ああ、それならぼくにも馴染みがある。では、これ以上の口出しはやめよう」

だがバートラムは、卿の好奇心をかき立ててしまった。ローレンス・バイロン卿に関心を向けられることなど、決して望んではいないのに。

「彼は、ぼくが拳闘場でギャンブルをするんじゃないかと心配しているんです。今日出かけるのは、あなたに賭けで負けたのを清算するためだと言ったから、ロンドンに来たぼくが深みに嵌まってしまうのではないかと不安なんですよ」

こんな話を卿が信じたかどうか確かめるため、ロザムンドは言葉を切って待った。

「不愉快で癪に障るかもしれないが、しっかり守ってくれる家族の存在をありがたく思うときもある」卿がロザムンドを横目でちらと見た。「きみは、深みに嵌まってなどいないだろう?」

「ええ。賭けをしたのは、あなたを相手にしたあのときだけです。まったくはじめてだったのに負けるなんて、ついていないにもほどがある」

ローレンス卿が声をあげて笑った。「なるほど。今日もワトフォードにはギャンブルの胴元が複数いるだろう。気が進まないなら、賭けをする必要などない。だが、やる気があるなら、はした金以上にすってしまうことがないよう気をつけてあげよう」

「なんと配慮の行き届いた親切な方でしょう」

「それこそがぼくだ。常に気配りを見せる」

「なぜか、そのお言葉には同調しかねますが?」

ローレンス卿はふたたび笑い、馬に鞭をくれた。「ついでながら、飲み物と昼食代はそっちがもつんだぞ。やっぱりギャンブルをするときみが言い出したらいけないから、あらかじめ伝えておく」

「心に留めておきます。さあ、このフェートンについて教えてください。じつにしゃれた馬車ですね。時速何マイルぐらい出るんですか?」

スプリングの効いた座席にゆったりもたれながら、ロザムンドはローレンス卿に話をさせた。彼の声に聞き惚れて初夏の爽やかな風を満喫しながら、この先に待ち受けるはじめての体験に心躍らせた。

9

「きつく懲らしめてやれよ」騒々しい群衆のどこからか、男が叫ぶ。

「墓場送りにしてやれ、このくそったれが」また別の声が聞こえる。

「拳をちゃんとあげて、みぞおちを狙うんだよ。そうだ、いいぞ。すぐにやつをロープまで追いつめられる——とにかく、あきらめんなよ」

たくましい胸筋をむき出しにした男ふたりがリング中央で互いに回りこむようにステップを踏み、パンチを繰り出す。肌には血や汗がにじみ、濡れた髪が額に貼りつく。双方の腫れた顔はもちろん、胴体や、指関節に布を巻いた拳にも切り傷や青あざがある。どちらも体力を振り絞って相手を圧倒しようとするなか、立錐の余地もない男ばかりの群衆が鬱憤を晴らし、けしかけるように声を張りあげる。

胸がざわざわするほどリングに近いところで、ロザムンドは怯《おび》えながら試合を見守ったが、あらたにパンチがヒットするたびに体がすくむ思いがした。無意識のうちにローレンス卿ににじり寄ったものの、彼は周囲と同じくリング上の攻防にくぎづけだ。心躍る冒険だなんてとんでもない。卿に一日つき合ってもいいと言ったときには、これほど荒っぽく野蛮なことになるとは思ってもみなかった。

なのに、これを〝娯楽《スポーツ》〟と呼ぶとは。

ロザムンドも、今日の勝負の場に選ばれた野原に着いたときには、活気に満ちた雰囲気にすっかり魅了された。ボクシング見物に集まった男たちはゆうに百人以上。ありとあらゆる階級や仕事の人々が集まり、農民や労働者が兵士や商人、店員、大金持ちと言葉を交わしている。紳士《ジエントルマン》と呼ばれる人たちも混じっていた。この地の地主たちが借地人と午後のひとときをともに過ごし、ローレンス卿のような貴族も数時間のお楽しみのためにロンドンからやってくる。

誰もが上機嫌だ――酒を飲みながら冗談を言って笑い合い、ほら話を語っては賭けに興じる。汗やタバコの煙、泡だらけのビールのにおいがあたりに立ちこめる。

いつもならば仲間に入れない人生の一面だが、ロザムンドは、女性には禁じられている自由を垣間見た。

しかも、泡たっぷりの強い黒ビール《スタウト》をローレンス卿だけではなく自分にも買ってみた。ローストした大麦の苦い香りはそれほど好きではなく、ほとんど手つかずで残したが、なにごとも経験だ。さらには、賭けにも参加した。ごく少額だが、ボクシングの試合の結果を予想するものだ――素手での殴り合いが観衆の期待を煽りに煽っていた。いちばんよく見える場所を求めて、にわか作りのリングをみなが取り囲む。もちろん、ローレンス卿は難なくとっておきの場所を手に入れた。もともとの長身と生まれつきの圧倒的な威厳のせいで、ひと言も発せずとも自然と道ができていくのだ。群衆が場所を空けるなか、ロザムンドは彼のあとをついて歩いた。

ほどなくして試合がはじまったが、あごを砕くような最初のパンチがきまると、先ほどまでの興奮もロザムンドの心から失せてしまった。両手で顔を覆って目を閉じていたいのはやまやまだが、そんなことはできなかった。ローレンス卿にちらと見られると、このうえなく楽しいふりをするよう一、二度微笑んでみせたぐらいだ。しかし、一撃での圧勝ではなく双方が耐え忍ぶような展開になるうち、そんな空元気《からげんき》も消えてしまった。波が逆巻く海のように荒れる胃を抑えようと、ロザムンドは胸の前で両腕をぎゅっと組んだ。ビールがちゃぽちゃぽしているようで気持ち悪い。

ああ、この殴り合いはいつまでつづくの？　観衆がやかましく騒ぐなかでも、うめき声やうなり声、濡れた肌と肌がぶつかり合う音が大きく響く。冷やかしの口笛や怒号があらたにわき起こり、双方への声援と野次が入り混じる。

細く小柄なほうの選手がふいに、筋骨たくましい相手から頭や顔に連打をくらって二、三歩後ずさった。いまにも崩れ落ちそうなさまに、ノックダウンを期待する観衆は急に静まり返ったが、彼は頭のもやを追い出すように首を振りながらファイティングポーズに戻った。

試合を決する最後の一撃を見舞うべく、大柄な選手が血まみれの歯をむき出しにしながら進み出る。両腕を掲げて、渾身の力をこめた拳を繰り出す。

小柄なほうの選手が手を出したのはそのときだった。防御が留守になった相手の腹部に巧みにパンチを浴びせ、肺からすべての空気を奪う。相手は痛みと衝撃に目を見開きながら体勢を立て直そうとするが、もう遅すぎた。小柄な選手はたたみかけるように、あごにずしりとしたワンツーパンチをたたきこんだ。

なにかが砕けるようないやな音。大柄な男の口から、血の混じった唾が盛大に吹き出て飛び散る。そのあとを追うように、歯も二本。木材を組んだだけの台の上をサイコロのように転がっていく。

それがとまるのを呆然と見つめていたロザムンドだが、そのときようやく、自分の編みあげ靴に血が光っているのに気づいた。ふらっとめまいを覚え、片方の手で口をしっかり押さえながらその場を離れようとする。どさっという音が背後でして、観衆がいっせいに大声をあげたようだが、緊迫した場面を逃れることで頭がいっぱいの彼女の耳にはほとんど届かなかった。

ようやく人ごみを逃れ、少し離れた木立のあたりまで来たところで吐き気に襲われた。すべてが逆流してくる。両ひざに手をのせてかがみこみ、吐きながらあえいでいると、目の前にハンカチが差し出された。

ローレンス卿はロザムンドの恥ずかしいところを見てもなにも言わず、ただじっと待っていた。

ロザムンドはおののいた。わっと泣き出していなかったのがせめてもの救いだ。

「自分のがあります」全身が緊張しているせいか、いつもより低い声になる。ポケットを探ろうとするものの、焦りのためか手がおぼつかない。

「これを使いたまえ」卿はさらに近いところでハンカチを振った。

こんどはロザムンドも素直に受け取り、柔らかなシルクの白いハンカチで口元をおさえてから汗びっしょりの顔を拭いた。持ち主と同じように、ハンカチはすばらしくいいにおいがした。

「ありがとう」ロザムンドは礼を言って背筋を伸ばした。「これは洗ってお返しします」

「いや、取っておけ。ほかにもたくさんあるから」ローレンス卿が問いかけるような目を向ける。「大丈夫か？」

ロザムンドは彼と目を合わせたくなくて、ただうなずいた。「ビールが合わなかったに違いありません」

卿は片眉をくいとあげた。「スタウトを飲むと、男でも時おりそうなる」

だがふたりとも、スタウトは無関係だとわかっていた。

彼がそれ以上なにも言わなかったので、ロザムンドはさらに感謝した。以前はそう思わなかったが、男のプライドというのはやはりありがたいものだ。

革のブーツの先で乾きつつある血の跡に目がとまり、ロザムンドは息をのんだ。近くの茂みから枯れ葉をつかんで身をかがめ、すばやく跡をこすり落としてから葉っぱを投げ捨てる。体を起こすと、ローレンス卿が銀のフラスクを差し出していた。

「一杯やれ。信じられないかもしれないが、胃が落ち着く」

最初、ロザムンドは断ろうかと思った。しかし、しぶしぶながらも言われたとおり、飲みつけない酒を口の隅々まで行き渡らせてから飲みこんだ。のどを通るウイスキーが焼けるように熱くて、咳きこんでしまう。

それでもローレンス卿の言うとおりだった。体に対する衝撃が少しばかりやわらいだ。自分のやろうとしていることがどんな影響を及ぼすのか考えることもないまま、ロザムンドはフラスクを卿に返す前にもう一度、ぐっとあおった。胸の奥の心地よいため息とともにこわばった全身が緩み、嘔吐感もすっかり消えていった。

ローレンス卿は推し量るような目でロザムンドを見つめながら、フラスクを上着のポケットにしまった。「馬車のほうへ行ったらどうだ？　ぼくは配当金を受け取ってくる。二、三分もあればすむ用事だ」

「配当金とは？」

「賭けで勝った金に決まってるじゃないか」ローレンス卿はにんまり笑みを浮かべた。明るい陽射しのもとで、瞳が新造金貨のように輝く。「ぼくたちが賭けた男が勝ったんだ――気がつかなかったのか？」

ロザムンドは首を振った。戦いの行方を見届ける前にその場を離れていたのだ。

「相当な額になっているはずだ。きみもぼくも大穴を狙ったからな。昼食では、店でいちばんのワインを頼むよう覚えておかなくては」

「賭けに勝ったお祝いですか？」

「いや。きみに奢《おご》ってもらうからだ」

その三時間後、食事の最後の皿を宿屋の女給《メイド》が下げるなか、ローレンスは椅子にゆったり座ってくつろいでいた。主人にたっぷり心づけを弾み、談話室をひとつ貸切にしたのだ。向こうの休憩室はボクシング観戦を終えて流れてきた男たちで混み合って騒がしく、煙がもうもうとしている。

給仕をするあいだずっと、魅力的なメイドは豊かすぎる胸を見せつけるようにしていた。料理ののった皿をテーブルに出すにしても、グラスに酒を注ぐにしても、これでもかというぐらい上半身をかがめてみせる。自分がなにを差し出しているのか、じゅうじゅう承知していて、シャツのなかの柔肌をローレンスやキャロウにたっぷり見せようと計算を働かせている。

メイドはキャロウに特別な関心を寄せ、見ているほうが恥ずかしくなるほど誘いをかけていたのに、彼はその餌にも食いつかず、ほとんど注意を向けずにいた。それがかえってメイドの心に火をつけることになったのだが、食事が終わる頃にはローレンスも気の毒になった。同情心から、自分が代わりにベッドをともにしてやろうかと思うほどだったが、つい先ほど彼女が不快感もあらわに出ていった様子から察するに、この身を呈してやったとしても、感謝されたかどうか定かではなかった。

ローレンスは笑いを噛み殺しながら、グラスの縁越しにキャロウをじっと見た。ワインのボトルをようよう半分――それにフラスクのウイスキーをふた口ほど――飲んだだけだというのに、明らかに酔っ払っている。これほど酒に対する耐性が低い男は知り合いにはいなかったが、なかなかおもしろい眺めだ。もっとも、キャロウとしては同僚に知られたくないだろうが。

いっぽうローレンスはまったく冷静で、誰を相手にしても飲み比べで負けることはない――といってもバイロン家の兄弟だけは例外かもしれない。それに、エズメの夫――ノースコート卿は体のなかに樽をひとつやふたつ隠しているのかと思うほど、底なしの酒飲みだった。

そろそろキャロウを起こして馬車に乗せ、無事に家まで送り届けなくては。

拳闘試合の会場で胃の中身を吐き戻してから、彼は食欲を取り戻したようだった。ローレンスはもちろんキャロウ自身も驚いたことに、量もたっぷりのこってりとした昼食を平らげていた。これもまた、酒にはまったく耐性がないことの証拠だろう。これまでに飲んだ酒の影響も、食事をとったことで薄らいでいるはずだ。

キャロウは、血を見ることにも耐えられないようだ。ローレンスはひそかに笑みをもらした。これほど潔癖で神経質な男だと、誰が想像しただろう？　医術や軍隊でのキャリアではなく法学を選んだのは、彼にとっても幸いだった。医者や軍人になっていたら、厳しい現実を突きつけられていたことだろう。

ローレンスの向かいで、キャロウは椅子に座ったままぐったりしていた。頬は真っ赤で、眼鏡のレンズの奥の瞳がフクロウのようだ。午後の陽射しを受け、細い金属製のフレームが銀色に輝く。それはキャロウの純なシルバーグレイの瞳の色にも似ているが、やはり遠く及ばない。彼はかわいらしい目をしている。長く黒々とした豊かなまつげはどんな女も羨むほどだ。肌もなめらかで透明感があり、赤らんだ頬がなんとも言えず愛らしい。公平に見て、キャロウはなかなか魅力的だ。美しいと言う人だっているだろう。

美しい、だと？

ローレンスは目をしばたたき、体を震わせた。いったい、どこからそんな考えがわいてきたというんだ。

どうやら、ぼくにも休息が必要なようだ。

「そろそろ出るぞ」ナプキンをテーブルに放って立ちあがりながら、ローレンスはつっけんどんに言った。「帰りも長い道のりだし、午後はおそらく渋滞になるだろう」

キャロウはぽかんとした目であたりを見ている。酔っている状態から察するに、自分がどこにいるのか確認しようというのだろう。「ああ。そうですね。了解です」

彼は小銭入れをごそごそと取り出して開け、勘定に足りる額を数えようとするものの、テーブルの上にひっくり返したファージング硬貨やペニー銅貨、クラウン銀貨の小山を見つめて呆然としている。

ローレンスはそれから一分ほど待ったが、憤慨のため息とともにキャロウの両手を押しのけた。優美で、ほっそりと長い指をしている。「手をどかせ、ぼくがやる」

同意の言葉も待たずにローレンスはちょうどの額を数えあげ、残りは小銭入れに戻してキャロウに渡してやった。「ぼくが騙《かた》りを働くような輩でないのを感謝してもらいたいものだな。有り金をすっかり巻きあげても、きみは気づきもしないだろう」

「有り金を巻きあげる？　どうしてそんなことをするんですか、ローレンス？」キャロウはおぼつかない手つきながらも、小銭入れをどうにかポケットに戻した。もっとも、そうするまでに二度ほど失敗していたが。

「まったく、ほんとうに酔っ払っているんだな？」ローレンスは呆れたように目を回した。「立てるか？」

「もちろん立てますとも」耳をふさぎたくなるような不快な音とともに、キャロウは椅子を後ろに引いた。だが立ちあがろうとしてよろけ、テーブルの縁をどうにかつかむ。「おっと」

そして、彼はくすくす笑った。まさに〝くすくす笑った〟としか言いようのない笑い方だ。

ローレンスはふたたび天を仰ぎ、キャロウのそばへ移動した。片方の腕を取って肩にかけさせ、体を持ちあげるようにして立たせる。ローレンスはもういっぽうの腕を彼の腰に回した。キャロウはだらりと体をあずけてきたが、驚くほどに軽かった。

「部屋が回っています。どうして、部屋がぐるぐる回るんですか？」

「それはきみが酒に酔ってふらふらだからだよ、ロス。さあ、外へ出て馬車のところまで行こう」

「ロス？」とキャロウがぶつぶつ言う。「そうだ、ぼくはロスだ。ロス。ロス。ロス」そしてまたくすくす笑ったかと思うと、がくりと頭を仰け反らせる。「そして、あなたはローレンス」

「まさにそのとおり」ぐいと押しやるようにして、ローレンスはキャロウともども前に進んだ。

「いかめしい返事ですね、ローレンス。ひどく厳粛だが、じつに弁護士らしい」

「だとしたら、ぼくが弁護士なのはいいことだ。そうじゃないか？」

「ぼくみたいですね。でも、誰にも言わないでください」キャロウはばかでかい声でしーっと声をたてた。

ローレンスは含み笑いをもらした。「心配するな。きみの秘密は守るよ」

「あなたを好きになってはいけないとバートラムは言うんですが、ぼくは好きです。彼は、あなたが悪い影響を及ぼすと言うんですよ」

「バートラムの言うとおりかもしれない」

キャロウがローレンスの歩みをも押しとどめる「いや、彼はぼくみたいにあなたを知らないだけだ。あなたは尊敬に値する。善い人ですよ」伸びあがるようにして、ローレンスの胸をぽんぽんたたく。

「ぼくが善人なのは時と場合によるが、まあ、きみのお墨つきには感謝するよ」

キャロウはローレンスの瞳の奥までのぞきこんだ。「ぼくのお墨つきなら、いつだってさしあげます。でも、それもやってはいけないことになってるんです」

この不可思議で無理やりな論については、ローレンスは追及しないことにした。

「さあ、来いよ。馬車《フェートン》に乗せてやろう」

「そうだ、あなたのすばらしく素敵なフェートン。だけど、あなたはいらっしゃらないんですか？」

ローレンスは笑いをこらえた。「もちろん行くとも。ほかに、誰が馬車の運転をするというんだ？」

「ぼくではありませんね、それは確かです」キャロウが忍び笑いをする。

どうにかこうにか階段をおりて厩舎のある中庭へ出ると、ローレンスは馬車を差し向けるよう合図をした。

それを待つあいだ、キャロウはゆらゆらしながら小さく鼻歌を歌っていた。

馬車がやってくるとローレンスは、体を引きあげようと奮闘するキャロウをなかば押しあげるようにして席に座らせた。そんなとき、彼の丸みを帯びた尻に目が吸い寄せられた。ぴったりとしたズボンのせいで驚くほど輪郭があらわになっている。たいていの男の尻よりもずっと形がいい――といって、これまでほかの男の尻をまじまじと見つめたことはなかったが、キャロウの尻はまさに目の前にあり、意識せざるを得なかった。

妙に落ち着かない気分になりながらも、必要以上の力をこめて押しやると、キャロウは座席の向こう側にだらしなく伸びてしまった。端から落ちて怪我をしてしまうのではないかとふいに心配になり、身をかがめて上半身を起こしてやる。

姿勢を安定させてやると、キャロウはローレンスを見つめてきた。「あなたは惚れ惚れするほど美男子ですね――ご自分でもわかっていますか？」

「惚れ惚れするほど美男子？　ぼくが？」ローレンスはおもしろがって言い返した。

「ふむ、ぼくなんかよりずっと美しい。まったく、どう考えてもやっぱり不公平だ」

「いや、それはどうかな。きみだっていい線いってると思うが」

そんなつもりはなかったものの、ローレンスはキャロウの顔に視線を走らせた。優美な曲線を描く頬、すっとよく通った鼻筋。ふっくらと艶《つや》やかな唇がほんのわずか開いていて、どんな女性にも劣らぬほど美しい薔薇色をしている。

あの唇にふれたら、どんな感じがするのだろう。見た目を裏切らぬ柔らかさをしているのだろうか。

ふいにローレンスは我に返り、びくっと身を離した。座席のできるだけ端に座ってキャロウと距離を置く。胸が高鳴り、いつもとは比べものにならないくらい呼吸が速くなる。

くそっ。いったいどうしたというんだ？

生まれてこのかた、ちらとでも男に惹かれたことなど一度もない。といって、そういう指向がある男を非難しているわけではない——お互いに同意した大人が私生活でなにをしようと、それは彼らだけの問題で、法律がなんと言おうと他人が口出しすべきではない。

だが、ぼくは女性が好きな男だ。

好ましいと思うのは女性だけだ。

ではいったい、この状態はなんだというんだ？

この瞬間まで、情欲らしき感情を同性に抱くとは思ってもみなかった。ぼくにとってはありえないことなのに、現実はそうではない。

ローレンスはもう一度、キャロウに視線を走らせた。座席の反対側の隅でだらしなく眠りこけているのを見てほっとする。よかった。彼を見つめる不躾な目に気づかれたら、大変なことになっていた。

控えめに言っても、屈辱以外のなにものでもない。

宿屋のほうを振り返ってみると、給仕をするあいだずっと、豊かな胸を派手に見せびらかしていたメイドのことを思い出した。あの子はよろこんで、ぼくを受け入れるだろう。それは間違いない。ローレンスは一瞬、キャロウを馬車に残して宿屋のなかへ戻ろうかと思った。二十分。いや、十分でもいい。いつもより速くことを運び、この……胸にくすぶる得体の知れない思いをすっきりさせることができるなら。

だがキャロウのこの状態では、放っておいたらなにが起こるかわからない。それに、こんなのは取るに足らないことだ。飲みすぎたせいで、いつもとは違うなにかがちょっと表に出てきただけだ。しかし問題は、今日はそれほど酒を飲んではいないという点だ。ぼくにしては、ということだが。

運転用の手袋をはめて身をかがめ、ローレンスは手綱をつかんだ。馬がぴんと耳を立てて、早く走らせろというように地面を踏み鳴らす。ふたたびキャロウをちらと見てまだ寝ているのを確認してから、鞭をぴしりとくれて馬車を出発させる。

ふだんもスピードを出すほうなのに、それとは比べものにならないほどの猛スピードで馬車を走らせた。一刻も早くロンドンに到着したい。ローレンスがキャロウに視線を走らせることは、道中で一度もなかった。

馬車がふいにとまり、ロザムンドははっと目を覚ました。

「着いたぞ」

ローレンスの言葉にロザムンドは上半身を起こし、片方の手で顔を撫でた。長時間ぐったりと座席にもたれていたせいで、背中が痛い。馬車に乗りこんだこともほとんど覚えていない。拳闘試合の会場を出て宿屋に向かってからの記憶が曖昧で、いろんなことがおぼろだ。

食事をした。給仕をしてくれたメイドはボディスがゆるゆるで、紐をもっときっちり締めておくべきだった。それにワイン。飲んでもいいと決めているよりはるかにたくさん飲んだ。とんでもないことに、ほんのり酔ってしまった。いえ、自分に正直になるなら、ほんのりどころではない酔っ払いようだった。

さいわい、帰り道のほとんどを寝て過ごしたので、いちばん頭がもやもやしていた時期は脱したようだ。あとは、家に入ったときにすっきりしない顔でいるのを、バートラムに見咎められないよう祈るばかりだ。

「ひとりでおりられるか？」

顔をあげてローレンス卿の様子をうかがうと、むっつり睨みつけるような表情をしている。まるで……怒っているようだ。なぜ？　わたし、なにかいけないことをしたの？　もっと悪いことに、言ってはいけない言葉を口にしたのかしら？

問いかけに答えるよりも、脚を振りあげるようにしてロザムンドは立ちあがった。歩道までの距離を測る足元がまだ少しふらつく。いつもなら、ドレスを着ていたってなんの苦もなく馬車からおりられる。だがバランス感覚がいまひとつで、一瞬躊躇《ちゅうちょ》しながら片手で車体の端をつかんだ。

難儀しているような声をあげてしまったのだろう。ローレンス卿はじれったそうにため息をもらすと、手綱を結んでからひらりと地面に飛びおりた。たいていの男性が羨むような身の軽さだ。

卿は顔をあげ——と言うよりも、睨むようにロザムンドを見た。「ほら。きみがよろけても、歩道で頭を真っ二つに割らないようにしてやるから」

「どうぞお気遣いなく」卿の口調がおもしろくない。「自分の面倒は自分で見られますから」

それ以上悠長に考えずに、ロザムンドはフェートンの脇についた狭い金属製のステップに足をおろそうとした。ブーツのヒールは最初こそ正しく狙いをとらえたものの、反対側の足をどこへおろすか角度を見誤り、ふらりと落ちそうになった。二の腕をしっかり支えてくれるローレンス卿の手がなかったら、足首を捻挫するか、もっと悪いことになっていただろう。卿は数秒後にその手を離した。

胸をどきどきさせながらロザムンドは振り向いた。なぜか機嫌が悪そうな卿に礼を言おうとしたのだが、彼はすでに馬車に飛び乗っていた。

「家のなかまでは、ひとりで入れるな？」と冷ややかに言い放つ。

「ええ」

「ではこれで失礼する、キャロウ」ローレンス卿はぴしりと鞭を振るって馬を走らせた。

冷淡な別れの言葉に胸を凍らせながら、ロザムンドは卿を呆然と見送った。

彼女の後ろで、タウンハウスの正面玄関の扉が開いた。「大丈夫ですか、お嬢――いえ、ミスター・ロス」従僕は言い直しながら、あたりを見回した。誰かに聞かれてはいないだろうか。

だが、通りには人っ子ひとりいなかった。

ロザムンドはため息とともに振り向いて玄関への踏段をのぼった。頭がまだくらくらして、目の奥から鈍い痛みがくる。「帰ってきたけど、自分の部屋に下がると弟に伝えてちょうだい」

「自分で伝えればいいだろう？」屋敷の裏手にある書斎につながる廊下からバートラムが現れた。ロザムンドが戻ってくるのをいまかいまかと、聞き耳を立てていたのだろう。「顔が青いよ。なにがあった？」

「なにもないわ。少し頭が痛いだけ。熱いお風呂に入って、少し横になるから」

バートラムは眉根を寄せた。「厄介なことは、ほんとうになにも起こらなかったんだろうね？」

「ほんとうにほんとうよ」

彼は鼻をひくひくさせた。「アルコールとたばこの煙のにおいがするぞ」

「百人を超える男性が集まったボクシングの試合を見ていたのよ。アルコールとたばこの煙のにおいがするのは当たり前だわ」

バートラムは腕を組んだ。「で？　どうだった？」

「ボクシングの試合のこと？　野蛮な流血沙汰よ。全然好きになれなかった」

姉の言葉を聞いて、バートラムはほっとしたような顔になった。「じゃあ、これ以上はもう、バイロンとどこかに出かけるようなことはないね？」

ローレンス卿のこと、そして馬車を駆って去っていく前の彼の振る舞いについて、ロザムンドはあらためて考えてみた。自分がどんな間違ったことをしたというのか、やはりわからない。昼食のときに彼をいら立たせたのだろうか。ほんのちょっと蒸留酒を飲んだだけでふらつくほど酔っ払った友人がいやになったのかもしれない——いまもまだ友人と思ってくれているならば、の話だけれど。卿がどう思っているか、わたしにはもうわからない。

「ボクシングの試合見物は、今日が最初で最後だと言っていいと思うわ。それ以外のことについてはわからない。さあ、ほんとうにもう階上《うえ》へあがりたいのだけど。言い訳でもなんでもなく、気分が悪いのよ」

バートラムは心配するような表情に変わった。「それはかわいそうに。メイドを二階へ行かせよう。料理人に言って、ゆ、夕食も姉さんの部屋へ届けさせようか？」

「お腹は空いていないわ。あなたさえかまわなければ、このままベッドで寝《やす》もうと思うの」

「そうするといい。ぐっすりおやすみ。じゃあ、明日の朝に」

ロザムンドはこくりとうなずくと、階段をあがって自分の部屋に入った。上着を剝ぐようにして脱いでから、ぐったりベッドに寝そべると、その二分後には眠りに落ちていた。

10

「しーっ、静かにして。ふたりがいつ来てもおかしくないのよ」レディ・グレシャム、マロリーは両手をひらひらさせ、夫アダムと構えるロンドンでのタウンハウスの居間に集まった三十人ほどの親族や近しい友人たちを黙らせようとした。ここにはクライボーン公爵エドワードをのぞき、ローレンスとマロリーのきょうだい全員が揃っていた。ケイド、ジャック、ドレーク、レオ。そして末っ子のレディ・ノースコート、エズメ。それぞれの配偶者もそばにいる。年々増えつづける彼らのこどもたちについては、屋敷で問題なく過ごしている。今夜はバイロン家の家長であるエドワード――というより、親しみをこめてネッドと呼ばれるほうが多いが――と妻のクレアの結婚十周年を祝うために大人だけが集っていた。

上等のシャンパンを氷で冷やしてある。隣の部屋の大きなテーブルの上には贈り物が山と積みあがり、階下の厨房では使用人たちが豪勢な晩餐の用意に忙しく立ち働いている。特別な日を祝うために、マロリーがグレシャム家の腕のいい料理人とともにあれこれ計画してきたものだ。

椅子の背にゆったりもたれ、ローレンスはグラスのウイスキーをすっていた。周囲の様子に気を配ろうとしても、どこか上の空。キャロウと一緒に行った拳闘試合から戻ってきて以来、もう一週間もこんな調子だった。

ローレンスは顔をしかめ、さらに酒をひと口含んだ。

「ネッドとクレアは、家族だけの落ち着いたディナーだと思っているの」マロリーは話をつづけた。「だから、ここに招いたとふたりに伝えてある人以外は隠れて。ドレークとセバスチャン、レオとタリア、アダム、ローレンス、そしてもちろんお母さまをのぞく全員よ。お母さまはそこにいらしてくださって結構だから」

「まあ、それを聞いて安心したわ」先代クライボーン公爵の未亡人、アヴァは微笑んだ。柔らかな緑の瞳が楽しげに揺れる。「この椅子でようやくくつろいでいたところなのよ。あまりにもすぐ席を立つのでは、せわしなくていやだわ」

自分の場所から動かずにすんで、ローレンスもほっとした。祝いごとのために集まったとはいえ、ばかげた騒ぎに興じる気分ではなかった。

「名前を呼ばれなかったぼくたちは？」とケイドが言う。ソファに座る妻のメグの後ろに立ち、肩をそっと片方の手で抱いている。「いったい、どこに隠れていればいいんだい？　言わせてもらうが、ぼくはソファの陰でしゃがんだりはしないからな。身ごもっているのを考えれば、メグだってもちろん」

兄の言葉に、マロリーがやれやれとばかりに目を回す。いっぽうメグは笑みを浮かべたまま、安心させるようにケイドの手をぽんとたたいた。妻が九年ぶりに身ごもったと知ってから、彼はひよこを追う雌鶏《めんどり》のように片時もそばを離れずにいた。今回も、地所を離れてロンドンまで下ってくるのはいやだと言うところだったが、メグが――そして主治医も――健康状態は良好で、産み月までまだ四カ月あることを思えば大きな危険はないとケイドに言い聞かせたのだった。

「誰も、あなたたちふたりにしゃがんで隠れろなんて言っていないわ」マロリーが答えた。

「それはありがたい」とジャックが茶々を入れる。「ぼくがこの前しゃがんだのがいつだったかというと――」

「ジャック、だめよ」妻のグレースが小声でたしなめる。

「だめよ、ってなにが？」彼が言い返した。「この前しゃがんだのは泥だんごを作ろうとする娘たちを手伝ったときだ、って言おうとしたのに」そして、いたずらっぽく瞳を躍らせる。「なぜだい？　ぼくがなにを言うと思ったのかな？」

「あなたの場合、絶対に大丈夫と安心できないところがあるから」グレースの口元に浮かぶ笑みが、言葉の厳しさをやわらげている。

ジャックは妻のほうに体を寄せてささやいたが、周囲にもじゅうぶん聞こえる声だった。「みだらなことを言うんじゃないかと心配になったのか？　それは、今夜ふたりきりになったときのために取っておく」

そんな彼を母親のアヴァがいかめしい顔で睨む。いっぽうノースコート卿ガブリエルとウェイブリッジ公爵クウェンティンは声をあげて笑った。それぞれの妻のエズメとインディア、そしてクレアの妹たちとその配偶者、ほかにも何人かが忍び笑いをもらす。インディアの末の妹ポピーははじめての社交シーズンのためロンドンに滞在中で、少しあっけにとられたような顔でくすくす笑っていた。グレースはといえば、五人のこどもの母親ながらも若々しい容貌で、女学生のように顔を赤らめている。ジャックは楽しそうに笑うと、妻の唇にさっと口づけた。結婚してかなり経つというのに妻の心をとろかすにはどうしたらいいか、ちゃんとわかっているらしい。

ローレンスはふと微笑み、また酒を口に含んだ。

「はい、もうそれまで」マロリーはじれったそうに両手をぱんとたたいた。「やる気のある人はみんな、部屋の端に立てた中国製の衝立《ついたて》の陰か、カーテンの後ろに隠れて待っててちょうだい」

「わかったよ、ぼくたちが隠れる」年若の親戚たちがすすんで手を挙げる。わくわくしているせいで、足がいまにも踊り出しそうだ。

ほかに誰かが反応するより先に、従僕が戸口に現れた。

「奥さま、公爵ご夫妻が到着したらお知らせするようにとのことでしたが、ちょうど馬車が玄関先にとまったようでございます」

「聞こえた？」マロリーが隣の部屋を指差す。「さあ行って！　みんな、急いで」

身をひそめておくよう言われた人たちが、大騒ぎしながら移動する。

居間に不自然な沈黙が訪れるなか、その場に残ったバイロン家の面々はいつもと変わりないふうを精いっぱい装った。マロリーは夫アダムの隣に急ぎ座り、紫色のシルクの上品なドレスのしわを伸ばした。その手をぎゅっと握って眉をうごめかす夫の様子に、ふっと微笑む。

「誰か、なにか喋ってちょうだい」沈黙がつづくと、マロリーが小声で言った。「ベネディクト会修道士の集まりみたいにわたしたちが黙っていたら、なにかおかしいとネッドたちに気づかれるわ」

「黙っていようがなんだろうが、ぼくたちバイロン家の人間が修道士に間違えられるようなことはないと思うね」ドレークがすかさずちゃかす。

「〝なんだろうが〟という部分が、とくにそうだな」ガブリエルが妻エズメの手を取って口元へ持っていくと、明るい笑い声が部屋中に広がった。

ローレンスはグラスに残っていた酒をぐるりと回しながら、思った。晩餐がはじまる前に、もう一杯飲むだけの時間はあるだろうか。

とそのとき、執事が戸口に現れてクライボーン公爵夫妻の到着を告げ、ふたりがなかへ入れるよう脇に下がった。

「ネッド、クレア」マロリーは立ちあがり、長兄とその妻に歓迎のハグをした。ほかの人々も同様に立って挨拶を交わす。エドワードが母の頬にキスをして、クレアも温かな微笑みとともに夫に倣った。

「楽しそうな声が聞こえてきたわ」クレアは周囲の人々の顔を見回した。「わたしたち抜きではじめていたの？　約束は八時ではなかった？」

「そうよ」マロリーが答えた。「もちろん、ふたりを抜きにしてはじめてなんかいないわ。でも、座る前に見てもらわないといけないものがあるの」

エドワードは訝しむような目で妹を見た。「ほう？　いったいなんだ？」

「これよ！　みんな！」マロリーが大きな声で呼びかける。

「おめでとう《サプライズ》！　記念日を迎えたおふたりに！」

身を隠していた場所から客人たちがいっせいに飛び出してくるとともに、居間はやんやの大騒ぎになった。クレアは見るからにびくっとした。エドワードさえ一瞬、驚いたような表情になった。

がしかし、彼は高らかに笑って妻の腰に腕を回した。「言っただろう？　ぼくたちのことを忘れているはずがない、って」

　クレアはさもうれしそうに顔を赤らめたが、少しきまり悪そうでもあった。

　ふだんは人前で愛情表現するのをあまりよしとしないエドワードも、このときばかりは妻にキスをした。「結婚記念日おめでとう、愛おしい人よ。夫婦としてこのうえない幸せに満ちた、これまでの十年間に感謝を。そして、この先何年もそれがつづきますように」

「そうね。何年も、何十年もつづきますように」クレアはささやくと、エドワードにキスを返した。

　その後はすばらしいゆうべとなった。人々がみな楽しくお祝いしようと集まったせいもあるが、パーティーの計画をさせたら天下一品という、マロリーの優れた手腕のおかげと言ったほうがいいだろう。

ローレンスも、長兄エドワードと最愛の妻クレアの長年変わらぬ結びつきを祝うため、いつまでも頭を離れない思いをひとまず脇へやり、祝いのにぎわいに加わろうと努めた。もちろん、ふたりのことを思うと心の底からうれしかった。

ワインが流れるように注がれ、さりげない気遣いの召使いたちによって贅沢な料理がつぎつぎ運ばれてくる。キャビア、ロブスターを使ったクラブケーキ、ポロネギのクリームスープ、シンプルなレタスサラダ、とれたてのグリンピースや小たまねぎ、バターを加えて茹でたヒラメに、皮をぱりぱりにローストしたウズラ、柔らかな牛ヒレ肉にはマッシュルームをはじめとするさまざまなサイドディッシュが添えられたメニューを見ては、誰もが褒めちぎるしかなかった。しかし今晩のハイライトは、塔のように積み重ねたアーモンドケーキを果物と生クリームのホイップで飾り立てたもので、これにはみなが大きな歓声をあげた。

ローレンスも豪華な食事を堪能したが、夜が更けるにつれて先ほどまでの物思いが戻ってきた。何度も現れる幽霊のように、キャロウと最後に会ったときのことが心から離れようとしない。彼に対するあの反応は単なる思いこみだ。ローレンスは一度ならず自分に言い聞かせた。ぼくは女性が——女性だけが——好きな男だ。だから、胸に感じるこの思いがなんであろうと、本物の感情のはずがない。

それを自分に証明するため、ローレンスは昔の愛人の屋敷を訪れた。美しく官能的な未亡人の彼女はいたくよろこび、彼をベッドへ迎えいれてくれた。ふたりでひと晩ずっと肉欲に耽り、互いを存分に満足させた。ローレンスもみずからの性的指向をあらためて認識し、それで話は終わりだと思っていた。

だが、この件について疑いなどあるべくもないと思いつつ、ふと気づくとキャロウのことを考えていた。きまって、これ以上ないほど間の悪いときばかりに。いまだって家族や友人たちとお祭り騒ぎに興じるべきなのに、忘れたほうがいいことを甲斐なく思い悩んでいる。少なくとも、今週は裁判所でキャロウに出くわすことはなかった。だがもちろん、これからもどこかでふいに出会うのは避けられない。

いずれにせよ、彼のことを考えるのはもうやめだ。

少なくとも今夜のところは。

キャロウを頭から振り払おうと心に決めると、ローレンスはお祝い騒ぎに身を任せた。晩餐後にみなは居間に戻り、冗談を言い合って笑ったり、酒を飲んだりして思い出話をしていた。いちばん俎上にあがったのはもちろん、エドワードとクレアが登場するものだ。

いったん口火を切ると、ローレンスとレオは互いに相手を出し抜こうとして、おなじみのテンポのいいやりとりをはじめた。競うように語り出したかと思うと、いっぽうが相手の代わりにおちを言う。こんなふうにふたりで聴衆を楽しませるのは久しぶりのことだった。

「ちょっと待て」レオは片方の手をあげた。「もっといいやつがある。ロンドンではじめての社交シーズンに臨んだクレアが、結局のところネッドは自分と結婚したくないのだと彼に納得させようとした、あれだよ」

「お願い。もう思い出させないで」クレアは決まり悪そうな笑みとともにうめいた。

「あれほど混乱しているネッドを見たことはなかったし――」ローレンスが言う。

「あれほど魅了されているネッドも」とレオが締めくくる。

「それは、ぼくが恋に落ちていたからだ」エドワードはすべてを包みこむような笑顔を妻に向けた。「きみのせいでとんでもなくひどい目に遭わされたがね、ダーリン」

「ふたりが互いの真意に気づかず堂々巡りを繰り返すさまを見ているのは――」ローレンスが話しはじめる。

「シェリダンの書いた喜劇よりも愉快だったな」レオがおちをつけた。

「それに、ぼくたちふたりがネッドにこっぴどく叱られたときのことを覚えているか？　いまにも命をとられるかと思った」ローレンスが尋ねた。

「いつのことだ？」とレオが聞き返す。

「〝いつ〟というのは正しいな。おまえたちはふたりともとにかく、反省というものを知らないから」エドワードが言った。

「いまもそうですよ」タリアは愛に満ちた瞳で夫に笑顔を向けた。

「それこそがぼくたちの魅力だよ」とレオが目配せする。「だがいまは、ローレンスとぼくがクレアをこっそり〈ブルックス〉へつれていったときの話をしている」

「あなたたちふたりで、なんですって？」セバスチャンが叫ぶ。そのそばでは夫のドレークが口元に笑みを浮かべていた。まったく驚いたふうではない。

　エズメの夫、ガブリエルはローレンスとレオの顔を見比べていたが、おもしろがるような目でクレアを見つめた。「あなたは非の打ちどころのない公爵夫人だとつねづね思っていましたが、かつては〝大胆極まりないクレア《クレア・ザ・デア》〟として知られていたのを忘れていましたよ」

　クレアはふっと肩をすくめた。「あの頃は若くて考えが足りなかったのよ。もう、なんて言えばいいの？」

「その話、どうしてわたしは聞いたことがないのかしら？」エズメが身を乗り出す。一族の醜聞《スキャンダル》でもこれだけを知らずにいるのに傷ついているようだ。

「あなたがまだ幼い女学生だったからよ、スイートハート。でも、ほんとうになんでもないことだったの」クレアはすべて払いのけるように片手をさっと振った。

だが、エズメは簡単にはあきらめなかった。「だけど、どうしてそんなことができたの？　みんな知っているように、レディは紳士のクラブに入ることは許されていないのに」

「そのとおり、女人禁制だな」ローレンスはいたずらっぽく笑って説明をはじめた。「だが正体を隠せば、そのかぎりではない。そういうことだよ」レオも同様ににやりとする。「だから、クレアは男性の格好をしてぼくたちと一緒に行ったんだ」

男性の格好をして……。

正体を隠せば……。

その言葉が氷水のようにローレンスの脳を直撃し、嘲るように回りはじめる。周囲の会話が通りのざわめきのようにすうっと消えていき、頭のなかでロス・キャロウの姿がくっきり浮かんできた。

なぜか惹かれる容姿と繊細な顔立ちをしたロス・キャロウ。

長いまつげに美しい銀色の瞳。

ふっくらと瑞々しい桃色の唇、歌うような声。そして、いまも記憶から完全には消せずにいる、まろやかな尻。

ありえないように思われたが、すべての謎がふいにかちりと嵌まり、辻褄の合った全体像が現れた。さまざまな矛盾、そして奇妙な反応の数々。

たとえば、キャロウが椅子に腰をおろすときの様子とか。

酒に弱いところ。

みだらな言葉や罵り文句をたまさか耳にしたときの居心地悪そうな表情。

なにより頷けるのは、拳闘試合でほんの少し血を見ただけで墓石のように真っ青になり、胃の中身を吐き戻したことだ。キャロウについては以前から、どこかしっくりしないところがあると思っていた。

それがなぜなのか、いまやっとわかった。

ロス・キャロウは男性などではない――彼は女性だからだ！

「なんということだ、けしからん！」ローレンスは拳に握った手で太ももをたたいた。

周囲の人間が黙りこみ、振り返る。そのときようやく、ローレンスは自分が心のうちを口に出してしまったことに気づいた。しかも、まじまじという視線を向けられていることから察するに、どうやらかなり大きな声だったらしい。レオでさえ無言のまま〝いったい、いまのは何だったんだ？〟という顔をしている。

「失礼」ローレンスは自嘲するような笑みを全員に向けた。「ちょっと考えごとをしていて……いま手がけている案件でね」

「あんな反応をするとは、かなりの案件に違いないな」とジャックが言う。

「ローレンス、気をつけないと、パーティーにおける〝ぼんやりナンバーワン〟の座をぼくと争うことになるぞ」いつもはノートと鉛筆を離さない数学者のドレークがにんまりする。

レオはといえば、ローレンスに見定めるような視線を浴びせていた。どうやら、双子の弟の言葉に納得していない様子だ。ともに母の胎内で過ごした関係というのはこれだから困る――嘘で逃げようとしても、たいていうまくいかない。

だがローレンスは、この秘密について当座のあいだは自分の胸に収めておくつもりでいた。双子の兄――そして、ほかのきょうだいについても――を信用していないというわけではない。彼らには命をあずけてもいいほど全幅の信頼を置いている。だが驚くべきこの発見の意味を、自分でもまだ受けとめかねていた。

ロス・キャロウが女性だとわかったからには、どうすべきか考えなくてはならない。

どう考えても、これは詐欺にほかならない。どうあっても、キャロウの正体は暴かれなくてはならないのだから。

11

ロザムンドは最後にいくつかメモを取ると、読んでいた革装丁の重たい法律書を閉じて、すでに調べたほかの書物の山に積みあげた。午前のなかば頃からリンカーン法曹院の図書館にこもり、いちばん奥のテーブルに腰を落ち着けていた。できるだけ静かなところで、準備中の裁判の調べ物をするためだ。

この日の朝食時、図書館で午後になるまで過ごすつもりだとバートラムに告げたときもとくに反対はされなかった。事実に即した堅苦しい法律書や古い公文書、地図、書類などに囲まれて過ごすのなら、とくに面倒に出くわすこともない。彼もそう思ったようだ。

ロザムンドは――というよりもロス・キャロウは――いまや、法曹院に所属するれっきとした会員だった。入会の条件となっている晩餐会の三回目も、バートラムに同行してもらってつい数日前にすませてあった。ローレンス・バイロンにも会えるのではと期待していたが、当ては外れ、思った以上にがっかりした。

一緒に出かけてからまる十日が経ったが、ローレンス卿のぶっきらぼうな振る舞いや慌ただしく去っていった様子はロザムンドの心にまだくっきり刻まれていた。避けられているのではないかとも思ったが、単に忘れられているのかもしれない。

ローレンス卿は貴族階級の人間だ。流行の最先端をいくおしゃれな上流階級がロンドンの社交シーズンの真っ只中にいることぐらい、わたしだって知っている。裕福で影響力のある友人たちとつき合うのに忙しくて、ゲームの賭けに負けた中流階級の弁護士と一緒に過ごす暇などないのだろう。あの賭けの片もついたいまとなっては、わざわざわたしを探そうとする理由もない。まったくの偶然でもないかぎり、彼に会うことなどもう二度とないのだろう。

ローレンス・バイロン卿のことを頭から追い出したくて、ロザムンドは眉根を寄せたまま、別の法律書を引き寄せてページをめくった。

それから三十分もすると、卿のことは時おり脳裏に浮かびはするものの、判例法の検討に真剣に取り組むことができた。ずっと集中していたせいで、足音が近づいてくるのも、それが隣でとまったことにも気づかなかった。なんの前触れもなく、力強い手が肩に回された。あまりの勢いに、少し前のめりになったほどだ。

持っていた鉛筆が落ちてテーブルのなかばほどまで転がっていく。ロザムンドは顔をあげたが、すっくと立つ男が誰なのかわかると不快感は消えた。「ローレンス！」

彼はにやりと笑みを浮かべた。今日の瞳は緑よりも金色のほうが強く出ている。

「ロス・キャロウ。いつもながら熱心なことだな」

「ちょっと調べ物をしているだけです」

「興味深い事案なんだろうね？」

「かなり。何十年も前にさかのぼる地権争いの案件を手がけているんですが、想像をはるかに超えておもしろいです」

「きみの運のよさが羨ましいな。それともぼくと同じように、ある程度の知的好奇心を確実に満たしてくれる訴訟だけを引き受けているのか？」

「悲しいかな、それは違います、閣下《マイロード》」ロザムンドは首を横に振った。「報酬がいくらになるのか、そんな現世の生活をまったく考えずに選り好みするような贅沢が許されない人間もいるんですよ。ぼくたちの多くは、食べるために働かなければならないんです」

ローレンスはテーブルに手をついて身を乗り出した。「ぼくが怠け者だと言っているんじゃないだろうね？」

「まさか。あなたは並外れた手腕の法廷弁護士です。頭脳明晰で才気あふれると言う人もいるくらいだ。ただ、同類の方々のようにわがままを許されているだけですよ」

ローレンスの瞳がきらりと光り、ロザムンドは息をのんだ。もしや言いすぎたのだろうか。そのまま見つめられて、脈が早くなる。

「〝同類の方々〟というのは、正確にはどういう人間かな?」彼は物憂い口調で言った。

「裕福な貴族階級ということですよ、もちろん」

「気をつけろ、キャロウ。そういう共和主義的な発言は、ある種の人たちに聞かれたら面倒なことになるぞ。いや、ぼくは違う、気にするな。昔から、自由主義的なホイッグ党のほうに共鳴するほうだから。だが、このあたりの壁には思っている以上に大きな耳がある」

「心に留めておきます。ご忠告ありがとう」

ローレンスの言い分を証明するように、近くのテーブルに座っていた年かさの男性が憤慨したのか、しーっと合図をしてきた。げじげじの白い眉毛の下から、こちらを睨みつけている。あまりの厳しい視線に、ロザムンドがその場で灰にならなかったのが不思議なくらいだった。

ちらとローレンスのほうをうかがうと、笑みをこらえようと口元をぴくぴくさせている。それを見て、ロザムンドも唇がむずむずした。もう少しで声をあげて笑いそうになり、慌てて視線をそらす。

ローレンスは隣の椅子にどさっと座り、身を寄せてきた。「笑わないほうがいいぞ。でないと、ぼくたちはもっと面倒なことになる」

近くに寄られて、ロザムンドは胃のあたりがきゅっとなった。シトラスと洗濯のり、そして清潔な男らしい香りに五感をなぶられる。「ぼくが？ きっかけを作ったのはあなたのほうですよ」

「まさか。ぼくはただ、道理をわきまえた音量でなごやかに会話していただけだ。だが、きみの声が大きかったらしかたないじゃないか？」

「ぼくの声は大きくありません」少し声が高くなり、いつものように男性らしい声を作れなくなった。

年かさの弁護士は凄むように眉を吊りあげ、ふたたびローレンスたちを睨みながら、しーっと声をたてた。こんどはほかにもふたり、なにごとかと顔をあげている。

ロザムンドは口をつぐみ、手元を離れた鉛筆を拾おうとしたが、ローレンスの話はまだ終わっていなかった。

「いや、大きいね」と挑発するように言い放つ。「だが、自分でもどうしようもないんだろうな。大きな声は、きみが法廷の場で優れている理由のひとつに違いない」

「ぼくの声が大きいのは、法廷で成功を収めているのとはなんの関係もありません。あなたもご存じのはずです」

「じゃあ、声が大きいのは自分でも認めるんだな？　同意してもらえてよかった」

　ロザムンドは口をあんぐり開けた。脳内で論理的思考を司る部分は、巧みな言葉で罠にかけたローレンスの機転に感嘆していた。優れた法廷弁護士と言われているのもうなずけたが、感情的な部分ではとても承服できなかった。「同意はできかねます」

「失礼だが、こちらも意見は異なる」ローレンスは腕組みをした。「だが、この件についてはまた別の機会に話し合おう。ここは静かに調べものをする場所だ」

「なんなんですか、ローレンス卿？　ぼくを困らせる以外に、あなたはここでなにをしているんです？」

「書籍を受け取りにきたんだ。ほかになにがある？」

「まったくそのとおり。ではご所望の書籍を取ってきて、ぼくのことは放っておいてください。でないと、ふたりとも追い出されてしまう」

「それもそうだな。猛り狂った鵞鳥みたいな声をぼくたちにずっと浴びせていた気難しいご老人は、この法曹院の名だたる幹部のひとりだ」

「まさか」ロザムンドはぞっとした。法曹院の会員になれたばかりなのに——詐欺に近いような策を弄したとはいえ——図書館で話をしていたのを咎められるといったばかげたことで、それをふいにする余裕はない。

「彼には、ユーモアのセンスというものも皆無だ」とローレンスが言い添える。

「じゃあ、いったいなぜ、あなたは話をやめないんですか？　故意に、ぼくが文句を言われるよう仕向けてるんですか？」

ローレンスがふたたびロザムンドと目を合わせる。まっすぐ見つめてくるのに、不思議に謎めいている。「どこをどうしたら、ぼくがそんなことをすると言うんだ？」

たしかに。なぜかしら。

肌がぞくりとして落ち着かなくなったが、ロザムンドはすぐにそれを振り払った。ローレンス卿は人をからかうのが好きなだけ。そしてわたしは格好の餌食なのだ。

「ぼくにはやるべき仕事があるんです、ローレンス」と小声でくぎを刺す。「あなたももちろん、そうだと思いますが」

そして顔を伏せ、彼が来るまで読んでいた書籍のページを繰った。

「じつは、きみと話し合わなければならない問題がある」ローレンスはつぶやいた。

「時間は取らせない。自由に話せる廊下のほうへ出ないか?」と立ちあがった拍子に、椅子が木の床にこすれて音をたてた。白髪の老いた幹部はふたたび睨みつけるような顔になり、ものすごい勢いで本を閉じて別の書籍に手を伸ばした。

ロザムンドはこくりとうなずき、鉛筆を置いてあとをついていった。

図書館の外に出ると、彼は先にたってベンチまで行ってどさりと座った。ロザムンドもそばに腰を下ろして待った。脚を少し広げ、両手を太ももの上に置く。本来なら、ひざの上で両手を組むのだが。

ローレンスはゆったりもたれるようにしながら、ロザムンドをじっと見ている。最後に会ったときの話を持ち出されるのかしら。あの日、馬車で去っていったときの不機嫌そうな様子の原因がなんであれ、もう、そのことは気にしていないように見えるけれど。

「ぼくたちはふたりとも忙しいから、単刀直入に言う」とローレンスが切り出す。「重要な意味合いを持つ問題について法的な意見を求められているんだが、あらたな見方を参考にしたいと思ってね。要するに、ぼくが結論を出す前にいろいろ話し合い、細かい点までじっくり考えるのに知恵を貸してくれないだろうか」

ローレンス卿が、法律上の論点についてわたしの意見を求めている?

長年、父とは何度も法律上の真理について論じてきたけれど、わたしに意見を求めてくるのはバートラムだけだ。ローレンス・バイロンがなにを議論したいのかは知らないし、彼が必ずしも同意するとはかぎらないけど、それでも意見を聞きたいと言われるだけでじゅうぶん名誉なことだわ。

誇らしさに胸が膨らむ。「ええ、もちろん。よろこんでお手伝いしますよ」

ローレンスは微笑んだ。口元のカーブがロザムンドの鼓動を速める。

「上々だ」彼はふたたび立ちあがった。「明日、夕食に寄らないか？　七時半はどうだ？　そうすれば、急かされる心配もない」

ロザムンドも立った。「夕食とは、どこで？」

「キャベンディッシュ・スクエアにあるぼくのタウンハウスだ」ローレンスが番地をすらっと言う。「きみが来ることは執事に伝えておく」

「ああ、ですが――」

「なんだ？」ローレンスが金色の眉を片方くいとあげた。瞳がきらりと輝くものの、真意はまたしても読み取れない。

バートラムはいい顔をしないだろう。それどころか、わたしが家から出るのもだめだと言うかもしれない。いままで何度も言ったけれど、これはもう、彼が口を出すべき問題ではないのに。

わたしは、ロス・キャロウとして振る舞わなければならない――男性は友人や同僚と連れ立ち、いつなんどきでも夕食に出かけるものだ。それに、バートラムはローレンスについて誤解している。悪評を轟かせてはいるものの、わたしに対してはずっと礼儀正しく振る舞っている。不道徳で堕落した世界に誘《いざな》われたことだってない。彼といるときに酔っ払ったことを言われるかもしれないけれど、あれはわたし自身の責任だ。だって、わたしがお酒に弱いことはローレンスも知る由はなかったのだし。

そうよ。いままでもそうだったように、ローレンスといても危ないことなどない。バートラムは、彼に近づかないと自分で決めたことを守っていればいい。そうは言っても、たまには友人と夜に出かけるよう彼を説得してもいいかもしれない。父が亡くなってからは家にこもりきりだけれど、バートラムが屋敷にいなければ、わたしが外へ出るのもそれほど大変ではなくなる。

「なんでもありません」ロザムンドはローレンスに微笑んだ。「では、明日の夜七時半に」

「楽しみにしているよ」

ロザムンドはうなずき、図書館への階段をまたあがろうと向き直った。「あなたは？　来ないんですか？　書籍を受け取る必要があるのでは？」

「そうだが、時間が経ったのを忘れていた。ほかに行く場所がある。書籍はまた、あとで取りにいく」

「そうですか。ではまた、ローレンス」

「ああ。またな、ロス」


ローレンスは微動だにせぬまま、彼が——いや、彼女が——法曹院の図書館へと消えていく後ろ姿を見送った。

すべては思惑どおりに進んだ。赤子の手をひねるように簡単だった。

最初は、あちらの家に乗りこんで疑いを正面からぶつけてやろうかとも思ったが、目から鼻に抜けるような賢さをもつ彼女はあっさり否定するだろう。彼女だけではなく、バートラム・キャロウも。彼女にとって、どういう存在なのかは知らないが。やつはほんとうに彼女のいとこなのだろうか……いや、それ以上の存在か？　もしかしたら恋人なのかもしれない。ふたりは同居していて、バートラムも明らかにこの企みに加担しているんだろう？

だめだ。真実を求めるのなら、ミス・キャロウ——いや、彼女のほんとうの名前がなんであれ――をこちらの縄張りにおびき出さなければ。大丈夫だと錯覚させ、警戒感がじゅうぶんに下がったところでチーターのようにすばやく襲いかかり、正直なところを白状させなければならない。

ローレンスは脇に垂らした両手を拳に握った。この数日のあいだに胸のうちで溜まっていた怒りや不信感がまたしてもわきあがってくる。まんまと騙されていたなんて、いまでも信じられない。ぼくだけじゃない、法曹界全体を欺くとは！

いまでは彼女を見るたび、女性にしか見えない。女性ではないと思っていたことのほうが驚きだ。真実という明かりに照らしてみると、匂い立つような女らしさに笑ってしまう。男物の服装や短く揃えて結んだ髪にもかかわらず、顔立ちは力強く角張ったものではなく、柔らかな曲線を描いている。肌は赤ん坊のようになめらかで、ひげ剃りできめが粗くなってもいない。動きもしなやかで優美。いかにも男らしく重そうだったり、大股で歩いたりというのではない。

しぐさや態度については、本質的なところでしっくりこないと以前から思っていたが、ほんの数分前からローレンスは、意地悪な笑みが口元に浮かぶのを抑えられなかった。ベンチに腰掛けるときの彼女が男が座るさまをまねようと、わざわざ両脚をだらりと広げるのを目撃したからだ。

彼女は男ではない。そう気づいてしまうと、それ以外の見方はできない。そして、直感的に惹かれてしまうみずからの体の反応もとめられなかった。少なくともこれで、感覚が訴えてくることを脳は理屈で拒否していたのに、それでも彼女を魅力的だと感じていた理由がわかった。本能では、ずっと前から彼女の本質を明確にとらえていたのだ。番《つが》うべき相手を感じ取る野生の動物のように。

個人的にも、弁護士としても欺かれていたと感じるのは否めないが、彼女に対する欲望も否定できなかった。図書館のテーブルで隣に座ったときもそうだったが、甘やかなあの香りを嗅いだだけで頭がどうにかなりそうだった。あてこするように彼女をからかったのも、それが理由だ——もちろん、言葉で切り結ぶ勝負《ゲーム》を楽しんではいたが、どうにかして気をそらす必要もあった——彼女にふれてキスをしたいという思いで頭がいっぱいになり、どんなふうに体を重ねて愛し合うかという妄想が全身の血を騒がせる。

だが、利発で小生意気な娘を誘惑するのはまた別の機会にしよう。まずは、偽りの姿を表にさらさなければならない。ほかの部分をさらすのは、あとのお楽しみだ。

違法に弁護士として活動していることもやめさせなければならない。もっともこの件に関しては、法廷弁護士になりたいという願いを彼女がもつのは責められない。明らかに才能があり――この職業において抜きん出るための教育もきちんと受けている。

唯一の障害は性別だけだ。なんとも不公平な話だが。

しかし、いまは同情にとらわれている場合ではない。彼女には一杯食わされたのだ。

この世で我慢できないものがひとつあるとすれば、それは嘘つきな人間だ。

〝ロス・キャロウ〟には大事な教訓を施してやらなければならない。ぼくこそがその役目を担うにふさわしい。ローレンスはそう心に決めた。

さあ、駆け引き《ゲーム》のはじまりだ。

12

あくる晩、約束の時刻のちょうど一分前、馬車はキャベンディッシュ・スクエアにあるローレンス卿のタウンハウスの前でゆっくりとまった。

ロザムンドは遅れないよう、大急ぎで支度をしなければならなかった。バートラムを家の外に出すのは思っていたよりもはるかに手間がかかったが、巧妙に、そしてそれほどさりげなくもない言葉であれこれなだめすかした結果、彼もようやく、さかんに誘ってくる友人たちに応えて夜の街に出かけるのもたまにはいいかもしれないと言った。

そうやって、バートラムは出かけていった――すっかり姿が見えなくなったことを確認した頃には、ロザムンドは急いで家を出て辻馬車を拾い、ロンドンの街の反対側まで走るのがやっとだった。

馬車をおりて御者に代金を払い、少し時間をとってローレンスのタウンハウスを眺めた。古代の神殿にヒントを得たパッラーディオ様式で、三階建ての荘厳な邸宅。正面玄関の扉は艶やかな黒に塗られ、磨き抜かれた真鍮のドアノブやノッカーがポートランド岩の灰白色によく映えて洗練された印象だ。

階段をのぼりはじめるとドアが開き、執事が立ち控えていた。「ミスター・キャロウでいらっしゃいますか？」

ロザムンドがうなずくと、執事は帽子と手袋を受け取り、ルイ十四世様式の美しく精巧なテーブルの上に置いた。玄関ホールの床は白と黒の入り混じった大理石。テーブルは、白くすらりとした円柱や壁龕《ニッチ》にもよくなじんでいる。大階段は壮麗な曲線とともに上階へとつづいている。

洗練された優美な空間をじっくり眺めながら、ロザムンドはさりげないふうを装った。これ見よがしに誇示するのではなく、すべてが上品で抑制の効いた洗練とともにしつらえられている。古くからの貴族の財産がこのうえなくすばらしい形で費やされた究極の姿だ。ロザムンドは、みずからの中流階級の育ちを痛いほどに意識させられた。

執事が恭しく身振りで示す。「旦那さまがお待ちでいらっしゃいます。どうぞ、こちらへ」

「いいとも」

廊下を少し歩くと、みごとな居間に案内された。驚いたことに、淡褐色《エクリュ》と淡い黄赤という心地よい色調で整えられた優美な家具や装飾は明らかに女性らしさを感じさせた。ふわりと軽い感じのカーテンや金メッキを施した鏡、大きな暖炉。セーヴル焼の大きな磁器の花瓶には瑞々しい花が生けられ、甘い香りを漂わせている。

そのどれもがロザムンドは気に入ったが、このしつらえには納得がいかなかった。ここは独身男性の住まいのはずだ。少なくとも、ローレンス卿は独身だと思っていたけれど。だって、彼が妻の存在を口にしたことは一度もなかった。でも単なる知り合いという関係を思えば、そんなことをわたしに卿が言う必要はない。そうでしょう？

そう思うと、なぜか胸から心臓が飛び出しそうになった。認めたくはないけれど、気持ちの整理がつかない。もっとも、彼が既婚者ということが問題なわけではない。レディ・ローレンスと呼ばれる女性が現れたとしても、なにも変わらない。ローレンスはわたしを男だと思っている。ふたりは同僚で友人、というだけのことだ。

彼が独身で、ふたりを取り巻く状況がまったく違っていたとしても――わたしが正体を偽ることなく女性として出会い、まさかとは思うけれど彼に目を留められたとしても――やっぱり、ふたりの関係に変化など起こりようがない。わたしたちは、あまりにもかけ離れた世界に住んでいるのだから。

それ以上ロザムンドが思い悩む間もなく、執事は別の部屋のドアを開けて脇へ下がった。

「旦那《マイ・ロード》さま、ミスター・キャロウがいらっしゃいました」と慇懃な口調で伝える。

掛け心地のよさそうなひじ掛け椅子に座っていたローレンス卿は顔をあげると、読んでいた本を置いて立ちあがった。歩きながら向けてくるまぶしい笑顔に、ロザムンドの鼓動がまたしても跳ねあがる。迫りくる夕闇のなかで金色と緑色の入り混じった瞳が輝き、ダークブロンドの髪に浮かぶ光の輪が王冠のようにも見える。まったく、王子と呼ばれても不思議はないほどハンサムだ。

「よかった、ロス。来てくれたね。時間ぴったりだ」

感情を表に出すまいと、ロザムンドはぴったりすぎるクラヴァットの下でひそかに息をのんだ。

「ええ、またしても遅れて、ぼくは時間を守れない人間だと思ってほしくはないですから」

「それはもうわかっている。きみは法廷に遅れたことは一度もないから。とは言うものの、ぼくは遅刻したというかどで罰金を科すような人間ではない。判事のなかにはそういう輩もいるようだが」

「怒鳴り散らすような人もいますね、まったく」

ロザムンドが笑みを返すと、ローレンスはくすりと笑った。「モーリー判事のことか？」

ロザムンドはうなずいた。

「ああ、彼は厄介だ。わずかに耳が遠いというのがまた面倒だが、聞いてもらおうと思って大声で話しかけては絶対にいけない。逆に怒鳴られて、ちゃんと聞こえているのになぜ大きな声を出すのかと問い詰められ、しまいには裁判のあいだずっと非難される。熱く燃える石炭で炙《あぶ》られているように感じることだろう」ローレンスは小さなカウンターへと歩いていった。「一杯どうかな？」

「いいえ、結構です」ロザムンドは首を横に振った。彼と一緒にいてアルコールを摂取したときになにが起こったか、まざまざと思い出す。

ローレンスはおもしろがるような視線を目の端から送ってきた。「きみの言うとおりかもしれないな。そのほうが夕食のワインをより堪能できる」

そうするのも果たして賢明なことかどうか、ロザムンドには定かではなかったが、面と向かって否定するのはやめた。

精巧なカットが施されたクリスタルのデカンタから、ローレンスが自分のために酒を注ぐあいだ、ロザムンドは周囲を見回した。

彼の書斎に違いない。部屋の端に鎮座するどっしりとしたマホガニー製の机から、ゆったりとした木製のテーブル、背の高い窓のそばでくつろげるよう据えられた深いひじ掛け椅子に至るまで、ここは男の城だという感じがにじみ出ている。暗い塗装が施された壁に並ぶ本棚には革装丁の書物がぎっしり詰まり、上質の紙やインク、そして積み重ねられた年月の重みが香ってくる。ロザムンドにはわからないが、どこかの画家の手によるものだろうか、すばらしい馬の絵が二枚、炉棚の上の目立つところに掛けられている。いっぽう、少し離れたところには大きな木製の地球儀が置いてあった。

手を伸ばしてちょっと回したいと思う気持ちを、ロザムンドは必死にこらえた。

「夕食はここでとるのはどうかと思うんだが」ローレンスはグラスを手に腰をおろし、向かいに座るようロザムンドに身振りで示した。「食堂よりもずっと居心地がいいから」

ロザムンドは椅子にゆっくり腰をおろした。「では、ぼくたちふたりだけなのですね。あなたの奥さまはご一緒されないのですか？」

「〝奥さま〟?」ローレンスは眉をつりあげた。「いったいなにを聞いて、ぼくが既婚者だと思ったんだ?」

「なにも聞いていません。ここまで来る途中で執事について通った部屋を見て、そう思ったんです」ロザムンドは居間のほうを頭で示した。「淡い黄赤とクリーム色はあなたが選ぶようには思えなかった。生き生きとした花々でいっぱいの大きな花瓶は言うまでもなく」

ローレンスは一瞬、目を剝いたかと思うと、頭をのけぞらすようにして笑った。

「たしかにそうだな。だが、ぼくに妻がいるかどうかについては心配ご無用だ。ぼくは独身だよ――いまはまだ、ということだが。居間のしつらえは義姉のタリアがやった。このタウンハウスは双子の兄と共同所有していて、彼とタリアはロンドン滞在中はここに泊まることにしている。ふたりは昨日、田舎の地所の屋敷《カントリーハウス》へ戻っていったが、生けた花はそのままにしていったんだ」

ロザムンドの全身をすぐさま安堵感が駆け抜けたのち、ローレンスの言葉のほかの部分がようやく腑に落ちた。「双子のお兄さんがいるんですか?」

「ああ」

「一卵性?」

ローレンスは酒をひと口含んでうなずいた。「ぼくたちがやろうと思ったときにはいつでも周囲の人間を混乱させられるぐらいには似ている。もっとも、母にも試してみようと思ったことがある。あれは十歳ぐらいの頃だったろうか。あとでこっぴどく罰を受けた」

ちょっとした打ち明け話を聞いてロザムンドは考えた。「あなたとお兄さんは、とんでもないわんぱく小僧だったのでしょうね」

「わんぱくどころじゃなかったね」ローレンスはにやりとした。「若い頃にはレオとふたりでやりたい放題やっていた」

「で、いまは？」

「レオは結婚して、ごくまっとうな生活を送っている——彼にしてはまっとう、という意味だ。にもかかわらずまだ、ふたりのうちおもしろみに欠けるのはぼくのほうだと彼は言うんだが」

「あなたが？　おもしろみに欠ける？　そんなばかな」

「まあ、ある程度まではレオの言うとおりかもしれない。理性を重んじるだけで無味乾燥な会話や、知識偏重な法的研究に時間を割き、彼には考えられないほどのよろこびを得ているからな。ぼくには、殺人も絡むような下世話な物語を執筆するような趣味もないし」

「どういう意味ですか？　お兄さんは小説をお書きになるのですか？」

ローレンスはいたずらの現場をおさえられた男の子のように顔をしかめた。「しまった、口を滑らすつもりはなかったのに。レオは秘密にしようとしているんだ、わかるだろう？」と、ばつの悪そうな笑みを見せてから真顔になった。「だが、きみは誰にも言わない。そうだろう、ロス？」

「ええ、誰にも言いません。信用してください」

「ああ、それはわかる」不思議に謎めいた輝きを瞳に宿しながら、ローレンスはロザムンドの目をじっとのぞきこんだ。「きみは秘密を知られないようにするのが上手な人間に見える。そうだろう？　ほかの人間ならばやろうとも思わないことに手を出しながらも、それを秘密にしておけるような」

なんの前触れもなく鼓動が激しくなり、警戒心にロザムンドの肌が粟立つ。「どういう意味ですか？」

なぜ、こんな妙な方向に話が振れたのかしら？　まさかローレンスが……わたしを疑っているの？

見つめ合ったまま、長すぎる数秒が過ぎた。先に目をそらすまいと、ロザムンドは不安を必死に抑えた。

ふいにローレンスは視線を落とし、グラスのなかでウイスキーを物憂げに回した。

「もちろん、きみが法廷弁護士だというだけのことさ。依頼者の秘密を保持するのはぼくたちの義務だからね。いったい、ほかにどんな意味で言ったと思ったんだ？」

不安は消えていき、ロザムンドの鼓動が緩やかになる。「いえ、なんでもありません。それ以外に意味などありませんよね？」

ローレンスはふたたびウイスキーを回すと、残りを飲み干してグラスを置いた。

「腹は減ったか？　夕食にはまだ早いが、そろそろ頼むと言えば厨房も応じてくれると思う」

「そうですね、賛成です」

「よし」ローレンスは両手をこすり合わせると、椅子から跳びあがるようにして立った。彼が使用人を呼ぶためのベルを鳴らしにいくあいだ、ロザムンドは椅子の背にゆったりと体をあずけ、あれこれ心配したのはまったくの杞憂だったと安堵に胸を撫でおろした。

こんなふうに彼女をもてあそぶとは、ぼくもよくよく意地が悪い。

二時間後、従僕が最後の皿を下げていったあとでローレンスは思った。芝居を打つ彼女を見ていると、冷酷かもしれないが。ぼくはこの駆け引きにもえも言われぬよろこびを感じる。正直言って、彼女はドルリー・レーンの劇場で舞台に立っていてもおかしくない。男のふりをしているだけではなく弁護士を装っていることからして、さしずめ『ベニスの商人』のポーシャがふさわしい。これまで一度ならず思ったことだが、彼女はどんな男にも負けぬほど頭の回転が早くて機転が利く。法廷で弁論を行う弁護士としてもじつに優れている。

今夜ここへおびき出すための口実で言ったものの、ローレンスは彼女と法律について論じ合おうとは思っていなかった。しかし、話題を持ち出されると調子を合わせ、実際に仕事の上で頭を悩ませていた難題について質問を投げかけた。

彼女の洞察力にいまさら驚くはずはないのに、やはりローレンスは舌を巻いた。豊かな法律の知識を巧みに操る彼女との刺激に満ちた知的なやりとりはじつに興味深く、ここ最近にはないほど愉快だった。

いや、かつてないほどと言ったほうがいいかもしれない。

だが、才気あふれる頭脳については称賛できても、偽りの姿で欺かれたのは承服できない。彼女は詐欺師だ。ぼくやほかの人間を騙したペテン師だ。彼女のせいで、ぼくは自分がわからなくなった。もっと悪いことに、性的な欲望についてもみずからを問い直さなければならなくなった。それだけをとってみても、彼女を許すことはできない。いや、許してなどやるものか。

いよいよ審判のときだ。

召使いがいなくなって書斎のドアが閉められると、ローレンスは食後酒のポートワインのデカンタを手に取り、身をかがめて彼女のグラスに注ごうとした。

だが彼女は首を横に振り、手でそれを押しとどめた。「いいえ、結構です。もうじゅうぶんに戴きました」

「これなら、あと何口かは飲めるはずだ。六十年もののポートワイン、オレンジ色が美しいトゥニー・ポートだ。悪いことは言わない、これを味わわないのはもったいないぞ」

食事のあいだずっと、彼女をほろ酔い気分にさせても泥酔させない程度にワインを注ぐよう気を配ったが、ただでさえあまり酒は飲まず、アルコール耐性も低い彼女に対してはなかなかに難しいことだった。

「少しぐらい、いいじゃないか」ローレンスはなだめすかすように言った。「うちの御者にきみの家まで送らせるから、その点は心配いらない」

「とは言っても……」彼女が眉根を寄せる。

「さあ。ゆっくり含むように飲めばいい」ローレンスはまず自分のグラスを、それから彼女のグラスを満たした。デカンタを置き、黙ったまま乾杯を促すようにグラスを掲げてみせる。

それと見てわかるほどしぶしぶながら、彼女はグラスをあげた。「なにを称えて乾杯しますか？」

「ふむ、そうだな」ローレンスはひとりごちた。「友情に、というのはどうだ？」と彼女の目を見据える。「そして、誠実さに」

まばたきこそしたものの、彼女は目をそらさなかった。「友情と誠実さに乾杯」

ローレンスはグラスを合わせ、彼女とともにポートワインを飲んだ。

難色を示すような声をあげられながらもふたりのグラスをふたたび満たしてから立ちあがり、本棚へと歩く。そして、隅々まで装飾を施した紫檀《ローズウッド》の箱を棚から取ってテーブルへ持ってきた。掛け金を外してふたを開け、さまざまなゲームに使える優れた仕組みの盤を見せてやる。「どのゲームをやろうか？　チェス、チェッカー、それともバックギャモン？」

「なんと素敵な品でしょう」彼女は美しい木材に指を走らせた。「どこで手に入れられたんです？」

「兄のケイドからの贈り物だ。もう何年も前、ぼくがまだ若輩者だった頃、兄は旅先で手に入れたらしい。持ち運びできる品だから学校へ持っていったんだが、なんの奇跡か、駒はひとつもなくならなかった――〝いまのところは〟ということだが」

「それはなによりでしたね。ひとつでも欠けたら台無しだ」

「で？　なんのゲームをする？　きみがやりたいものは？」

「どれも好きですが、バックギャモンにしましょうか。今夜は、チェスができるほど知恵が回らないようですから」

「ではバックギャモンで。だが、これだって知恵が不要なわけではないぞ」

ローレンスはゆったりした動きで盤に駒とサイコロを並べると上着を脱ぎ、亜麻布でできたクラヴァットに手をやった。のど元からそれを解いて上着の上に放る。振り向くと、彼女の視線が注がれていることに気づいた。

「なにをしているんですか？」

彼女に問われて、ローレンスは笑みを隠した。「楽な格好になっているだけだ。今夜は暖かいと思わないか？　何枚も着込んだままではいられないぐらいだ。ふたりだけだし、堅苦しいのはやめてシャツ一枚になってもいいだろう？　さあ、きみも上着を脱げよ。でないと、ぼくだけがくだけすぎた格好をしている気になる」

彼女の名誉のために言っておくと、落ち着いた態度は保たれていた。「ぼくはこのままで快適です」上着を脱ぐつもりなどさらさらないらしい。

ローレンスは片眉をくいとあげ、さらにたたみかけた。「おやおや、我が友よ、それは明らかに嘘だな。生え際に汗が浮かんでいるのが見える。まだ遠慮しているなどとは言わないでくれ。慎みを欠いているなんてことは、ビリヤードをやった時点でとっくに乗り越えているはずだが」

「遠慮なんてしていません」彼女は言い張った。

「ほう、では？」

彼女は口ごもった。明らかに決めかねているようだ。聞こえるか聞こえないかぐらいのため息とともに上着を脱ぐと、ふたたび躊躇したものの、クラヴァットに手を伸ばし、思い切りよく引っ張って外した。ベストに覆われた胸やあらわになったのどの輪郭をローレンスは見つめたが、ひと目で女性とわかるほどのものではなかった。彼女の胸はひどくささやかなのか、なにかをきっちり巻いているのかもしれない。巻かれている布を——そして、それを解《ほど》くという甘美な振る舞いを——思うと、太ももの上に置いた両手がいつしか拳になる。彼女ののどはすらりとして、透けそうなほどに白い。ローレンスはいつしか想像していた。シャツの下に隠れているのど元に口を押し当て、鼻先で襟元を押し開けたい。彼女はどんな味わいだろうか。そして、どんな香りがするのだろう。

「ローレンス？」

顔をあげてみると、ローレンスは自分があらぬ妄想をしていたことに気づいた。すぐさま我に返ってサイコロを取りあげる。小気味いい音とともにダイスカップに放りこみ、盤に振りだした。

彼女も同じようにサイコロを振った結果、先手となり、駒をどう動かそうか頭を下げて思案した。

ふたりはしばらくのあいだ交互に駒を動かしては、時おりそれぞれのグラスからポートワインを飲んでゲームをつづけた。もっとも、ローレンスの飲んだ酒は彼女の二倍ほどだった。

「チェルートは？」最初のポイントを獲得してから、ローレンスは言った。

「なんですって？」

「チェルート（両切りの細い葉巻）はどうだ？」

ローレンスは彼女の返事を待たずに立ち、葉巻の入った細長い箱を取ってきた。なかには火打石や火口《ほくち》、灰を落とす小さな皿も入っている。これ以上、ことを長引かせるべきではない。ローレンスもわかってはいたが、生来のいたずら好きなところのせいで、どこまで彼女に無理難題を吹っかけられるのか試したかった。ぼくの挑戦を受けて立つのか、それとも追い詰められて取り乱してしまうのか。

開けた箱を無言のまま差し出して、きっちり巻かれた香り高い葉巻を彼女の目にふれさせる。「西インド諸島からはるばるやってきた逸品だ。きみだって、たばこは吸うだろう？」

「ええ、もちろん。たまに、ですが」

またしても嘘だ。

ローレンスがじっと見つめるなか、彼女はおずおずと手を伸ばし、上部がまだ丸いままのチェルートを選んで指先だけでつまんでいる。まるで、いまにも発火するのではないかと恐れているような手つきだ。

いや、ほんとうに爆発すると思っているのかもしれない。

笑みを隠しながらローレンスは目をそらし、自分も一本選んでから、わざと音をたてて箱のふたを閉めた。

それと見てわかるほど、彼女はびくっと体を震わせた。

このときばかりは、ローレンスも笑みを抑えることはできなかった。

座っていた椅子に戻り、火打石と火口に手を伸ばす。火がつくと、それでチェルートを炙りながら二、三度深く吸いこんで先端の炎を赤くする。ローレンスは頭をのけぞらせ、長々と煙を吐いた。

向かいで彼女が鼻にしわを寄せる。刺すようなにおいが気に入らないらしい。

「きみの番だ」ローレンスはまだ燃えている火口を突き出し、彼女が尻込みするかどうかを見ようと待った。

一瞬、まさにそのとおりのことをするのではないかと思ったが、彼女は感嘆するしかないほどの強がりとともにチェルートをくわえて身を乗り出した。熱い火口を先端につけてやりながらローレンスは見守ったが、彼女が三度ほどすばやく、しかも深く煙を吸ったのを見て、ほどほどにしておけと声をかけそうになった。明らかに、彼がやったのをまねしている。

彼女がもう一度、腹の底から吸いこむと、チェルートの先端にぱっと火がついた。ゆらゆらと渦を巻きながら煙が口や鼻から出るとともに、目が大きく見開かれる。はっと息をのんだ拍子にのどが詰まったのか、彼女は口からチェルートをもぎ取った。そして、砲弾が発射されたかのようなでかい音とともに、肺の底から喘ぐような咳を立てつづけに出した。

ローレンスは火口の炎を急いで消すと、吸っていたチェルートの先端を磁器の灰皿に押しつけてから彼女のそばに回った。結核患者のような咳がつづくなか、ローレンスは葉巻を取りあげ、灰皿にある自分のものの隣で火を消してから、体を引きあげるようにして彼女を立たせた。

腰に片方の腕を回し、なかば引きずるようにしていちばん近くの窓辺に運ぶ。まだ断続的に咳きこんでいる彼女を抱えたまま、窓をさっと押しあげて開け、暖かな夜気を部屋に取りこんだ。自分の前に彼女を立たせ、呼吸を整えようと必死になるのを支えるように二の腕をつかんでやる。

咳がようやく収まってきたのか、彼女はもたれかかってきた拍子に、困惑したように全身を震わせた。なだめるように、二の腕をゆっくりとさすってやる。彼女は一度、そしてもう一度咳をすると、ぴたりと動きをとめた。沈黙を破るのは、夜にうごめく虫たちの鳴き声や遠くで響く馬の蹄の音だけだ。

「よくなったか?」二の腕をさする手の動きはとめぬまま、ローレンスは尋ねた。

彼女がうなずいた拍子に、頭のてっぺんの髪が彼のあごを柔らかく撫でる。ローレンスは少し体を寄せて、その香りを吸いこんだ。そして、彼女の体に両腕を回した。

その瞬間、彼女の全身がこわばったのが感じられた。「ローレンス?」

「うん?」彼女のこめかみのあたりにあごを擦りつけてみる。

「なにをしているんですか?」いつもは低い声が上ずっている。

「ぼくがなにをしていると思う?」

彼女はごくりとつばをのんだ。「なにをしているにせよ、とんでもなく不適切だ。もう放してくださって結構です」

「そうできるのはわかっている」ローレンスは彼女のベストのボタンを指でなぞった。「だが、それ以外のことも知っている」耳元に唇を寄せる。「なんのことか、話してほしいか?」

「いいえ。さあ、あなたのおふざけがなんであれ、もうやめてください」彼女は体を引こうとしたが、ローレンスは逆に両腕に力を込めた。

「秘密のことをきみに話すまではだめだ」ベストのボタンをひとつ外し、ふたつめに指をかける。

「なんの秘密ですか?」

「これはまた。きみの秘密に決まってるじゃないか」

ローレンスはベストの下に手を差し入れると、シャツの薄い生地越しに左胸があるあたりに手のひらを当てた。彼女の有罪を立証するように厚手の布が巻かれている。

彼の体を熱い満足感が駆け抜けた。「打ち明ける気になったか？」

「打ち明けるって、なにを？」彼女は怒鳴るように答えたが、身震いが走るのはとめられなかったようだ。「おっしゃっていることがわかりません」

「ほう、これでもそうか？」ローレンスはいきなり彼女を振り向かせ、目をのぞきこんだ。瞳孔がすっかり開き、灰色の部分が細い環《わ》になっている。「さっき、嘘をつかない誠実さに乾杯したのを覚えているか？　たまには正直になり、真実を話してみないか？　どうなんだ？」

「真実って、なんの？」彼女はあごをぐいとあげた。まだ敗北を認めるつもりはないらしい。

「とことん頑固なのか、なるほど」ローレンスは彼女のあごをとらえた。「まったく手に負えないな、ミス・キャロウ？」

13

ロザムンドは体をねじるようにしてローレンスから離れた。耳元で心臓の鼓動が早鐘のように打っている。

彼は知っている。どうしよう、彼に知られている！

だけど、どうしてそんなことが？　それになぜ、こんな手の込んだお芝居をしたの？　その瞬間、ロザムンドは気づいた。猫がネズミをなぶるように彼は今夜ずっと、わたしをもてあそんでいたに違いない。

これからどうなるの？　どうすればいい？　騙していたことを正直に認める？　それとも最後にもう一度はったりをかけて、彼が信じてくれるような奇跡を祈る？

だが、金色と緑色が混じった瞳が刺すように厳しく光っているのを見ただけでわかった。いまさら策を弄しても、もう遅すぎる。

「あなたが思っているようなことじゃないの」ローレンスを遠ざけるよう、ロザムンドは片手を突き出しながら言った。

「ここに至ってまだそんなことを言うとは、なんと図々しい女だ。男になりすまし、さらには弁護士のふりをしていた。とにかく、いったい誰が考えたことなんだ？　きみか？　それともバートラムか？」

ロザムンドは答えなかった。代わりに、脱いだ上着と外したクラヴァットのほうに落ち着きなく視線を走らせる。いますぐ走り出せば、彼に追いつかれる前にあれをつかみ、どうにかしてこの屋敷から逃げられるのでは？

「そんなことは、考えるだけ無駄だ」

ローレンスは、こちらの破れかぶれの心情などお見通しらしい。ロザムンドが反応する間もなく、彼はドアのところへ行って鍵穴の鍵を回した。恐ろしいほどの笑顔で振り返り、鍵をポケットに滑りこませる。「さて、なんの話をしていた？　そうだ、きみに質問をしていたように思うが」

開いている窓に目をやりながら、ロザムンドはふと思った。あそこから逃げられる可能性はあるかしら。だが、そう考えたつぎの瞬間にはあきらめた。こちらが動くやいなや、ローレンスに飛びかかられるのは目に見えている。それに今夜の運のなさを思うと、足首を折ってしまうような気がする。

あるいは、首の骨とか。

腕組みをしながら、ロザムンドは開き直るような態度をとった。「申し訳ありませんが確認させてもらえますか、ご同輩。あなたの知りたがっていたことが思い出せないのですが」

ローレンスは目を剝いて彼女を見ると、大声で笑いだした。「ほんとうに度胸が据わっているんだな。それだけは認めてやる。だが、きみが図々しくなければ、ぼくは今夜こうしてここには立っていなかった。そうじゃないか？　いいだろう、もう一度質問してやる。これはいったい——誰の考えだ？」彼はロザムンドをまるごと指し示すように大きく手を動かした。「だがその前に、基本的な事項からはじめないか？　きみの名前とか？　どういうわけか、ロスではないような気がする」

ロザムンドは、教えてやるのはいやだと言おうかと一瞬思った。でも、そんなことをしてなんになる？　最悪の部分を知られているのだ。もう、それ以外はどうでもいいでしょう？

「ロザムンド」ふだんの話し声にいきなり戻って答えた。

声が変わったのはなにごとかとばかりにローレンスは目を丸くしたが、すぐに気を取り直した。「ロザムンド、というのか？」砂糖菓子でも味わうかのように、彼女の名前を舌で転がす。「〝ロス〟よりもずっと軽やかで叙情的だ。きみによく合っている。で、ファミリーネームは？　それもまた別なのか？」

ロザムンドは眉根を寄せた。「いいえ、キャロウです」

「じゃあ、ほんとうにバートラム・キャロウのいとこなんだな？　まさか……」

「〝まさか〟って、なんですか？」

「それ以上の関係ではない？」

「それ以上？　まあ、そう言ってもかまわないとは思いますが」

ローレンスの瞳に影がさす。「では、恋人同士なのか。彼と結婚してはいない、そうだろう？」

「結婚！　まさか、違います」

「ふむ、それを聞いて少し安心した。ほかの男の恋人を横取りするのと、妻を奪うのとではまったく別の問題だ。とはいえきみの場合、例外を設けてもかまわないが」

ロザムンドは両腕を脇に垂らした。肺から空気が抜けていく。「なんですって？」

ローレンスの言葉を聞いて舌がもつれる。「よくもそんな……彼が……わたしは……わたしたちが――」思わず身震いがした。「もう！　いいかげんにしてください、バートラムとわたしはきょうだいです」

こんどはローレンスが驚いた顔になる番だった。「きょうだい？」

「そうよ、弟です。どうして……あなたがどう考えていたにせよ、なぜそんなふうに思ったんですか？」

「ひとつには、きみたちが同居しているからだ。同じような色合いの髪をして、目元のあたりが似ていなくもないとはいえ、血縁関係にあるという証拠にはならない。いとこということもあるし、いとこというふれこみだったが、いとこ同士でも結婚はできる。もっとも、親族としてあまりに近しいので個人的には不安な感じもするが。だから、きみとバートラムがいとこ同士だと聞いても、ふたりが……それ以上の関係だという可能性を排除はできなかった。とはいえ、彼がきみの弟だと聞いてうれしいよ。これで、すべてがずっと簡単になる」

ロザムンドはますます顔をしかめた。「簡単になるって、なにがですか？」

彼はなんの話をしているの？　それに、例外を設けてわたしを奪うのにやぶさかではないとかいうのはどういう意味？　ロザムンドは、ほんの数分前にローレンスに抱き締められたことを考えた。こめかみに唇を寄せられ、耳元でささやかれた。でもあれは、わたしが女だとわかった彼がからかっていただけだ。こちらはまだ、彼には男だと思われていると信じていたのに。そういえば……

「いつから知っていたんですか？」

「きみのことか？」

ロザムンドはつっけんどんにうなずいた。

「しばらく前から。一週間ほど前かな」

「一週間？　でも、知っていたのならなぜ黙っていたんですか？　わたしを問い詰めるのではなく、今夜こんな手間をかけたのはどうして？　それに、法曹院や裁判所に通報しなかったのはなぜ？」

「もちろん、いま言われたとおりのことをしようと思った。気づいた当初は怒りのあまり、きみを突き出すことしか考えられなかった」ローレンスがいらいらと指で髪を梳くと、なんとも素敵な乱れ具合になった。「だが、まだ明らかにされていない事柄を思うと、それではあまりにあっけなく、納得できないように思われた。きみの真の姿を暴くよろこびがほしかったんだろう。もっとも、厳密に言えばきみが女性だという動かぬ証拠はまだ、目にしていないが」彼はロザムンドの胸のあたりに視線をさまよわせた。ベストが一部はだけたままだ。「胸に巻いた布の下には乳房が隠されているんだろう？　いつだってその布を解いて見せてくれていいんだぞ。そうすれば、ぼくもはっきり納得できる」

焼けつくように頬が熱くなる。きっと、よく熟れたさくらんぼのような色になったことだろう。ロザムンドは震える指で、ベストのボタンを急いではめた。

ローレンスが声をあげて笑う。「それが、いまさっき言った乳房が存在するなによりの証拠だな。だが、この目で確かめる権利は後日まで留保する」

「わたしは、そんな要求を拒絶する権利を留保します」

みだらな笑みをローレンスが向けてきた。瞳に浮かぶ表情がロザムンドの肌をちりちりと熱くさせる。「せいぜい、やってみるんだな」

「分別を失わずにいたら、胸に布を巻いているのは肋骨を折ったからだと言っていたでしょうね。今夜はしつこいほどにお酒を勧めてきたのはそのため？　筋の通った口実を考えるすきを与えないように？」

「それもあるし、ほんのわずかなアルコールでほろ酔い気分になるきみを見ているのが楽しいからだ」

「今夜はほろ酔い気分になんてなっていません。肩の力を抜いてくつろいだだけよ。というか、こんな尋問がはじまるまではくつろいでいた、と言うべきかしら」

「こんなのは尋問のうちに入らない」ローレンスは、また座るようロザムンドに身振りで示した。「きみはまだ、ほとんどなにも話してくれていないじゃないか。いったいなぜ法廷弁護士のふりをするに至ったのか、とか」

脚がひどく震えていることにふいに気づき、ロザムンドは椅子に腰をおろした。

「長い話になるわ」

「時間ならたっぷりある」ローレンスも向かいの椅子に掛けた。「さあ、詳しく話してくれ」

ローレンスは耳を傾け、望むべくもないほどまっすぐ語るロザムンドの話を聞いた。言葉はもちろん、それと同じくらい彼女の人となりを表すしぐさや気取らない話しぶりを見つめる。率直さと静かな意志の強さに瞳を輝かせてはいるが、その奥にはやましさや後悔がにじんでいた。

彼女は懇願したり、ローレンスを丸めこもうとはしなかった。簡潔で単刀直入な言葉で説明し、すべてを明らかにしていく。訴訟の場での弁論と同じだ。なにより、その態度がローレンスを躊躇させた。

ロザムンドが話し終えると、書斎には沈黙が流れた。

座っている彼女の様子をローレンスは観察した。目を伏せて肩をこわばらせ、なんであれ判決を言い渡されるのを待っている。

なぜかはわからないが、ロザムンドの言うことは信じられた。信じる理由などなにもないのに。正体を偽り、さまざまに嘘を張り巡らせていたとはいえ、彼女がなぜあんなことをしたのかは理解できる。問題は、ぼくはどう反応するつもりなのかということだ。

ロザムンドはため息をもらした。「あなたが取るべき唯一の倫理的な道は、わたしの不実を世間の目にさらすことでしょうね。自分の行動の責任を取る覚悟はできているわ」

「そうかな？」ローレンスは抑揚のない低い声で言った。

彼女ははっと息をのみ、うなずいた。「ええ。ただ……」

「ただ、なんだ？」

「二、三日待ってもらえませんか？」ロザムンドは顔をあげてローレンスと目を合わせた。「自分のためなら、こんなことは言いません。でも弟には、身辺整理をするだけの時間を少しあげたいの」

「街を出ていく機会、という意味だな」

ロザムンドがあっけにとられたような顔になる――はぐらかしているという、なによりの証拠だ。「いいえ、そうは言っていません」

「わざわざ口にする必要はない」ローレンスは、自分の発言の意味が彼女に理解されるまで待った。「きみの正体をばらしたら、バートラムも責任を問われるのは自明の理だ。なんと言っても、リンカーン法曹院に対してきみの保証人となり、裁判の場に立つための証明書を手配したのは彼だ。法廷できみの共同弁護人を務めたのも、言うまでもない。いや、きみが好むと好まざるとにかかわらず、この件に関してきみたち姉弟《きょうだい》は密接不可分な関係だ」

「お願いだから、バートラムにそんなことはしないで」ロザムンドは座ったまま身を乗り出した。告白し出してからはじめて、懇願するような口調になる。「彼は善良な人間よ、全人生を否定されて台無しにされるようないわれはありません。父を亡くしたときは悲しみに打ちのめされて、物事をちゃんと考えられる状態ではなかったの。ほんとうに、これはすべてわたしの責任なんです。報いを受けるべきはわたしであって、弟ではないわ」

「お父上を亡くして悲しいのはきみだって同じだ」ローレンスはぴしりと厳しい声で言った。「それに、きみの言うことをぼくが正しく理解しているとしたら、そもそも彼が言い出したことなのに、なぜきみが責めを負う？」

ロザムンドは両手を固く握り締めた。「それはそうですが、やると同意したのはわたしです。いやだと断って、バートラムの自尊心が傷つけられるような最悪の事態を招いてしまえばよかったのかもしれない。だけど、彼には機会が必要だった。本来の気性にもっと合っている仕事へと移行するための時間が。弟は頭もいいし、弁護士としても決してひけをとらない。ただ、法廷で論を張ることをどれほどいやがっていたか、言語障害のために法廷弁護士を務めるのがどれほど苦しいことだったか。父にはついぞ、それが理解できなかっただけよ。言語障害だって、ストレスを受けたり厳しい視線にさらされなければほとんど出ないわ」

「きみは昔から、母親のように彼を保護してきたのか？」

ロザムンドがものすごい顔で睨む。「そういう問題ではありません。わたしはただ、親身になって弟の面倒を見ているだけ。姉なら、誰しも当然のことです」

ローレンスは知ったふうに片眉をあげたが、それ以上無理強いしないことにした。

「では、弟のためを思って逃がしてやり、どんな批判を向けられようとも自分が矢面に立つと言うんだな？」

「もちろんです。バートラムが街を出るとすれば、ですが。同意してくれるかどうかは疑わしいけれど、説得してみるつもりです」

「仮にも男ならば、彼は姉を捨てて逃げ出すようなことはないと思いたいものだが、さいわい、今回はそれを確かめる必要はない」

「どういう意味ですか？」

ローレンスは両手の指先を合わせた。「ぼくはなにも言わないことに決めた、という意味だよ。きみの秘密は他言しないつもりだ」

驚きに息をのみ、ロザムンドは口をぽかんと開けた。「でも、どうして？」

「自分でもよくわからない。弟ながらこの不正にきみを引きずりこんだ人間の面目を保つために、きみが進んで犠牲になるのを見たくはない。そう言っておこうか。そういえば、きみの年齢は？　キャロウが弟だというなら、まさか二十四歳ということはあるまい」

ロザムンドは一瞬、唇をすぼめた。「二十八歳です」

ローレンスは合わせていた両手をおろした。「ほんとうに？　では、ぼくたちは同い年だな。ぼくも二十八歳だ。といっても来月には誕生日を迎えるから、それまでのあいだだが」そしてふたたび彼女の目を見つめた。「打ち明けておくべき嘘はもう、ないか？　きみの秘密をぼくが黙っているんだから、これ以上の嘘はあってほしくない。それはわかるね？」

「ええ、あなたの言うとおりだわ。この時点で思いつくものはありません」

ローレンスの口の両端が上向いた。「なにか思いついたら、すぐに話してくれると信じている」

ロザムンドはうなずいた。「そうします。閣下《マイロード》……ローレンス、なんとお礼を言っていいかわからないわ。わたしが打ち明けたことを表に出さずにいてくれるとは、寛大な方ね。倫理的な含みがあるのを思えば、なおさらのこと。そのせいであなたにご面倒が起こるような事態にだけはなってほしくありません」

「そんなことが起こるはずはない」ローレンスは否定するように肩をすくめた。「ぼくが言いたいのは、ほかの同僚たちと同じく、きみが正体を偽っているのをまったく気づかずにいたということだ。知らなかったのだから、訴えることなどできはしない。きみも、この芝居をいつまでもつづけるつもりはないのだろう？　少なくとも、さっきの説明を聞いたかぎりではそう理解したが」

「そのとおりよ。父が残した案件をすべて処理して、バートラムがあらたに見つけた仕事でもやっていけるという見通しが立ったら、〝ロス・キャロウ〟は北部へ戻り、わたしは元の生活を再開させます。どのみち、残りの人生を死ぬまで男として生きられるわけではないもの」

「そうだな。そんなことをするのはあまりにも調子に乗りすぎている。それでも、残念なことだ」

「なにがです？」

「きみだよ。その類《たぐい》まれなる頭脳を活用することが許されないのは残念だ。これほどの才能を活かすことができないとは」

ロザムンドの唇にはにかむような笑みが浮かぶ。「わたしの頭脳を類まれだとおっしゃるの？」

「当然だろう？　きみの仕事ぶりを拝見し、判例や法理論について一度ならず議論を交わしてきた。今夜だってそうだ。お父上はいい教育をきみに授けた」

「ええ、そうですね」

「おまけに、きみは法廷でぼくを負かしたんだぞ？　きみが類まれなる頭脳の持ち主でなかったら、ぼくはどうなるというんだ？」

ロザムンドは声をあげて笑った。よろこびに顔を輝かせる様子が、ローレンスの体に不思議な影響を及ぼした。腰から上に。そして下にも。

「いずれにしても、ご親切にありがとう」磨かれた銀器のように瞳を輝かせている。「女性が知的能力を発揮することに関して、大部分の男性はそこまで寛大でもなく、理解を示してもくれないわ」

「それは、男はたいてい愚かだからだ。気づかなかったのか？」

ふたたび笑い声がこぼれ出る。ゆったり落ち着いているが、まぎれもない女性の笑い声がローレンスの血を騒がせる。ああ神よ、笑っているときの彼女はじつに愛らしい。その笑い声をもっと頻繁に聞きたいものだ。

おかしみがゆっくり薄れると、ふたりとも黙りこんだ。

「ローレンス、黙っていると言ってくださって、ほんとうに感謝しています」ロザムンドは彼の目をふたたび見つめた。「あなたにも厚かましく嘘をついていたことを思えば、これほど寛容にも許してもらえるとは思ってもみなかった。わたしにできることがいささかなりともあるならば、どうぞおっしゃって。今夜のことをバートラムに話せば、彼もきっと――」

「彼にはなにも言わなくていい」

「えっ？　でも――」

「ロザムンド」なんということだ、彼女の名前の響きが気に入ってしまった。「ロザムンド、きみの正体をぼくが知ったことは秘密にしておく。ぼくときみのふたりだけの秘密で、ほかの誰にも関係ない。きみの大切な弟でさえも」

ロザムンドは顔をしかめた。明らかに困惑している。「でも、どうしてバートラムに知らせてはいけないのか、わたしにはわかりません」

「これからもきみと会いたいが、きみが女性だという事実にぼくが気づいたことを知ったら、彼はこれまでのような行動の自由を許さないような気がするからだ」

「まあ。でも、たしかにそうね」ロザムンドは一瞬、指先を噛んだ。「じつは、今夜もあなたに会うためにこっそり家を抜け出さなければならなかったの。いまも、彼はあなたのことを認めていない。だって……」

ローレンスは腕組みをして背もたれに体をあずけた。「うん？　彼はぼくのことをなんと言っている？」

「こと女性に関してはひどく評判が悪いから、ふたりきりになってはいけない、と。わたしが男だとあなたが思っている――いえ、思っていた――としても」

「きみの弟の言うとおりだ。ぼくが思っていたよりずっと頭がいいな。これからは、彼の能力について見方を改めなくては」

「バートラムの言うとおり、ってどういう意味かしら？」

「まさに言葉どおりの意味さ」

「申し訳ないけれど、どういうことかよくわかりません」

「そうかな？」ローレンスは穏やかな声で問いかけた。「きみは、自分で思っているわたしが嘘をついていたと白状するまでは友達だったのに」

少なくとも、わたしたちは友人よ。「でも、ロザムンドが目を見開く。

以上にわかっているはずだ」

「ああ、いまもそうだ。友達だよ」

「じゃあ、あなたはなにを言っているの？」

ローレンスは立ちあがると、腕を伸ばして彼女をも立たせ、腰に腕を回してぴたりと自分の体に添わせた。そして、瞳をのぞきこむ。「単なる友人以上の存在になりたいと言っているんだ」

「でも……でも……」ロザムンドは困惑のあまり言葉を詰まらせた。「訳がわかりません。一週間前までは、あなたはわたしを男だと思っていたのに」

「ああ、そうだ。だが、ひどく困惑させられて居心地が悪かった。それだけは確かだ。同性の友人に対してあれほど不適切な思いを抱いたことはなかった」

ロザムンドははっと息をのんだ。「じゃあ、あなたは――」

「きみを欲しいと思っているか、って？」ローレンスは彼女の頬に手のひらをそっと押し当てた。「ああ、ロザムンド、きみが欲しい。なんとしてでもぼくのものにしたいと思っている」

「でも……わたしの秘密をもらさないことにしたのは、それが理由なの？　そうすればわたしを――」

「脅すことができる、と？」ローレンスはゆったり笑みを浮かべた。「いや、違うな。きみとぼくがふたりきりの場でなにをしようと、ぼくのした約束とは無関係だ。きみの返事がイエスであれノーであれ、ぼくは秘密を他言しない。それは約束する」

ロザムンドが少し体の力を抜くのが伝わってきた。

「とはいえ、なんだか侮辱されたような気がする。女性を無理やりベッドに誘ったことは、いまだかつて一度もない。それは確かだ」

「ええ、そんなことがあるはずはありませんね」ロザムンドがつぶやく。あまりに小さな声で、もう少しで聞き逃すところだった。

ローレンスは声をあげて笑いそうになった。だがその代わりに手を伸ばして、彼女の髪をひとつに結んでいるひもを引っ張った。まっすぐで短い茶色の髪が顔のまわりにふわりと広がり、表情をやわらげ、ロザムンドを本来の女性らしい姿に見せる。

「で、どうしようか？　感謝の意を表すためならなんでもすると言ったね？　キスのひとつぐらいなら、いいかな？」

「あの――ええ、いいと思います」

そうつぶやくロザムンドの気が変わる前に、ローレンスは彼女の唇に唇をそっと押し当てた。

14

唇を重ねられた瞬間、ロザムンドは全身が熱く燃え、頭のてっぺんから爪先まで衝撃が走った。口づけされるとはどんなものか、もう何年も前から知っているつもりでいたが、その考えはわずか数秒のうちに打ち砕かれた。はるか彼方の思い出のなかにあるキスは甘く優しく、無垢な期待や幼い愛にあふれていた。

だが、ローレンスのキスには無垢で純真なところなどかけらもなかった。熱い思いをこめた巧みな口づけで頭がぼうっとして、息もつけない。ワインの味わい、そして清潔な男性の熱気が感じられる。少し伸びたひげの剃り跡で頬をこすられても、気にならなかった。いやだと思うどころか、その感覚に興奮を覚えた。すっかり唇を奪われて鼓動が不規則になり、足元がおぼつかなくなる。

ロザムンドは霞のかかった目をしばたたいて彼を見あげた。ひと息入れるのを許すよう唇が離れると、眼鏡はおかしな角度に曲がっていた。ふと見ると、驚いたことに、自分の体をローレンスにしっかと繋ぎとめるかのようにシャツに指を絡めていた。指を放そうとしても、かえって彼の胸を愛撫するような動きになってしまう。

そんな彼女をローレンスは見おろした。なかば閉じたようなそのまなざしに、ロザムンドの肌があらためてぞくりとする。「ふむ、はじめてのキスにしては悪くないな。二回目はどうか、確かめてみようか？」

すでに興奮で頭が爆発しそうだというのに、これ以上よくなるとは思えない。でも、彼がそう言うなら……

うなずくか、同意を示すような声をあげるべきだと思ったが、ローレンスはほんの数秒休んだだけで、すぐに指をロザムンドの髪に梳き入れて後ろ頭を包みこんだ。ちょうどいい角度に顔を持ってこさせると、自分も顔を傾け、ふたたびキスをはじめた。

技を尽くしたような最初のキスを上回ることなど不可能に思えたのに、二回目のキスははるかによかった。ふれられて心地よい感覚と熱情が作り出すゆったりとした官能の渦だったものはしかし、とどまることを知らぬ野火のように燃え広がり、抱き締められたままの手足から力が抜けていく。

だが、心配などする必要はなかった——ローレンスが力強い腕で支え、体をのけぞらせるようにして近く添わせてくれる。唇をそっとなぶるように甘噛みして、震える息とともに口を開けさせると、躊躇せずに差し入れた舌でなめらかな口のなかをなぞってくる。思ってもみなかった場所へ連れていかれて圧倒され、頭がくらくらする。

彼に倣ってロザムンドもいつの間にか、熱心さとともにキスを返していた。みずからの振る舞いに衝撃を受けてしかるべきだったが、もっと欲しくてたまらなかった。舌を絡ませ、不安や恥ずかしさなど超越した本能的な欲望とともに、彼の要求に応えていく。酒を飲んで酔ったことはあるが、男性にふれられた感触に酔いしれることが自分にできるとは。愛撫されるたびに、興奮と陶酔が高まっていく。

ローレンスの手が下に伸びていくのがぼんやり感じられた。シャツの裾がズボンの外に引き出され、生地の下に手が差し入れられる。素肌を這う指が背中からお腹のほうに回されて、ロザムンドはびくっとした。はっと息をのみながら、太ももが合わさるところで勝手に生まれたいわく言い難いうずきに対抗しようと両脚を動かす。

ローレンスはキスをしたまま、胸に巻かれた布を解こうと奮闘していた。しかし簡単には外れないほどきっちり巻かれていて、指を差し入れることさえできないようだ。彼はかまわず、布越しにその部分を撫でる。ロザムンドは肋骨のあたりに居心地の悪さを覚えて、あえいだ。

それで、ローレンスはあきらめた。

少なくともロザムンドはそう思ったのだが、彼の手は向きを変えて反対方向へと伸びていった。

「まあ！」丸い尻を手のひらで覆われて、ロザムンドは目を見開いたまま跳びあがった。彼は手を曲線に沿わせ、ズボンの生地越しにそっと優しく尻を揉む。ロザムンドは思わず腰を反らし、彼に体を押しつける形となった。

だが、それで終わりではなかった。ローレンスは尻に沿わせた手で導きながら、たくましい脚をロザムンドの脚のあいだに割りこませてきた。いつの間にか、彼女は彼の太ももに跨《またが》っていた。ローレンスは尻を揉みしだきつつ、自分のひざを上下させて刺激を与えてくる。官能をかきたてられる振る舞いに衝撃を受けながらも魅了され、ロザムンドは自分でもよくわからない欲望にめまいがした。

ローレンスは熱く激しい思いとともにキスをつづけていたが、唇から口をもぎ離し、こんどは首筋に顔をうずめた。舌先で焦らすようにしたかと思うと、のどにキスで道筋をつけていく。そのまま、あごや頰、こめかみや耳にまでも。耳たぶを軽く嚙んでからそっと吸ってロザムンドに息をのませ、しっとり濡れた肌に息を吹きかける。

お湯と冷水を同時に浴びせられたかのように、肌がぞくりとする。自分でもどうしようもない悦びの波に、ロザムンドは思わずまぶたを閉じた。

「女性がズボンをはいているのがこれほど有利に働くとは、いままで思ってもみなかったな」ローレンスがよからぬことをつぶやく。「ありとあらゆるところに男がふれ、まさぐり、もてあそぶことを可能にしてくれる」

彼の手が下へ、もっと下へと伸びていく。口を開けた荒々しいキスをしながら脚のあいだに手指を挿し入れて、さらに広げるよう巧みに誘う。生地越しに撫でさすり、自分のものとはロザムンド自身にも思えない声をあげさせる。朦朧とした頭ながらも、撫でさすられているところがしっとり濡れていくのがわかる。ふれられるたびに罪深く、いけない気持ちにさせられる。

「そうだ、いいぞ」ローレンスは指の動きをとめぬまま、太ももにまたがるロザムンドの体を軽く跳ねさせた。「解き放て」

解き放つ、ってなにを？　激しい快感に溺れているせいで、なにをされてもあらがえない。といって、あらがいたいわけではない。体の奥深くでいつまでもつづく甘いうずきは否定のしようがなかった。ロザムンドはふいに、自分がなにかとてつもなくすばらしいものの端で危ういバランスをとっているような感じがした。ただ、それがなんなのかはわからなかった。

ローレンスにふたたび全身を揺さぶられた。彼は手の向きを変え、こんどは甲で秘部をさするいっぽう、後ろに回した手では尻を撫で、揉みしだいている。

ふいに、なんの前触れもないまま、信じられないほどの悦びが体のなかで弾け、手足の先にまで広がっていった。ロザムンドはローレンスに抱かれたまま、がくりともたれかかった。彼の力強い腕がなかったら、そのまま床に倒れていただろう。

ローレンスはなんでもないとばかりにロザムンドの重みを支え、唇を押し当てた。たっぷりと激しく口づけながら、彼女にも加わるよう促す。ロザムンドはできるだけまねをした。彼が思う存分味わうのを許しつつ、せつないうめき声をもらす。

顔をあげる頃には、

「なんということだ、ローレンスもあえぐように息があがっていた。

きみのせいで欲望が暴走している。このまま床に横たえて、いますぐ奪いたいぐらいだ」

あなただって、わたしの欲望を解き放ったわ。そうでなければ、こんなふうにここにいるはずがないでしょう？　ローレンスにいま求められたら、それを拒む強さがわたしにあるだろうか？　むしろ、拒みたいと思う？

「だが、もう時間も遅い」明らかに、焦がれる思いが満たされずに張り詰めた声をしている。「はじめてふたりきりで過ごすのが、書斎でそそくさと体を重ねるようであってはならない。きみをベッドに誘《いざな》うときは、急かされたり、邪魔が入るようなことがあってほしくはない」

ローレンスは一度、またもう一度とゆったりロザムンドの唇をついばみ、かすめるようにキスをした。「きみを相手にするなら、じっくり時間をかけるつもりだ、ロザムンド・キャロウ。きみのように激しく情熱的な女性は、存分な満足を与えられてしかるべきだから。今週は、どの曜日が空いている？」

「なんですって？」ロザムンドは質問の意図がわからず、目をしばたたいた。

「きみの予定だ。邪魔されずに二、三時間ほど抜け出せるのは何曜日？　記憶が確かならば、ぼくはこんどの水曜日が空いている」

「わたし――わ、わかりません」ロザムンドは眉根を寄せて懸命に考えようとしたが、ローレンスのせいですっかり思考力がどこかへいってしまったようだ。

混乱しきった表情を見て、彼が静かに笑う。「気を揉まなくてもいい。あとで決めよう。いまはとにかく、家にいないことが弟にばれないうちに、きみを送り届けなければ」

ローレンスの言葉を理解するまで少し時間がかかったが、いざ認識すると、ロザムンドは彼の腕のなかで身をこわばらせた。「いま、何時？」

棚の上にある小さな時計を見ようと、ローレンスは首をかしげた。「もう少しで十一時だ」

「十一時！　どうしましょう、もう行かなくては。バートラムの帰りが真夜中を過ぎることはめったにないし、わたしのほうが遅かった場合、ドアを開ける音は絶対に気づかれてしまうの」

ローレンスの腕のなかから抜け出そうと両手で胸を押したロザムンドだったが、打ち捨てた服はどこかとあちこち見回した拍子によろけた。彼が腕を伸ばして受けとめてくれなかったら、バランスを失って転ぶところだった。

「気をつけて」と両方の肩に手を置いて、ロザムンドをしっかり支えてくれる。「手や足の骨を折ったら、大変だ。お楽しみがすべて台無しになる」ローレンスは楽しげな笑顔を見せた。「さあ、深く息を吸いたまえ、ご同輩。すべては大丈夫だ」

ロザムンドは大きく見開いた目で彼の目を見た。「ほんとうに？」

「そうだとも」凛と静かな声が言う。「街の反対側まで無事に行くだけの時間は、まだたっぷりある」

「でも、辻馬車を探すのに手間取ったら」

「辻馬車には乗らない。ぼくが家まで送っていく」

「だけど、ローレンス——」

「〝だけど〟は、なしだ。偽りの生活をつづけるのには異を唱えないことにしたが、きみが夜にひとりでロンドンの街をふらふらするのは許さない」

「あなたもバートラムみたいに頑固ね。もう何度も言っているように、わたしを見た人は誰だって男だと思うわ」

「それはそうかもしれないが、男だって追い剝ぎや悪党に襲われることがある。ぼくがきみを家まで送っていく」ローレンスはそっと手を伸ばして、ロザムンドの鼻の上の眼鏡の位置を直した。「さあ、シャツをズボンのなかに入れたまえ。そうしたら、クラヴァットをつけて上着を着させてやろう」

「あなただって身支度を整えなければ」ロザムンドは、ローレンスの開いた襟元に視線をやった。黄金色の胸毛がちらと見えている。

「おっしゃるとおり」彼は、ほの赤くなった彼女の頰を指先で撫でた。「しかし、まずはレディから。紳士《ジェントルマン》の格好をしたレディではあるが」

十分もしないうちに、ローレンスは自分だけではなくロザムンドの身なりをもすっかり整えた。髪も撫でつけ、いつもと同じ三つ編みにすることさえやってのけた。

さらには感嘆するしかない手際のよさで馬車を差し向けさせ、わずか数分のうちにロザムンドとともに車上の人となった。彼女はビロード張りの背もたれに体をあずけ、時おり街灯が照らす暗い車中でローレンスの様子をうかがった。

向かいに座る彼もまた、ロザムンドを見つめていた。

「人前では、そんな目でわたしを見てはいけないわ。わかってると思うけれど」ロザムンドは小声でつぶやいた。

「〝そんな目〟とは、どんな？」

ふと躊躇したものの、ロザムンドは消え入りそうな声で答えた。「力ずくでも肌を合わせて奪いたい、という目よ」

「それは、まさにそう思っているからだよ」みだらでいけない笑みが浮かぶものの、ローレンスはすぐ真顔に戻った。「だが、これからは気をつける。約束する。少なくとも、ふたりきりでないときには」

ちょっとした沈黙が流れる。虚空を埋めるのは、ごとごという車輪のリズミカルな音だけだ。

ロザムンドは落ち着かず、ズボンの脚を指でなぞった。「ローレンス、これはあまりいい考えではないかもしれないわ」

「これ、とは？」

「あなたとわたし。今夜、ふたりのあいだに起こったことよ。あなたは、わたしについて誤った印象をもっているかもしれない」

「ほんとうに？　どんな印象かな？」

これ以上話すべきかどうか、ロザムンドは震える息をついた。でも、言い出したのはわたしのほうだ、いまさら答えないわけにはいかない。「危ないことをものともしない、したたかな女とでも言うのかしら。大胆で怯むことなく、どれほど恥ずべきことであってもみずからの行動の結果を恐れない。だけど、わたしはそんな人間じゃないし、婚姻関係を結ばずに恋愛を楽しむような女でもないの」

「それはわかっている」

「そうなの？」

思わず驚いたような声を出すロザムンドに向かって、ローレンスは静かに笑った。

「疑うまでもない。キスした瞬間にそう気づいた。きみは不慣れな感じで……微笑ましかった」

「では、どうして？」

「どうしてきみを欲しいと思うのか、ということ？」

ロザムンドはうなずいた。

「ごく単純なことだよ。きみは無条件に魅力的な人間だ。男女を問わず、出会ったなかで久方ぶりというぐらいに。いや、群を抜いて魅力的かもしれない。さらに言えば、すこぶる美しい」

「美人なんかじゃないわ」

「いや、美しいよ。外見だけでなく内面も」

ローレンスは席を替わり、いきなりロザムンドの隣に座った。身を寄せながら、彼女のあごに指を添える。「無理強いすべきじゃないのはわかっている。このうえなく恥知らずなやり方できみを堕落させてしまうから、ベッドに誘いこむようなことをしてはいけないのも承知している。だが、どうにも自分を抑えられないみたいなんだ。ねえ、ロザムンド、きみはぼくのいちばん邪《よこしま》でみだらな部分を引き出すんだよ」

胸が高鳴り、ふれられるのを望むかのように、巻いた布の下で乳房が張り詰める。脚が合わさる部分はといえば、先ほどの悦びを思い出すようにまた、うずいている。

暗闇のなかでそっと唇を重ねられ、ゆったりとしたキスにロザムンドは体の芯まで震えた。ローレンスの体が離れてようやく、馬車がもう動いていないことに気づいた。家に着いたのだ。

彼は手をおろし、あと数センチだけ体を離した。「きみからの連絡を待っている。

いつ会えるのか知らせてくれ」

「わたしの気が変わったら？　連絡しなかったら、どうします？」

「きみの想像以上に落胆を覚えることになるだろう。だが、きみがどんな決断を下そうとも、約束したとおり、ぼくが秘密をもらすことはない。さあ、夜の外出から弟が戻ってくる前に家のなかへ入ったほうがいい。ぼくたちがあらたな関係に踏み出す機会を得る前に、彼の疑いをかき立てるようなことにはなってほしくないからね」

　ロザムンドは立ちあがったが、脚に力が入らなかった。それでも、なんとか無事に歩道におりてから振り返った。

「おやすみなさい、マイロード」と静かに告げる。

「おやすみ」

　くるりと背を向け、玄関への踏段をのぼった。できるだけ音をたてないように鍵穴に鍵を差して、ドアを開ける。背後ではまだ馬車がとまっていた。走り去っていく音が聞こえたのは、ロザムンドが家のなかに入ってからだった。

　ドアに背中をもたせかけ、震える息を吐く。使用人たちもみな床に就いたのか、周りはすっかり暗くて静かだ。耳に馴染んだバートラムの足音が廊下から聞こえるのではないかと、耳を澄ませてみる。

しかし、屋敷は静かなまま。彼はまだ、友人たちと外出しているに違いない。

これ以上ぐずぐずして、運を使い果たしてはいけない。ロザムンドは階段に向かい、急いでのぼった。自分の寝室に入ってドアをしっかり閉め、男ものの服を剝ぎ取ってナイトガウンを頭からかぶってようやく、自分の胸のうちを見つめた。

そして、ベッドにどさりと倒れこみながら考えた。これからどうしよう。自分の感情や体が発する誘惑の言葉にあらがう強さが、わたしのなかにあるのだろうか。

15

　ローレンスはフィービー・テンプルストーンをエスコートしてダンスフロアから下がった。彼の腕には小さな手がそっと置かれている。周囲にはほかの参加者が群がり、先ほどまでの音楽がやんだなかに話し声や、時おりグラスを合わせる音が響く。

「なんて愉快なんでしょう、とても楽しかったわ」振り向いて笑顔を見せるフィービーの柔らかな両頰に小さなえくぼが浮かび出る。ローレンスが知るかぎり、このえくぼは今年の社交シーズンいちばんの人気で、なんとか振り向いてほしいとせつなく胸を焦がす男が大勢いた。

「踊るのって大好き。とくにカドリール」話をつづけるフィービーの顔の周りで、丁寧に巻かれたカールがかわいらしく揺れる。雲ひとつない夏空のように鮮やかな青色の瞳。キューピッドの弓のような曲線を描く唇は愛らしい桃色だ。ローレンスを含めて誰も、彼女の美しさを否定できる者はいない。まことイングリッシュ・ローズと言うべき、匂い立つばかりの若さをたたえた令嬢だ。

なのになぜ、眼鏡をかけた灰色の生真面目な瞳が心から離れないのだろう。それに、ひたすら集中すると引き結ばれてしまう、キスをせがむようなあの唇。

「だけど、なんと言っても楽しいのはワルツね」フィービーの言葉がローレンスの物思いに割って入ってくる。「テンポが速いってパパは言うけど、わたしは一度ならず反論したの。若いレディが踊ってもまったく問題はない、と〈オールマックス〉を取り仕切る貴婦人がたが判断したからこそ、みんなが楽しんでいるのよって。そう思いませんか、ローレンス卿？」

ローレンスは笑顔を作った。「そのとおりですね。上流社会でのレディの振る舞いがどうあるべきか決めることに関しては、あの貴婦人たちはみな賢明な判断をなさる。だからこそ、夕食前のダンスをご一緒にとお約束したのです。きみもご承知だろうが、ワルツですよ」

フィービーは若い娘らしくくすくす笑い、広げた扇で顔を隠した。

低く心地よい豊かな笑い声の記憶がよみがえり、ローレンスの全身を熱くさせた。ふたたび心はあの日の書斎へとさまよう。しなやかな女性の腕を体に感じ、解き放たれた本物の欲望とともに彼女の唇がぼくの唇にふれ動く。

「……あなたもいらっしゃいますか？」

ローレンスはフィービーをぼんやり見つめた。なにを言われたのか、まったく耳に入っていなかった。それらしい言い訳を探したものの、すぐに出てくるものはない。

「失礼、ミス・テンプルストーン、申し訳ないが、質問を繰り返していただけますか？　断片的にしか聞こえていなかったようで」

淡い眉のあいだにちょっとしわが寄る。ローレンスは一瞬、気を悪くされたのかと思ったが、フィービーは考え直したのか、口元にまた笑みを浮かべた。「ちかぢか予定されている楽しい催しについて話していたんです。こんどの水曜日には、レディ・モンクトンの庭園で宴があるんですよ。あなたもいらっしゃるのかしら、と思って」

水曜日。ロザムンドと密会の約束をした日だ。といっても、はっきりしたことはなにも決まっていない。彼女を送っていったのは三日前。水曜は終日タウンハウスにいると短い手紙を送ったのはその翌日。十一時半に訪問してくれたら、このうえないよろこびだと知らせたのだが。

いまのところ、ロザムンドからの返事はなかった。

そもそも、返事をくれるつもりがあるのだろうか。それに、彼女に判断をすっかりゆだねたのは間違いだったのだろうか。

「水曜日とおっしゃいましたか？　ああ、残念ながらその日は先約があります」

フィービーはちょっとため息をついた。「そうですよね。お仕事がおありだわ」

ローレンスは、彼女の思いこみをあえて訂正せずにおいた。

「あなたは貴族でいらっしゃるけど、法廷弁護士としてやらなければならないこともいろいろおありですものね。パパも、裁判所での務めに基づく義務に日々追われています。すべてを脇へ押しやって気晴らしに外出するなんて無理なのは、わたしも承知しておくべきだったのに」

たしかに。だが外出せずとも、誰かと悦びに満ちた時間を屋内で過ごすことはできる。ローレンスはひそかに微笑んだ。

しかしフィービーのあまりにもしょげた顔を見て、そのままにしておくことはできなかった。「埋め合わせをさせてください、ミス・テンプルストーン。土曜日に馬車で公園を走るのはどうです？　ご存じかとは思うが、その日は裁判所も閉廷中だ」

彼女の顔がすぐに輝き、えくぼがまた頬にできた。「馬車で走るのは素敵だわ、ローレンス卿。よろこんでお誘いをお受けします」

とそのとき、若者が現れた。せいぜい二十歳ぐらいだろうか、やきもきした様子であたりをうろうろしていたが、ぱっとお辞儀をしてから不安げな視線をフィービーに送る。「お話に割りこんでしまってすみません、ローレンス卿。ミス・テンプルストーン、つぎのダンスはぼくがお相手を務めることになっているかと思いますが」

「ああ、そうですわね。ローレンス卿、失礼いたします」

ローレンスは頭を下げた。「どうぞ、ミス・テンプルストーン」

ダンスのパートナーだという熱心な若造の腕に手をかけて、フィービーは去っていった。

その後ろ姿を見送りながらも、ローレンスの思いはまたしてもロザムンドに、そして来《きた》るべき密会へと舞い戻った。拒まれたらひどく失望すると伝えたが、彼女はその言葉の重みを半分も認識していないだろう。情事の相手になれと提案するとは、ぼくはなんと邪な心の持ち主だろう。そう反省してしかるべきなのに、どうにも抑えられなかった。

それほど、ロザムンドが欲しくてたまらなかった。

しかも彼女は、萌え出《いづ》る新緑がごときうぶな娘というわけではない。れっきとした大人の女性で、自分の胸のうちはよくわかっているはずだ。いまの時点でぼくにできるのは、彼女が生まれながらの本能や欲望を受け入れて、ぼくの元へやってくるよう信じて待つことだけ。

だが、ロザムンドがそうしなかったら?

むっつりと顔をしかめながら、ローレンスは今夜の宴の主人がアルコール類をしまっておくキャビネットのほうに足を向けた。なぜかふいに、一杯やらなければ気がすまないような心持ちになったのだった。

ロザムンドは目の前にある弁論趣意書を見つめた。バートラムとともに仕事をしている書斎はとても静かだった。

この三十分ほどずっと趣意書を読んでいるというのに、論点や事実の解明は、腰をおろしたときからほとんど進んでいない。明日のローレンスの招待を受けるかどうか。頭のなかにあるのはその点だけだった。

もっとも、みだらな誘いを〝招待〟と言えば、の話だが。

罪深い過ちへの誘い。

肉体の無上なる悦びへと誘《いざな》う、悪魔のささやき。

まだ誰にも貫かれたことのない部分のうずきを抑えようと、ロザムンドは椅子に座ったまま体を動かした。

ああ、どうしよう。彼はわたしになにをしたの?

ローレンス・バイロンの腕に一度抱かれただけで、すっかり肉欲の虜になってしまった。一枚も衣服を剝ぎ取られてなどいないというのに！　キスされて、ふれられただけで五感に火がついた。

日中もじゅうぶん苦しいというのに、夜はもっと悪い。ベッドにひとり横たわったまま、彼のことを考えてしまう。最悪なのは、夢だ。ローレンスは、考えられるかぎり最高にみだらでいけないことをわたしの体にする――少なくとも、わたしが想像しうるなかで最高に、ということだけれど。

やめるのよ。ロザムンドは心のなかで自分を叱った。仕事に集中するのよ。

だが、どんなにあがいても仕事は一向に進まず、欲望を煽る思いを振り払うことはできそうにない。恥ずかしいことに、三メートルも離れていないところに実の弟が座っていても、官能的な妄想がつぎつぎ生まれ出るのを抑えられない。

ローレンス・バイロン卿は罪深さの権化のような男性だ。物慣れた誘惑にかかれば、修道女でさえ神への誓いをかなぐり捨てるだろう。しかも、ことが終わっても、それを後悔することなど決してしてない。

ロザムンドは修道女ではないものの、人生の大半をそのように生きてきた。高い知性を備え、じゅうぶんな教育を受けた教養ある二十八歳の女性だが、娘時代をのぞいては、男性と交際したことはなかった。事実は事実だ――婚期を逃してしまい、このままこどもを産むこともなく生涯を過ごすのだろう。可能性として考えられるのは、甥や姪を溺愛する伯母となることだけ。それとて、バートラムが結婚して自分の家庭を築くと決めたら、の話だ。

なのにどういう運命のいたずらか、気づいてみれば、さる男性の関心の的となっていた――それも、ただの男性ではない。裕福で見目もよく、自信に満ちあふれた貴族。しかも、イングランド全体は言い過ぎとしても、ロンドンにいるあまたの興味深い美女を選び放題という男性だ。

たしかにローレンスは比類なき放蕩者だけど、なぜか、そのせいでかえって興味をそそられる。だとしても、彼の腕のなかで必ずや与えられる悦びは、純潔や評判と引き換えにしてでも追い求める価値のあるもの？

もちろん、ふたりとも目立たぬよう気を配るから、誰かに関係を知られる可能性は低い。ローレンスは公爵の弟で、わたしは中流階級の弁護士の娘にすぎない。法廷弁護士としてたまに出会う以外、まったく別の世界で生きている――あまりにかけ離れていて、ローレンスが別の惑星の住人ではないかと思うほどだ。その点を考えれば、わたしは無事だと言える。

でも、結婚するという将来の約束もなしに身を任せるという問題もある。ローレンスの正直な言葉を責めることはできない――わたしを欲しいと言い、欲望を隠そうともしなかった。高潔な振る舞いという点では……情事以上の関係を申し出ることなど、ローレンスの頭にはついぞ思い浮かばなかったのだろう。

わたしだって、彼にそうしてほしいと思っているわけではない。心の底から相手を恋しく思い愛しているわけではないという意味では、ふたりの気持ちは同じようなものだわ。

それでも、わたしが高貴な名家の生まれだったなら、ローレンスはこんなみだらな申し出をしようとは夢にも思わなかっただろう。わたしの手を取って結婚を申しこむか、深追いせずにさっさとあきらめていたはずだわ。

だけど、わたしは貴族の生まれではないし、ローレンスはベッドをともにしたいという誘惑にあらがうべきだとも思っていない。にもかかわらず彼は、わたしに選択権をくれた。あの晩望めば、書斎の床でわたしを奪うことだってできたはず。それをとめる気がわたしになかったことは、彼もわかっていた。

なのに、ローレンスはそうしなかった。

わたしが心を決めるのを待っていてくれる。

ロザムンドは目を閉じて、体のなかでいまもうずく欲望の大きさに息をのんだ。ローレンスのキスを、ふれられて垣間見た楽園を、思い返す。

彼を拒絶することなどできるだろうか。

自分の想いを否定することに、わたしは耐えられる?

そもそも、否定などできるのかしら。

逡巡するうちに時間が経つ。一分は二分に、二分は三分になった。

これ以上考える間を自分に与えまいと、ロザムンドはまっさらな紙と羽ペン、インクにいきなり手を伸ばした。前かがみになって短い文を書きつけると、紙を折って熱い赤蠟で封をする。

そして彼女は立ちあがった。「外に行ってくるわ」

バートラムは仕事の書類から頭をあげた。「どこに?」

「出してきたい手紙があるの。でも集荷の男の子は、今日はもう行ってしまったから」

「ぼくが一緒に出してあげてもいいよ」バートラムが手を差し出す。「出さなくちゃいけない手紙が山ほどあるから」

ロザムンドは首を横に振った。「あなたのをわたしにちょうだい。散歩したいと思っていたところなの」

弟は姉の顔をちょっと見つめていたが、肩をすくめると、机のほうに腕を伸ばした。ロザムンドは安堵しながら手紙の束を受け取り、気づかれないよう、ローレンス宛ての知らせをいちばん下に紛れこませた。

そして、弟にぱっと微笑んでから戸口へと向かった。


「郵便がまいりました、旦那さま《マイロード》」

フィービーと踊った翌朝、新聞を読みながら朝食をとっていたローレンスは顔をあげた。手紙四通を載せた銀製の盆を掲げて執事のグリッグスが立っている。うなずいて手紙を受け取り脇に置くと、ローレンスはトーストと卵料理にまた目をやった。

十分後、コーヒーをのんびりと飲みながら手紙を取りあげ、見るともなしに確認する。請求書が二通、出席するつもりもない舞踏会への招待状が一通。だが、残りの一通はまったく謎めいていた。

カップを置いて封を破り、二言三言の短い文面に目を通すと、ローレンスの口元にゆったりと笑みが広がった。

ロザムンドがうんと言ってくれた。明日、十一時半にこのタウンハウスに来てくれ

ると
いう。

欲望が全身を駆け抜け、期待で早くも男らしさの証しが張り詰める。興奮で顔を上気させたロザムンドが一糸まとわぬ姿でベッドに横たわる想像をしながら、しばらく快感に身を任せる。

ローレンスはのどの奥で低くうめいた。明日は、昼も夜も長いものになりそうだ。

彼女がもうじき自分のものになるとわかって安心したせいか、気分も高揚する。

だが、それまでは浮かれずに自重しなければ。一時間後には法廷に立っているのだから、なおさらのこと。昂ぶりを抑えられなかったとしても、法服を着るのだから大丈夫だとは思うが。

16

翌日、ロザムンドはやっとの思いで辻馬車からおりた。晴れやかな日で、昼に近いというのに、緊張のせいか指が凍りつきそうに冷たい。昨夜は、うつらうつらするあいだに鮮明な夢を見ては起きるばかりで眠れず、ここに来るのをやめようかと思ったぐらいだ。朝食もほんの少ししか胃袋に収められず、紅茶を飲むのがやっとだった。それでも、こうして約束の時間どおりやってきた。目の前にはローレンスのタウンハウスが大きくそびえている。

少なくとも今回は、家を出るときにバートラムをごまかす必要はなかった。彼はロンドン市街から少し外れたところに住む依頼者と朝早くから約束があり、戻ってくるのは夕方以降になると言って出ていった。じつのところ、ロザムンドがあれこれ手はずを整えたとしても、これほどうまくはいかなかっただろう。

それでも臆病風に吹かれて逃げ出したくなったのだが、彼女が歩道におりて一分もしないうちに馬車は走り去っていた。もう、後戻りはできない。

といって、すべてを取りやめにしたいと心から思ったわけではない。ローレンス卿を求める気持ちはかつてないほどに強く激しく、昨夜の夢がまさにその証拠だった。ためらっているのはひとえに、はじめての体験が怖いから。そして、明日になれば、なにごともいまと同じではなくなるとわかっているからだ。

ロザムンドは屋敷のほうを向き直り、正面玄関を見あげた。と同時に、黒く塗られた艶やかなドアが開いた。執事がいるものと思いきや、そこにいたのはローレンスその人だった。

彼は誘いかけるような微笑みを浮かべていた。緑と金色の入り混じった瞳は強烈な光を放ち、遠目にも自信たっぷりに見える。ロザムンドは緊張していたことも忘れて、興奮に息をのんだ。

なんてこと。彼はどこまでハンサムになれるの?

ロザムンドは階段をのぼってなかへ入り、ローレンスに応えるように笑みを見せた。背後で彼がドアを閉めて外界を遮断する。驚いたことに、男のなりをしている彼女をローレンスは胸に抱き締めた。

「来てくれたんだね」とかすれたような声が言う。

「ええ、来たわ。でも、使用人はどこ？」ロザムンドはあたりを見回しながら抱擁から逃れようとしたが、ローレンスは放してくれなかった。

「心配するな。彼らには午後、休みをやった。夕食の準備をする貧乏くじを引いたキッチンメイドがひとりと、鼻風邪をひいて寝ていなければならない使い走りの少年だけは別だが。それ以外は誰もいない、ぼくたちだけだ」

ローレンスはキスしようと身をかがめてきたが、ロザムンドは胸に手を当てて押しとどめた。「それでも、ふたりきりになるまで待ったほうがいいかもしれない」

一瞬、言い返されるのではないかと思ったが、彼は脇に両腕を垂らした。「そうかもしれないな。きみのその格好を思えば、用心するに越したことはない。では、こちらへ」

ローレンスはくるりと向きを変え、階段をのぼりはじめた。ロザムンドは胸から心臓が飛び出しそうになりながらも、そのあとをついていった。

階段をのぼりきると彼は左に曲がり、ロザムンドを案内した。屋敷のほかの部分と同じように抑制の効いた洗練さをたたえた廊下のなかばに、磨きあげられた木製のドアがある。

ローレンスがそれを開けると、どこまでも男らしさを感じさせる広々とした居間だった。深みのあるロイヤルブルー、落ち着いた緑色、そして栗色で室内の装飾は整えられている。がっしりとして掛け心地のよさそうな椅子が二脚にサイドテーブル。本棚に、お酒を収めたキャビネット。そして、成人男性がじゅうぶん寝られそうなソファが一台。壁には油彩画がいくつか掛けられ、板張りの床には暖かな色合いのトルコ絨毯が敷かれている。中央の大きな暖炉の両脇には中国製の染付の壺。薪が組まれているが、いまは燃えていない。ローレンス卿の屋敷では、石炭を燃やすことはないらしい。

数々の大きな窓から正午近くの暖かな陽光が射しこむものの、詮索好きな隣人の目を遮るように薄いカーテンが引かれている。部屋の奥にあるドアが少し開いていた。そちらにも、同じように凜とした色合いとスタイルでしつらえられた広い部屋があった。

ローレンス卿の寝室だわ。

ロザムンドは、垂らした両手をいつしか拳に握っていた。指はやはり、冬の日のように冷たいまま。背後ではローレンスが居間のドアを閉めていた。じゅうぶんに油を差した蝶番がかちりと音をたてる。それとはまた別の金属音がして振り向くと、彼は鍵穴に鍵を差しているところだった。

「こうすれば、邪魔される心配はない」

ローレンスの説明にロザムンドはうなずいたが、先ほどの不安と緊張が舞い戻ってきて、息遣いが浅くなった。

「なにか、少しつまむかい？」彼はサイドボードのほうを身振りで示した。さっきはロザムンドも気づかなかったが、布を掛けた皿が置いてある。「休みに入る前に、ちょっとしたものを厨房の者たちに作らせておいた。サンドイッチに果物、ピッチャーでレモネード。アルコールがきみにどんな影響を及ぼすかを思うと、ビールやワインはあまりいい考えとは思えなかったのでね」

「そうね」ロザムンドの声は、自分の耳にもひどくかぼそく聞こえた。「いえ、なんでもないわ。ありがとう。だけど……お腹は空いていません」

「では、あとで。ことがすんだら」ローレンスが近づいてきた。「どうした？　ひどく顔色が悪いじゃないか」そして、彼女の両手を取る。「なんということだ、氷のように冷たい。さあ、温めてあげよう」

大きく温かな手に手を片方ずつ包みこみ、慣れた様子でそっとさすってくれた。ロザムンドは全身がぞくりとした。寒さのせいではなく、ローレンスにふれられたせいだ。記憶のなかにあるとおり、どこまでも気持ちよくて素敵だ。

「緊張する必要などない」ローレンスの声は、手と同じように温かかった。「ぼくしかいないのだから」

ロザムンドは無意識のうちに、くすりと笑いをもらした。

「なにがそんなにおかしい？」

「いいえ、なんでもないの。ただ、それが厄介なのかもしれない」

ローレンスは片眉をくいとあげた。「ほう？　どういうことだ？」

彼の瞳を見つめるうち、鮮やかな緑色に金色の輪が浮かびあがるさまにロザムンドは魅入られた。「あなたは経験豊富だわ。わたしなんか比べものにならないほど。なにをどう期待すればいいのかわかっている。先日の夜、わたしたちのあいだにあんなことが起こったとはいえ、あなたのように物慣れた殿方にはひどく失望されるのではないかと心配なの」

ローレンスは明らかに驚きで目を見開き、首をかしげた。「よく聞きたまえ、ロザムンド、そんなことはありえない」

「でも――」

「〝でも〟などと言うな。むしろぼくのほうが、きみを失望させてしまうのではないかと案じている」

「どうして？」

「これは、きみにとってはじめての体験だから。そう思っていたが、違ったか？」

あらためて全身をぞくりとさせながら、ロザムンドは首を横に振った。「いいえ、あなたの勘違いではないわ」

ローレンスは手を伸ばし、指先で彼女の頬を撫でてからあごに添えた。「こんどは、ぼくのほうがどうしてかと問う番だ。知り合いの男どもはみな、目が見えていなかったのか？ きみは麗しい女性だ。とっくの昔に誰かのベッドにさらわれていておかしくないのに」

ロザムンドは視線をそらし、まぶたを伏せた。「かつてはそういう男性もいたの。でも、彼は死んだ。ほら、戦争があったから。そしてわたしたちは一度も……あの、わたしはまだひどく若くて、彼も同じだったの」

「それ以来、誰も？」

ふたたび彼女は顔をあげた。「それ以来、誰のことをも求めたことはなかったわ。少なくとも……あなたに出会うまでは」

ローレンスの瞳が暗くけぶる。欲望の表れだ。下唇のいちばんふっくらした部分を親指でかすめられて、ロザムンドは震える息をのんだ。

「純潔を捧げるようきみを誘惑するなんて、ぼくは節操のないならず者なんだろうな」ローレンスが言った。「こんなことを言うのは気が進まないが、いまならまだ考え直すこともできる。きみが望むなら、階下《した》まで送っていき、馬車に乗せてあげよう。大丈夫、なにも問題はない。もっとも、そんなことをしたくないのは言うまでもないが」

ロザムンドは身を震わせた。ローレンスは唇と頬を片手で愛撫しつつ、もういっぽうの手で彼女の両手を包みこんだままでいた。

「どうする、ロザムンド？ ノーと言うなら、これが最後のチャンスだ。でないと、ぼくはきみを一糸まとわぬ姿にしてベッドへ運ぶ」

恐ろしいほどの身震いとともに、ちろちろとした炎のように欲望が全身を駆け抜ける。「キスして、ローレンス。とにかく、キスをして」

ローレンスはゆったり微笑んだ。「それ以上にしたいことなど思いつかない。だが、まずはこれをなんとかしよう」手を伸ばし、ロザムンドの鼻からそっと眼鏡を外して脇へ置く。つぎにうなじに垂れたひもを引っ張り、結ばれていた髪をほどいた。

つぎに髪に指を梳き入れて整え、そのままロザムンドの顔を両手で包みこむ。「まるでシルクのようだ」身をかがめて、そっと唇を重ねる。「それにこの肌」反対側に顔を傾け、羽のように軽く口づける。「とても柔らかだ」

そして、また口づける。「それに、とても甘い」

また、もう一度。「えも言われぬ味わいだ」

そしてふいに、つのる激しさとともにキスを深めた。少しずつせがむようにするたびに興奮が増していく。ローレンスはロザムンドを腕にさらって抱きあげた。彼女は両手を首に回してきてしがみつきながら、キスを返した。不安や心配は、お互いに対する欲望の前ではすっかり消えてしまっていた。

ロザムンドは口を開けて舌を求めた。ローレンスがこの前やってみせたのをまねて舌を絡ませる。彼も、シルクのようになめらかな口のなかを丹念に探ってお返しをする――最初は歯に。そして舌や唇を。それから、さらに親密な侵入を加えて彼女をあえがせ、目も眩《くら》むような思いをさせた。

なんの前触れもなく、ロザムンドはふたたび床に立たされた。ローレンスは彼女と指を絡めたまま、寝室へとつづく開いた戸口へ引きずっていく。

寝室に入ると、ローレンスはロザムンドを自分のほうに向かせた。早くもクラヴァットに指をかけ、二、三度引っ張っただけですぐさま外してみせる。それを放ると、彼女の上着やベストに取りかかる。ボタンを外す手際のよさに、ロザムンドはあっけにとられるばかりだった。

いくらもしないうちに、ローレンスは〝なんとかする〟部分の作業を終えた。

そしてその間ずっと、キスをつづけていた――唇や頰、額、あご、鼻、まぶた、こめかみに首筋。官能の技を巧みに用いて、口での愛撫をあちこちに施す。ロザムンドの爪先は靴のなかで丸まり、鼓動はくるおしいほどに高鳴っていた。

「両腕をあげて」ローレンスが唇を重ねたまま命じる。

手足の先にちりちりするものを感じながらロザムンドは従った。シャツを頭から引き脱がされ、すっかり彼に屈する。両腕を下げ、半裸の姿でふたたび立つ。胸にはまだ、布がきつく巻かれている。

ローレンスは、ロザムンドの鎖骨からむき出しの肩に両手を滑らせ、手首まで腕を撫でおろしてから、その周りに親指と人差し指を回した。

そして、一歩下がって彼女を見つめる。「ああ、開けられるのを待っているプレゼントのように、きみはぼくを興奮させる。思ってもみなかったな、今年は誕生日の贈り物を早めにもらえるとは」ローレンスはいたずらっ子のように微笑み、よからぬ期待に目を輝かせた。「ふむ、なかを確かめてみようか?」

ロザムンドはとめようともしなかった。胸に巻かれた布が留めてあるところをローレンスが探り当てて外す様子を、なかば閉じた目の奥から眺める。彼はゆっくりとそれを解いていった——何度も何度も腕を回して解いていく。実際にはさほど経っていないのに、永遠にも思われるような時間ののち、彼の手が布の終わりに達した。

気づくとロザムンドは、腰から上がむき出しのまま立っていた。胸の頂がみるみるうちにとがり、かすかな困惑を覚える。

ローレンスの反応を見るのが怖くて、目を閉じた。わたしは、ボディスがはちきれそうになるほど胸の豊かなタイプではない。といって、まったく平らなわけでもないけれど、これでは満足できないと言われたらどうしよう。彼の期待にまったく沿えなかったら、どうすればいい？

だが、心配する必要はないとわかった。ローレンスは片方の乳房をすくいあげ、手のひらでそっと包みこむようにしながら、痛いほどとがる頂に親指を走らせている。力が抜けてひざから崩れ落ちそうになる感覚に、ロザムンドの口からくぐもったあえぎ声がもれた。あごが緩み、肌のすぐ下をちりちりしたざわめきが駆け抜ける。

「気に入ったんだな？」よくわかっていると言いたげな、なめらかな声。

ロザムンドは真っ白な頭のまま、うなずくことしかできなかった。

「よろしい。これから先はよくなるばかりだから」

乳首をつままれて、ロザムンドは声をあげた。不安と興奮が入り混じったところに、彼の言うとおりかもしれないという気持ちさえ連なる。

なにをしているのか彼女に考える間を与えることもなく、ローレンスは上着を脱いで放り投げ、ひざをついた。片方の腕を腰に回してロザムンドをがっちり引き寄せると、ついさっきまでもてあそんでいた胸の頂を口に含んだ。

驚きのあまり、ロザムンドは全身がかっと熱くなった。しっとり吸うような唇と舌での甘やかな責め苦に、脚から力が抜けていく。ローレンスは空いているほうの手を伸ばし、もういっぽうの胸をいじりはじめた。そっと包みこんで揉むと同時に、とがった先端の周りに親指で円を描くようにして彼女の欲望をかきたてる。

ロザムンドはおのずと指をローレンスの髪に梳き入れ、背中を反らすようにして体を押しつけた。彼はすぐさま反応し、舌先で胸の頂をはじいた。

さらには、それを甘噛みすると同時に、もういっぽうの乳首を指で転がした。異なる刺激をいっぺんに与えてロザムンドを驚かせる。

彼女は震えながら、声にならない声をあげた。指はまだローレンスの髪のなかで、地肌や首筋を優しく愛撫している。彼は舌と指の動きを入れ替え、先ほどに勝るとも劣らぬ甘美な責め苦を繰り返した。

あまりの快感にめまいがして、頭が働かない。自分の名前も思い出せないほどだ。とそのときローレンスが立ちあがった。唇を激しく奪ったまま、ロザムンドをベッドのほうへ後ずさりさせる。

彼女は靴を蹴り脱いでベッドカバーの上に背中から倒れ、ローレンスが服を脱いでいくさまをうっとり眺めた。ベストの銀ボタンを外す指が急くあまり、ひとつはじけて飛んでいく。彼もつぎに靴を蹴り飛ばすと、シャツを頭から引き脱いだ。広くがっしりとした肩や長くしなやかな腕、それに引き締まった腹部があらわになる。渇望のあまり、ロザムンドのみぞおちのあたりがきゅっとなった。

しっかりとした胸板を覆う黄金色の胸毛が、ズボンのなかへと細い矢を描いている。ズボンの前立てを押しあげるような重たげな昂ぶりにまっすぐ向かう矢だ。ローレンスの体のその部分も、自由にしてほしいと叫んでいる。

彼はその叫びに応じるのだろうか。ロザムンドは下唇を嚙み、固唾をのんだ。

だがローレンスはそばに片ひざをつき、すらりとした長身を隣に横たえた。「ぼくだけが先走るのはいやだ」と、ロザムンドの心を読んだかのようにささやく。「きみがあまりにも魅力的で、いきなり自制心を失いそうになるが」

ロザムンドは、ローレンスの体がいかに大きくたくましいかを否応なしに意識させられた。彼が望めば、わたしを傷つけるのも容易なことだ。でも、不安などかけらもない。ローレンスに対する信頼は確固たるものだった。

ええ、まったく揺らぐことはない。

それはわたしの欲望も同じだわ。

熱いものが全身を駆け抜ける。乳房や胸の頂への責め苦がまたはじまると、午後の陽に照らされた肌のどこもが淡い桃色に染まっていく。

ローレンスはロザムンドのあごに片方の手を添え、ふたたび唇を重ねた。口を開けたままじっくりと、ゆっくり時間をかけたキスに彼女は酔いしれた。深く、どこまでも深いところまで堕ちていく。ふたりのほかは誰も、そして、なにも存在しないところへ。

ロザムンドはいつの間にかローレンスにふれていた。引き締まった筋肉、そしてなめらかな肌を記憶にとどめようと、その隅々にまで両手を滑らせる。

ローレンスがぞくりと体を震わせ、舌を入れたり出したりしてさらに激しく口づける。ロザムンドは彼の下で身をよじりながら、せつない声をあげた。ふたたび彼の髪に指を梳き入れ、自分のもてるすべてで反応する。

むき出しのお腹に指を感じるまで、ズボンのボタンを外されたことさえ気づかなかった。ローレンスはしばらくその部分を愛撫していたかと思うと、男物の綿の下着のなかに手を滑りこませてきた。我がもの顔でロザムンドの脚を開かせると、ふっくらした女らしい部分を手で覆った。脚のあいだのひだが合わさるところを押し開けて、まだ誰にもふれられたことのない部分にそっと指を一本挿し入れ、ロザムンドに一度、また一度と声をあげさせる。

「なんということだ、きつくて、ひどく濡れている」ローレンスが耳元でささやく。頬やのどにキスの雨を降らせ、舌先をうなじに走らせる。下のほうでは挿し入れた指をさらに奥へ、長い指の関節をなかへと送りこむ。「もっと濡れさせることができるかどうか試してみよう。きみを奪う前に、受け入れる準備をさせておきたい」

その言葉に同意するように、ローレンスの指に絡みついていた秘部の肉が収縮する。本能的な体の反応に、ロザムンドは驚きと同時に恥ずかしさを覚えた。だが体の中心にあるもうひとつの唇を撫でさすられると、どうしようもなくその虜《とりこ》になり、我を忘れて乱れた。ローレンスが指を出し入れする衝撃的なリズムに、ベッドカバーを両手で握り締める。全身を駆け抜ける焼けつくような快感にあえぎ、首を左右に激しく振る。心臓の鼓動がますます速くなっていく。

ローレンスはいきなり指を抜いたが、すぐにもう一本挿し入れた。押しこまれるような感覚に、ロザムンドは目を大きく見開いた。内側から押し広げられるのは、痛みの一歩手前だった。ローレンスは口を覆うようにして、彼女がのんだ息を封じた。キスでなだめながら、より強引な探索をつづける指を受け入れるよう体で言い聞かせ、さらに奥まで挿し入れるのに慣れるよう、時間をかけてやる。ロザムンドは体を震わせ、彼の指にみずからを押しつけるようにしながらあえいだ。

秘部がさらにしっとり濡れてきた。緊張が解けて、ローレンスの侵入をより容易に受け入れているのがロザムンド自身にもわかるほどだ。彼は出し入れする指のペースを速めると同時に、頭を下げて彼女の胸を口に含んだ。どちらの乳房にもたっぷり舌を這わせてから、つんととがる乳首を甘噛みする。

ローレンスは脚のあいだにも親指を使い、ロザムンドには思いもよらないことをしていた。ある一点をとらえて強く力を加える。全身を駆け抜ける強烈な悦びのあまり、雷に打たれたのかと思うほど。ロザムンドは彼の指をなかに収めたまま体をがくがくさせ、部屋中に響き渡るような高い声をあげた。

あまりの衝撃に全身がとろけそうになり、まぶたが重たくなる。

だが、それで終わりではなかった。ローレンスはロザムンドの体を持ちあげ、下にあったベッドカバーをぐいと引くと、ひんやりした柔らかなシーツに彼女を横たえた。

それから立ちあがって、約束したとおり、身に着けていた残りの服を剝ぎ取った。

ロザムンドが目を開けると、一糸まとわぬ姿の彼女を心ゆくまで堪能するローレンスの瞳孔がちょうど開き、瞳を縁取る金と緑の輪が細くなるところだった。彼女は自分の姿を隠そうとしなかった。ついさっきローレンスに甘美な奉仕をほどこされたおかげで、自分を抑えようという気持ちもすっかり取り払われた。見惚れるような視線を浴びてしなやかに背を反らし、両腕を頭の上に伸ばす。

ローレンスはふたたび目をきらりと輝かせ、悪魔もかくやという笑みを浮かべた。

「きみは熱いものを秘めた女性だとわかっていた。だが気をつけたほうがいいぞ、お嬢さん。でないと、きみをこのベッドから二度と出してやらないかもしれない」

「あなたがついさっきしてくれたことを思えば、二度と出たくないかもしれないわ」

ロザムンドは片方の腕を下げて、ローレンスへと差し出した。「わたしのところへ来て、ローレンス、残りの部分を見せてちょうだい。すべてを教えてほしいの」

のどの奥でうなるような声をローレンスがもらす。欲望にけぶる瞳をしたまま、すばやく慣れた手つきで前立てのボタンを外し、ズボンや下着、靴下の輪から抜け出た。

男性美の極致といってもいいほどの体が目にまぶしくて、ロザムンドは息をのんだ。男の人に美しいという形容詞は使わないものだが、ローレンスはやはり美しかった。

上半身だけではなく、腰から下もすばらしい。しっかりとしながらも平らな腹部から、細く引き締まった腰へのライン。均整のとれた長い脚と洗練された形をした足――まさに貴族にふさわしい。がっしりと筋肉の張った太もも――乗馬での鍛錬の賜物だ。いえ、それ以外にも体を動かしていることだろう。ロザムンドはいつになくみだらな想像をしてしまった。ローレンスの尻はまだ、ちらっと見ただけだったが、はちきれんばかりで誘惑的なフォルムをしているに違いない。

そして、誇らしげに突き出て男らしさを叫ぶような部分。お腹のすぐ下から放たれるような、体毛の矢の先になにがあるのか。そんな疑問に対する答えが、そこにはあった。

ローレンスは露ほども遠慮を見せず、ロザムンドの前に立った。見られているのに気づいたとたん、昂ぶりがますます張り詰めたようだ。

あらたに自信を手に入れたばかりだというのに、ロザムンドは少し気後れして息をのんだ。裸の男性を目にしたことはいままで一度もなく、これはこれでなかなかためになる経験だった。ローレンスは体も大きく、あの部分も立派だ。男性はみな、同じように恵まれているのだろうか。一瞬、不思議に思ったが、ほぼあらゆる点において彼が同輩の男性たちに勝るのに鑑みて、思い直した。

それからローレンスはベッドのなかに戻ってきた。体毛で覆われた脚を片方、ロザムンドの脚のあいだに大胆にも割りこませ、彼女の両脇で腕を突っ張るようにして覆いかぶさってくる。脇腹に、張り詰めた熱い男の証しがふれる。ローレンスは彼女の肩を片方の手で撫でると、その指先を体の中心へとゆったり走らせていった――胸のあいだからお腹を通り、太ももが合わさるあたりの黒い茂みへと。

ロザムンドはぞくりと体を震わせながら、彼を見あげた。のどの奥から心臓が飛び出しそうになる。

ローレンスは少し伸びあがるようにして軽く唇を重ねた。「いまさら怖気づかないでくれ、ロザムンド。どのくらいのペースがきみの気に入るかはわからないが、それに従って進めていこう……ぼくのほうは、それで死ぬほどの思いをするかもしれないが」

「そうなの？」

彼はすぐに笑った。「いや、からかっただけだよ、うぶなお嬢さんだな」

「まあ」あらたな不安が瞳に映っていたのを、ローレンスは気づいたに違いない。それで、緊張をやわらげようとしてくれたのだ。

ロザムンドはなんとか笑顔を作ると、ローレンスの頬に手を伸ばして、ひげを剃ったばかりの肌をそっと愛撫した。彼は目を閉じると、手のひらに顔をあずけてキスをした。口を開け、手のひらの真ん中に舌先で小さな円を描く。

ちりちりと焼けるような感覚が肌を走り、ロザムンドはあえぐように息をついた。腕や胸を炎が焦がしていく。と同時にその感覚は信じられないことに、ローレンスが指を絡めている脚のあいだの茂みへまっすぐ駆け抜けていった。

彼はそこを優しく愛撫しはじめた。指がなかへ挿し入れられることはなく、表面だけを撫でている。そうしながらも手のひらに口づけて舌を這わせる。しっとり濡れた舌先で突かれて、ローレンスにふれる手が震えてくる。

だが、ロザムンドは手を引いたりしなかった。そんなことできない。あまりの快感に、やめることができなかった。

彼が割りこませてきたひざにふれるようにして脚が動いてしまう。もっと広い範囲にローレンスが指をさまよわせることができるよう、さらにひざを立てて横に大きく開いたが、彼はそれには食いつかなかった。指先をゆったりと上下させるだけで満足なのか、挿し入れて、秘部の奥でふたたび目覚めつつあるせつないうずきをなだめようとはしてくれない。

ロザムンドはすすりなくようなあえぎ声とともに腰を反らせ、なにを求めているのか無言のうちに伝えようとした。しかしローレンスはさらりとそれをかわし、癪に障るほど焦れったい愛撫を繰り返すばかりだった。

彼はわたしをいたぶっているのだわ。ロザムンドはふいに気がついた。こちらはルールもわからないというのに、甘やかな責め苦を与えるゲームでわたしをいたぶっている。

「やめて」彼女はローレンスの顔から手を引いた。

「やめる、ってなにを？」彼はありもしない無垢を装い、目を輝かせる。

「わかってるはずよ」

ちょうどそのとき、ローレンスがロザムンドを撫でた。狙いすましたような邪な攻撃に、彼女は体をくねらせた。

「ああ、もう、あなたのせいで頭がおかしくなりそう」無意識のうちに腰を反らせ、下のほうへと全身をくねらせていき、もっと彼の手や太ももにふれられるよう秘部を押しつけていく。

だがローレンスは、ちょうどそれを避けられるだけ体を引いた。

「きみが言うのは、これのことか？」ふたたび秘部をかすめるようにしてから、しっとり濡れたなかに少しだけ指を挿し入れて、すぐに引き抜く。

「そうよ。あなたって悪魔みたいな人ね」

ローレンスは忍び笑いをもらした。「たしかにそのとおり。でも、これをはじめる前にきみもわかっていたはずだ。さあ、なにが欲しいのか言ってごらん」

「わたしがなにを欲しいか、あなたもわかってるはずだわ」

「それ以外の言葉でどうぞ」

その瞬間を選んだかのようにロザムンドの胸がうずく。乳首がとがり、ベリーのように赤くなる。それでも、そのものずばりの言葉はのどの奥につかえていた。

ローレンスはふたたび下のほうで彼女をくすぐり、焦らすように脚のあいだに太ももを擦りつけた。

ロザムンドはあえいだ。「キスして」

身をかがめてローレンスは要望に応え、彼女の唇を奪った。ゆったりとした、しかし単なるキスというにはあまりにも親密な口づけ。たっぷり時間をかけて唇の隅々まで彼が味わったため、ロザムンドはより激しい欲望に苛まれた。

「ほかには？」ローレンスは、あえぐ彼女の唇をようやく離してから尋ねた。

「わ、わたしの……わかってるでしょう？　さっきみたいに……して」ロザムンドはおずおずと白状した。

「言葉に出して言わなければだめだ。〝わかってるでしょう?〟と言われても、いろんな可能性がある。それが、きみの意図するそのものずばりかどうかはわからないな」

ロザムンドは悪態を浴びせたくなった。「わたしの胸よ」とささやく。

「きみの胸がどうしたんだい?」

「いまに見ていなさい。できるようになったらすぐさま、こんな仕打ちをした報いをあなたにも受けさせるから」

ローレンスはにんまりした。「それは楽しみだな。さあ、胸がどうとか言っていたようだが?」

「そこにキスして」

「いいとも」ローレンスは頭を下げると、ついばむようなキスをいくつかした。それはそれで素敵だったが、もっとも感じやすくなっている部分はなぜか避けられている。

「そんなふうじゃなくて」

「じゃあ、どんなふうに?」

「わかってるでしょう? あなたの……口に含んで。さっきしてくれたみたいに、舌を這わせたり、吸ったりして」

「よろこんで」ローレンスは微笑みながら頭を下げると、ロザムンドに言いつけられたとおりのことをした。口を開けて、思う存分にご馳走を味わう。

甘くもせつなくいたぶりを与える舌の動きに、ロザムンドの周囲が渦を巻くように回転しはじめる。満たされない欲望が体にあふれ、焦がれる気持ちが募る。

「もっと」ロザムンドは懇願しながら、豊かなローレンスの髪に指を絡めた。こうすれば、もっと強く体を押しつけられる。

ローレンスは願いに応じて、すばやく激しく舌を這わせ、彼女をめくるめく官能へと誘《いざな》った。

自分がどこにいるのかもわからず、ロザムンドはもういっぽうの手を彼の全身にさまよわせた。腕、肩、そして背中――手のとどくかぎりの部分の形や触感を堪能する。ローレンスの体は燃え立つように熱く、きりりと引き締まっていながらなめらかだ。せがむように脇腹に押し当てられてくる男らしさの証しも、それは同じだった。

胸のほうではロザムンドに悦びを与えつつも、下のほうでは責め苦が与えられるばかり。彼女がもっと欲しいと思うところの一歩手前まで連れていきながら、そこでまた、ふいとかわす。時おり、襞のあいだのこれ以上ないほど感じやすい部分をかすめるように指を挿し入れるものの、決して最後まで満たすことなく、彼女の苦悩を逆にかきたてるだけだった。

　強烈なまでの欲望に耐えかねてロザムンドは片方のひざを開いた。ローレンスにさらなる侵入を許すよう、両方の脚を大きく広げる。いますぐにでも充《みた》してほしいとばかりに、体の中心の花芯がうずく。ロザムンドはすっかり濡れていた。秘部からにじみ出る滴のせいで、太ももの内側もすべらかだ。

「お願いよ」ロザムンドは、自分がそう言っているのも気づかないほど、うわごとのように懇願した。

　ローレンスが顔をあげる。瞳は欲望にけぶり、抑えきれない衝動に奥歯を嚙み締めている。

「お願い、とは？　言葉にしてくれたら、それを与えてあげよう」

　彼の目を見た瞬間、ロザムンドにはわかった。究極な形での侵入を許しあうこの行為において、ローレンスは完全なる無条件降伏を求めている。と同時にすべて任せるのではなく、わたしも全面的に協力しなければならないのだわ。

「わたしを奪って、ローレンス。お願いよ、わたしをあなたのものにして」

　ロザムンドの瞳をしばらくのぞきこんでから、ローレンスは口づけた。静かに、しかしどこまでもキスを深める。

重ねた唇で動きを封じたまま、ローレンスはロザムンドに覆いかぶさるようにして、ひざを使って脚をさらに広げさせた。体の重みをかけすぎないようにしながら、太もものあいだにみずからを据えると、しっかりと、しかしゆっくりと彼女の体に腰をうずめた。

最初は問題なかった。あまりにも気持ちよくて、なぜあれほどためらっていたのかロザムンドは理解できないほどだった。ローレンスの肩に腕を回してキスを返し、舌を絡めながら悦びに身を任せる。

彼は腰を引き、また突きこんだ。さっきの倍ほど昂ぶりが体のなかに収められる。ふいに、ロザムンドははっきりした違和感を覚えて体をよじった。あまりにも大きく押し広げられているような感じ。

なだめるような言葉を彼女に小さくかけ、慣れさせる時間を与えながらローレンスはそれを繰り返した。腰を引いてはまた突き、引いてはまた突く。そのたびに少しずつ奥へ、さらに深々と彼女のなかへ身を沈める。

だがロザムンドはこのとき、ローレンスがあとどれくらいこれをつづけなければならないのかに気づいた。内側から引き裂かれそうなぐらい押し広げられているのに、昂ぶりはまだほんの先端しか入っていない。

彼はゆっくりと優しいキスをすると、ロザムンドの腰に両手を伸ばし、ぷるんと揺れる尻の肉をすくいあげるようにつかんだ。「方法はひとつしかないようだ。ぼくを信用してくれるか？」

「ええ」ローレンスの言っている意味がよくわからなかったものの、ロザムンドはあえぐように答えた。

「きっと、ひりひり痛むことになるだろう。それは申し訳ないと思う。だが、きみにとってはこれがはじめての体験で、おまけに秘部がひどくきつい。でも、その後はよくなると約束するよ。よくなるように、ぼくがしてみせる」

ローレンスは無言で訴えるようにすると、さらに秘部があらわになるようロザムンドの腰の位置を変えた。「両脚を巻きつけて」

ロザムンドは言われたとおり、片方の脚を彼の腰に、もういっぽうを背中のあたりに引っ掛けた。あらたな体位をとったおかげで、昂ぶりがもう少し奥まで入る。

だけど、それでもまだ足りない。

ローレンスはふたたびロザムンドの唇を奪い、長く熱い口づけをした。彼女はすぐさま官能の波にさらわれ、先ほどのような悦びに魅了された。あえぎ声とともに、首に鼻筋を押しあてるローレンスの胸板に乳房を擦りつけると、乳首が固くとがってうずいた。満足げな声を小さくもらしながら、彼の背中に両手をひたすら滑らせる。するると、なんの前触れもなしにローレンスが腰をすっかり引いた。両手はまだロザムンドの尻をつかんでいる。彼は体勢を整えると、狙いを定めたようにひと突きで、秘部の奥深くにまで身をうずめた。

内側からはじけるような痛みに息をのみ、ロザムンドはローレンスの肩に思わず爪を立てた。うずめられる昂ぶりに本能的にあらがおうとして、彼女はベッドにかかとをめりこませるようにしながら腰を跳ねあげた。だが逆に、そのせいで彼の男の証しがさらに深く体のなかへと送りこまれ、息も絶え絶えにあえぐこととなった。ありえないほど完全に体の自由を奪われたような感じがする。

「しーっ」ローレンスは彼女の唇に、頬に、こめかみに、そして首筋や耳にキスの雨を降らせた。「もうじきよくなる。少しのあいだ、じっとしていて」

彼とこんなふうに体をひとつにつないだまま、動くことなどできるはずないわ。ロザムンドは痛みと不快感にあらがおうと、ぎゅっと目を閉じた。

そんななかでも、ローレンスは優しくついばむようなキスを繰り返し、これほどの痛みを引き起こしたのを詫びようとの思いを伝えようとした。そのときはじめてロザムンドも、彼がわなないていることに気づいた。なんとか動かずにいようとするせいで、筋肉が張り詰めている。

「大丈夫よ」ロザムンドは彼のうなじに手を走らせ、汗でじっとり濡れた髪に指を梳き入れた。「さあ、あなたがすべきことをして」

ローレンスは彼女の視線を受けとめた。カーテンを透かして差しこむおぼろな光を受けて、瞳が輝く。「きみと一緒でなくてはだめだ」

「わたしにできるかどうか、わからないわ」

「いや、できるさ」ローレンスは心の底からの信頼とともに答えた。「できるよ。ぼくがそうしてみせる、って言ったじゃないか」

ロザムンドはぞくりと体を震わせると、不安や疑いの念を追い払おうとキスをした。それを合図にローレンスは動きはじめた。最初はゆっくりと、繋がったままのふたりの腰を揺さぶる以外にはなにもしない。「大丈夫か？」

ロザムンドは驚きとともにうなずいた。彼の言うとおりだ。痛みはまだあるものの、先ほどまでの激しさはない。せいぜい、鈍いうずき程度にまで薄れた。

ローレンスはふたりの体のあいだに手を差し入れて、ロザムンドが好むように胸をまさぐった。揉みしだき、すでに感じやすくなっている頂を巧みの技で転がしてとがらせ、すすり泣きをあげさせる。

「いいか？」

「ええ」

彼の腰の動きが少し速まると同時に息があがる。ロザムンドは体を震わせたが、こんどは先ほどとは違う違和感を覚えた。ローレンスがゆったりと浅いリズムを刻みはじめると、あらたな欲望がほどけた蔓のように秘部の奥で生まれた。彼はロザムンドの唇をとらえ、情熱的に誘うようにたっぷりと口づけると、しっとり濡れた舌で口のなかを探索した。彼女はそれを歓迎するようにキスを返しながら、秘部に抜き挿しされる昂ぶりがもたらす、内側からずしりと押し広げるような感覚を受けとめた。

彼にしがみついた両手を肩に、そして背中に走らせる。さらに背骨の根元へと滑らせると、尻がぴくぴく動いていた。

ローレンスは背を反らしてうめくと、さらに速さを増して腰を突きこんだ。キスもより激しさを増していく。

ロザムンドにできるのは、しっかりしがみつくことだけだった。悦びと痛みの境が曖昧になり、もう後戻りできなくなる。

彼が下に手を伸ばした。ロザムンドの腰をふたたび高く持ちあげ、昂ぶりをもっと奥まで受け入れるように強いる。

ロザムンドの体はそのとおりのことをした。彼女自身でさえ驚いた。麻薬のようにローレンスが欲しくてたまらない。すっかり圧倒されて、彼をいたるところで感じるのがうれしい。

ロザムンドは深く息を吸った。ふたりの匂いが混じり合い、部屋には濃密な空気が流れている。あえぐようにローレンスの名前を呼びながら、背中にかかとをめりこませる。高みへ連れていこうとする彼に駆り立てられるうちに、頭のなかでなにかが弾けた。すべての感覚がくすんでいき、この世にはふたりのほかにはなにも存在しないような気がしてくる。

ローレンスの両手がふたたび彼女の全身をさまよう。あちこちを同時にまさぐってから、片方の手を乳房から腹部へと滑らせる。へそに突っこんだ人差し指をぴくぴく動かすと、ロザムンドはびくりと跳ねて声をあげ、腰を激しく突きあげた。

彼女はローレンスを全身で受けとめた。いままで男に貫かれたことのない体で受けとめられる以上のものを、懸命に。だが、それでもまだじゅうぶんではなかった。

もう少しで手の届くところに至福の瞬間がある。わたしは、それがほしい。

い、いい、ローレンスが欲しい。

「お願いよ、ローレンス」溶岩のように熱い欲望が流れ出るなか、ロザムンドは懇願した。首や腰をせつなく振り、うわごとのように呼びかける。

ローレンスはふたりの体がひとつになっているところに手を伸ばし、彼女の悦びの源を探り当てた。その間も、激しく腰で突くことはやめない。

寝室の空気を満たしたのは、ロザムンド自身のむせび泣きに違いない。速い潮に押し流されるように、至福の感覚に酔いしれながら体を震わせる。荒れ狂う嵐に襲われては、すべてを捧げるしかなかった。本能そのものの悦びが猛るがままにまかせ、とめようのない圧倒的な力に翻弄される。

ロザムンドはひたすらローレンスにしがみついた。このままでは、錨《いかり》を失った船のように流されてしまう。さらに速さを増して腰を突きこむ昂ぶりは信じられないことに、秘部の奥でさらに太く張り詰めたようだった。ローレンスはびくりと全身を震わせると、まさに絶頂に達せんとして歯を食いしばった。

かすれ気味の叫び声とともに一度、さらにもう一度、ロザムンドの秘部に昂ぶりを突きたててから、ローレンスは体を引いた。男の証しから熱い精が彼女のお腹に少し、そしてあとはシーツへと弧を描いて放たれた。

ローレンスはうめくような声をあげながら彼女の隣に倒れこみ、ほんの一瞬、身じろぎもせずにいた。それぞれ呼吸を元どおりにしようと必死になっていたが、彼はロザムンドのほうに手を伸ばした。肩を抱き、そのまま片方の乳房を手ですくいあげるようにする。

朦朧とした意識のなか、甘美で心地よい疲れとともにロザムンドは微笑み、目を閉じた。

17

ことを終えたあとの余韻に体を揺さぶられたまま、ロザムンドはなおもしばらく漂っていた。血液が濁流のように全身を流れ、ふとしたところが時おり引き攣れる。自分がどこにいるのか、そしてローレンスといましがたやったばかりのことをすべて思い出すうちに、意識がゆっくり戻ってくる。

衝撃を受けてしかるべきだわ――驚いている部分もたしかにある。でも、ぞくぞくするような興奮と、彼と睦み合うなかで見つけた不思議な解放感も否定できない。この方面に関しては経験もなく未熟だというのに、これがほんとうに自分だろうかと思う瞬間があった。ローレンスに言われたとおり、彼の腕のなかで大胆で情熱的に振る舞う女性がいた。

それでも、顔を赤らめずに彼を見つめるにはどうしたらいいのかわからなかった。この目に映っているであろう欲望の炎を隠す手立ても。いまは疑いようのないほど満たされているのに、いつまたこの営みを繰り返すことができるのか気を逸《はや》らせている部分も胸のなかにあった。

ローレンスもまた、肌を重ねて愛し合いたいと思っていれば、の話だけど。

これからのことは話し合っていない。一度きりでじゅうぶんだと言われるかもしれない。

それに彼は終わりのほうで昂ぶりを引き抜き、わたしの体のなかではなくシーツに精を放った。

だけど、ローレンスが落胆したとは思えない。いまもこうしてわたしを抱き締めたままだ。もしかしたら、純潔を奪った罪の意識に苛まれているだけかもしれない。結局はわたしの経験のなさが思っていた以上に厄介に思えて、あそこまで手間をかけて誘惑する価値はなかったと思ったのかも。

ロザムンドは眉根を寄せた。

それとともに、なにかしら声をもらしてしまったのだろう。ローレンスが頭を巡らして彼女を見る。「大丈夫か?」

彼と目を合わせずに、ロザムンドはうなずいた。

じっと見つめられ、様子をうかがわれているのがわかる。ゆっくりと時間をかけてローレンスは体を離すと、ベッドを抜け出していった。

ロザムンドはふたたび目を閉じた。体を起こして服を探し、着替えをするだけの気力をどうやって奮い起こそうか。ローレンスは、すぐにでもわたしに去ってほしいと思うだろうか？　それとも、せめて気を取り直すだけの猶予を与えてから、ドアから送り出すの？

水の注がれる音が聞こえてきた。

彼は体を洗っているの？　わたしと愛し合った痕跡を流し落とそうと？

だが、すぐにローレンスは戻ってきた。ロザムンドが目を開けると、ベッド脇に立つ彼はタオルと洗面器を手に持っている。そして洗面器を近くのテーブルに置いた。

「ぼくのことを、獣のような人でなしと思っているだろうな」自分を責めるような表情もあらわにつぶやく。

「なぜ、そんなことを言うの？」

ローレンスの視線がロザムンドの体の下のほうへと移動していき、両脚が合わさるあたりでとまった。

そのときようやく、彼女の目にも血が見えた。深紅の染みがシーツに広がり、それ以上に太ももの内側を汚している。ローレンス自身の太ももや男の証しも赤く染められている。

「まあ！」ふいに意味がわかり、ロザムンドは大きな声をあげた。

「そういうことだ」ローレンスが隣にそっと腰をおろすと、重みでマットレスが少し沈んだ。「どれくらい、ぼくはきみを傷つけてしまっただろうか？」

「そんなことないわ。これだって……言われるまで……気づかなかったぐらいだもの」ロザムンドは彼を安心させようと手を伸ばした。「わたしは大丈夫よ、ほんとうに。これがはじめての体験なのだから、こうなることはわかっていたのだし」

ローレンスの顔にさまざまな感情が現れては消える。「きみの言うとおりかもしれないな。どれほど狭くてきつかったかを思うと、たしかにわかっていたことだ」

つかの間の痛み、そして彼に奪われたという無上の悦びを思い出し、ロザムンドの体の奥が反応した。

彼女とローレンスは目を合わせた。「正直言うと、純潔を捧げられた経験はあまりない。きみがふたりめで、ひとりめのときはぼくもはじめてだった。なにをするにしてもひどく気が急いて不器用で、ぼくも相手もとくに満足を得たという記憶はない。それ以来、肌を重ねて愛し合うのがどういうことか熟知している女性だけを相手にすることにした」彼は差し出されたロザムンドの手を取り、身を乗り出すようにして手のひらに口づけた。「どうやら、きみだけはこのルールの例外になりそうだ」

「じゃあ、わたしは——」言いかけたものの、ローレンスに聞こえていないことを願った。

だがもちろん、彼には聞こえていた。「きみが、なんだって？」

したたか打ちのめされたが、ロザムンドはなんとか声を振り絞った。「満足いくものだった？　わたしは、あなたのお好みのタイプではないから」

「ここに横たわったまま、そんなことで頭を悩ませていたのか？」

頬だけではなく、ロザムンドの全身が桃色に染まる。顔を背けようとしたが、あごに添えられたローレンスの手でじっとさせられたせいで、視線を避けられなかった。

「信じられないくらいにすばらしかった、と言ったのを聞いていなかったのか？　ほんとうだ、満足いくものだったなどという言葉では言い表せないほどだよ、ロザムンド。それは保証する。きみと過ごした今日という日を、ぼくは絶対に忘れない。九百六十九歳まで生きたという、『創世記』に登場するメトシュラぐらい長生きしたとしても、絶対に」

ロザムンドの全身の赤らみは恥ずかしさからよろこびに依るものに変わった。「ほんとうに？」

「ああ、ほんとうだとも」ローレンスは声をたてて笑った。「それほどの知性と怜悧《れいり》な法的思考力をもつ人物にしては、きみは驚くほどおばかさんになることがあるんだね」

「わたしはおばかさんじゃないわ」

ローレンスはにんまりとしてから目配せした。「いまの言葉を自分に言いつづけるといい。さあ、横になりたまえ。体をきれいにしてあげよう」

「あら、それなら自分でできます」ロザムンドは前にかがもうとしたが、彼にそっと押しとどめられた。

「だめだ」反論は許さないとばかりの強引な目つき。「これはぼくがやる。だが、よかったら、あとでぼくの体をきれいにしてくれてもいい」

ロザムンドの目が丸くなる。体が熱くなり――さらに桃色が深まる。

ローレンスはふたたび高らかに笑った。屈託のない笑い声が部屋を満たしていく。なおも忍び笑いをもらしながら、彼はタオルを洗面器の水に浸けた。

体をきれいにしてもらいながらも、ロザムンドは恥ずかしく思う気持ちにあらがった。ベッドのなかでふたりでやったことを考えれば、ばかばかしいのはわかっているのに。ローレンスは限りなく優しく、これ以上不快な痛みを覚えさせまいとどこまでも気を配ってくれた。いちばん敏感な部分に、冷たい水が心地いい。彼は、絶頂に達した証拠がまだ残るお腹のあたりまでも拭いてくれた。

「ひとつ質問してもいい？」小声で訊いてみる。

ローレンスが顔をあげる。「もちろんだとも」

「あなたはなぜ……最後に……その――」

ロザムンドは口をつぐんだ。首を横に振るうち、大胆なところが消えてしまう。

「ぼくがなぜ？　何だい？」ローレンスがタオルを洗面器のなかに落とし、水がほんのり桃色になる。彼はロザムンドに向き直った。「話してくれないか。ぼくたちはもう恋人同士だ。恥ずかしくて訊けない事柄などなにもないということだよ」そして、しっとり濡れているロザムンドの太ももを撫でる。「恥ずかしくてできないことも、ないはずだが」

ロザムンドは息をひとつついてから、思いきって口にした。「なぜ、体を引いたの？　あなたが……その……」

「絶頂を迎える前に？」ローレンスが助け舟を出す。

ロザムンドはうなずいた。

答えはわかりきっているじゃないかとばかりに、ローレンスが見つめてくる。「きみが身ごもってしまうことがないようにしたいんだ」とささやくように言う。

「ああ」

もちろん、そうよね。ロザムンドはやはり、自分がまったくのおばかさんのような気がした。そんな大事なことは、もっと前に考えておくべきだったのに。今日ローレンスに純潔を捧げるべきかどうかさんざん悩んでいたにもかかわらず、身ごもるかもしれないという現実的な危険はなぜか、まったく頭に浮かばなかった。

「わたし以上に頭の悪い女など、この世にはいないとお思いでしょうね」

「そんなことはない。きみもわかっているはずだ」

「じゃあ、とんでもなく世間知らずと言い換えるわ」

ローレンスはロザムンドの隣に横たわり、伸びあがるようにしてキスをした。「性格が優しくてかわいらしい人だ」そして、もう一度唇を重ねる。「きみは優しいよ。それに、とても素直だ」

「人のいいおばかさんということね。ええ、そのとおりだわ」

「自分につらく当たるのはやめたまえ。こういったことに配慮して面倒を見るのはぼくの務めだ。いみじくもきみが指摘したように、経験があるのはぼくのほうなんだからね。勝手ながら、知り合いの薬剤師から薬草を手に入れておいたのもそれが理由だ。

すぐに飲みはじめるといい。それだけで妊娠を完全に防げるものではないが、ふたりで気をつければ、うまくいくはずだ」

「では、これからもこの関係を……つづけるということね」

ローレンスが動きをとめた。「ああ、もちろんだ」眉間にしわが寄る。「きみがそうしたくないなら、話は別だが」

ロザムンドは彼の腕を指でなぞった。「いいえ、そうしたいわ。あなたがどう思っているかわからなかっただけよ」

ローレンスの瞳が妖しくきらめく。「じゃあ、ぼくがきみを今日ここへ誘い出して純潔を奪ったあとは、無情にも追い返すと思っていたのか?」

「いいえ……あの、そんなふうには言わないけれど。ただ、あなたがどのくらい……そもそも、これからもわたしとの密会をつづけたいかどうかもわからなかったから」

ローレンスは目で天を仰ぐと、苦笑しながら首を横に振った。「これからは、なにもかも包み隠さず話すよう、いつも言ってくれ。そうすれば誤解もなくなる」

そしてロザムンドの唇をまた奪い、引きつづき激しい情熱を注ぐことをはっきりと示す。「いいかい、ロザムンド。ぼくは機会あるごとにきみと肌を重ねてたっぷりと、存分に愛し合うつもりだ。必ず、自分の予定をぼくに知らせること。ぼくも自分のをきみに知らせるから、適宜、手はずを決めていこう」

ローレンスのあからさまなもの言いにロザムンドは身を震わせた。不道徳な言葉にショックを受けてもいいはずなのに、あらためて体のなかで、燻《くすぶ》る煙のように欲望が呼び覚まされる。

「ほら、見てごらん」彼が声をあげた。「とりあえず、また体のほうは準備が整ったようだ」

ロザムンドはずしりと重たげな男の証しに目をやった。「まだ、あなたの体をきれいにしていないわ」

「ああ、たしかに」

彼女が躊躇したのは、ほんの一瞬だった。「横になって。わたしがやるから」

ローレンスは微笑むと、言われたとおり横たわり、頭の後ろで両腕を組んだ。

ロザムンドは体を起こして洗面器に手を伸ばした。タオルを絞って向き直る。

「そうだ、まだ秘めた部分が痛むなら」ローレンスがくだけた調子で言葉をかける。

「ほかにもふたりでできることがある」

「ほんとうに？」

いかにも勢いこんで目を輝かせるロザムンドの様子に、ローレンスはくすくす笑った。「ほんとうだとも」彼女の手を取って、濡れたタオルごと自分の昂ぶりを包むよう導く。「見せてあげよう」

不思議なことに、午後の残りの時間は早くも、ゆったりとも過ぎていった——少なくともローレンスにはそう思われた。甘く熱に浮かされたような霞のなかで強烈な悦びを得たかと思えば、稲妻のように激しい閃光のごとき愉悦も味わった。だが望んでいたよりずっと早く、ふたりは身支度を整えなければならなかった。ローレンスは、ロザムンドに別れのキスをした。

今回は彼女も、馬車で家まで送るという申し出を断った。予定よりも早くバートラムが戻っているときのことを考えて、辻馬車を拾うというのだ。ローレンスは異を唱えたかったが、用心するのも賢明だと思い直した。

その後、彼は書斎に行った。仕事をするつもりだったが、まったく無駄だった。思いは繰り返し、ロザムンドへと戻ってしまう。

これまでになかったほどすばらしい一日だった。情熱と悦び、そして発見に満ちていた。不思議なことに、結婚初夜のような感じもした——いや、午後だったのだから、〝初夜〟はおかしいな。ローレンスはひとりひそかに微笑んだ。

あのあともひとしきり愛し合い、文句のつけようがない時間を過ごした。ロザムンドにはじめての巧みな技をいくつか教えて、ともに甘美で心地よい疲れに身を任せたあと、なんとかガウンをはおり――彼女もローレンスのを着て――彼だけの居間へと移動した。

そこで、用意されていた冷菜を大いに貪った。テーブルに落ちた最後のパン屑まで嬉々として平らげた。食事の合間にもふたりで語り合った。話題が難解すぎたり不適当とされることもなく、いつまでも尽きることなく流れるように会話はつづき、これまでにないほど互いに共感を覚えた。

愛人が相手だと、これほど長時間、話をしようと思ったことはなかった。最新流行のファッションやそれを身に着けた姿をどう思うか、そして社交界の際どい醜聞《スキャンダル》というのが、彼女たちにとっての楽しく弾んだ会話だからだ。おもしろいと思うこともたまにはあるが、いつもそればかりでは閉口する。ローレンスは、もっと頭を使う深刻な話題を好んだ。いや、愛人たちは飽くことなく、お互いを満足させる官能のひとときを提供してくれる。それと引き換えに彼は服や住居、贈り物を彼女たちに与えた――いちばんよろこばれるのは宝石だ。

だが、ダイヤモンドのネックレスをあげようと言ってもロザムンドは受けつけないような気がする。ぼくの顔に投げつけ、口を極めて罵り言葉を吐くことだろう。いや、ロザムンドはぼくのいつもながらの愛人とはまったく違う。彼女を〝愛人〟と呼んで差し支えなければ、の話だが。むしろ、このあらたにはじまった関係は、〝恋人同士〟と呼ぶのがいちばんふさわしいだろう。ふたりの情事はまったく唯一無二のものだ。まさに、ロザムンドその人のように。

これまでは経験豊富な女性とだけつき合ってきたとロザムンドに話したが、あれは嘘ではない。だが、いましがた過ぎ去った午後のひとときを思うと、彼女にとってははじめての相手となったことに心の底からの深いよろこびを覚えたのを否定できなかった。いまや、ロザムンドはぼくだけのものだ。その事実をほかの男に取りあげられることは絶対にない。

そう考えるだけで、男の証しがぴんと張り詰める。ロザムンドが帰らなくてもよかったら、とローレンスは思わずにはいられなかった。だがやはり、こうするのが最善だったのだろう。はじめて男に体を貫かれ、激しく愛を交わしたのだ。彼女には心身ともに休息が必要だ。近くにいたら、どれほど秘部がひりひり痛むと言われても、彼女をまた奪いたいという誘惑にぼくがあらがえるかどうか、こころもとない。ロンド屋敷を用意してロザムンドを住まわせたいと思う気持ちもどこかにあった。ロンドンのどこかいいところ――高級住宅街のメイフェアのハーフムーン・ストリートとか――ぼくが好きなときに行き来できて、ふたりが望めば望むだけたっぷり愛し合えるところに。

だが、ロザムンドはそういう類の女性ではないし、そんな取り決めを申し出ようものなら――たとえ現在、男になりすまして法廷に弁護士として立っていなかったとしても――彼女の人となりのまさに本質そのものを貶《おとし》めることになる。

たまの逢瀬や、場所や時間が許すかぎり人目を忍んで会うぐらいで我慢するしかない。そう考えると、いつ会えるのか先が見えず、すぐには官能を満たすことができないという関係そのものが、実際に会えたときの悦びをさらに高めてくれる。

会えない時間を、ぼくもじっと辛抱して待てればいいのだが。

帰っていく前にロザムンドはまた会おうと約束してくれたが、詳細についてはなにも決めなかった。彼女のほうから連絡をすると言った。そのほうが、ふたりの関係をバートラムに怪しまれる危険が少なくてすむからだ。ローレンスはその場で決断を迫りたくなったが、決定権は彼女にあずけなければならない。

だが、弟を欺くことをロザムンドは気にしている。彼の名前が出るたび、瞳が罪の意識に揺れている。ぼくたちの関係は、バートラム・キャロウにはなんとしてでも秘密にしておかなければならない。彼は、姉がぼくと戯れるのをよく思っていない。彼女は、合意に基づく性的関係をもってなんら問題のない年齢を過ぎているというのに。だから、ぼくは気を長くもって、急いではならないのだ。とはいえ、あまり長いこと悠長に待たずにすめばいいのだが。ローレンスはそう祈るばかりだった。

18

「具合は？　よくなった？」翌朝、朝食のテーブルで向かいに座るバートラムがロザムンドに尋ねた。「昨日の夕食では会えなかったね。帰ってきて、頭痛がすると言って食事は自分の部屋でとったとミセス・バンクスに聞いたよ。か、風邪を引いたとかいうんじゃないだろうね？」

「ううん、違う」ロザムンドはトーストにせっせとバターを塗りながら答えた。「ただの頭痛だったけど、いまはずいぶんよくなったわ」

弟に嘘をついているという罪悪感を押しのけ、目を伏せたまま、いちごのジャムに手を伸ばす。

「それはよかった」バートラムはフォークに刺したソーセージと卵を頬張った。「夏風邪をひくと、厄介だからね」

「そうね」トーストをひと口かじり、真顔を崩さぬよう懸命になる。「で、あなたのほうは？　昨日の仕事はうまくいったの？」

ロザムンドは熱い紅茶をすすってトーストを食べつつ、弟が昨日の往復の旅路やできごとを臨場感たっぷりに語るのに耳を傾けた。ぼんやり聞いて、適当なところで相槌を打ちながらも、思いはローレンスと過ごした時間へと舞い戻っていった。

なぜか、明るい陽射しのなかではすべてが現実離れして見えた。なにもかもが夢を見ているかのように。

でも、夢ではない。わたしは知っている。

なぜなら、記憶のなかで繰り広げられる親密で衝撃的な事柄の詳細について、わたしの想像力だけでは追いつかなかっただろうから。わたしの体の隅々まで撫でさする素敵な両手の感触。口と舌を存分に使ったキスがもたらす禁断の至福。いちばんすごかったのは、体の奥深くにまで彼が分け入ってきて、いままで知らなかったほど強烈な悦びの高みにまで連れていってくれたことだった。

しかも、それだけでは足りないとばかりに、脚の合わさるところのひりひりとした痛みがいつまでも消えてくれない。熱いお湯を張ったバスタブに浸かっても、完全には消えてくれなかった——もう、男性にふれられたことのない処女《おとめ》ではないという、否定のしようのない証拠だ。

不道徳な振る舞いと非難されてもしかたないけれど、昨日のできごとはなにひとつ変えたくない。ローレンスの腕に抱かれて横たわっているのはとても素敵だった。これまでの人生でもっともすばらしい体験で、すぐにも繰り返したくてたまらない。

心苦しいことがあるとすれば、バートラムには秘密にしておかなければならないことだ。昔からなんでも正直に打ち明けてきた弟を騙すのはいやだけど、彼はわかってくれないし、賛成もしてくれない。そして、わたしはローレンスとの関係を断つつもりはない。少なくとも、なにもかもがはじめてで、これほどすばらしいいまはまだ。

いつかは、別れなければならない。それは避けられないことだし、そうじゃないと思うほどわたしも世間知らずではない。だけど、いまは思いきり楽しみたい。刺激に満ちた興奮と、とどまるところを知らぬ情熱に溺れたい。ローレンスの腕のなかでなら、きっと見つかるはずだ。

少なくとも彼は、誠実で思いやりのある恋人だとわたしに証明してみせた。身ごもる可能性があるという、言わずもがなのことを忘れていたなんて……いつもは現実的で、感情に左右されない考え方をするのに、ローレンスのせいでそんなこともすっかり頭から抜け落ちてしまった。ロザムンドはいままでも、自分がおばかさんになった気がしてならなかった。

だから昨日タウンハウスを去る前に、押しつけられるようにして薬草を渡されたのはありがたかった。これでひとつ、心配事が減った。

ゆうべ、指示どおりに煎じて最初の一服を飲んだ。ローレンスとあとどのくらい、この関係をつづけるかはわからないけど、その間ずっと、毎晩このお茶を飲む。さいわい、以前から自分の部屋で夜にお茶を飲むのが日課になっていたので、調合された薬茶をあらたに摂《と》っていても怪しまれることはない。

ローレンスとのつぎの密会については、いつ、どの時間がいいのか決めかねていた。彼には、互いの予定を交換しようと言われている。わたしのを書き写すのは二、三分もあればすむ。あとは、彼の手元にどうやって届けたらいいか考えるだけだわ。

「――そう思わないかい？　ロズ？」

「えっ？」ロザムンドは驚いて顔をあげた。「なに？」

バートラムは首をかしげた。「タルバートを常に雇うことにしようと思うんだが、姉さんはどう思うかって訊いたんだよ。聞いていなかったの？」

ロザムンドは詫びるような笑みを向けた。「ごめんなさい、どうやらそうみたい」

弟は眉根を寄せた。「ほんとうに、どこか具合が悪いんじゃないのか？　もし、今日は一日ベッドにいたほうがいいなら――」

「大丈夫よ、ほんとうに。たぶん、少し疲れが残っているだけよ。ほんとうにごめんなさい。ミスター・タルバートについて言っていたことをもう一度話してちょうだい。こんどはちゃんと聞いているから」

姉の説明を心から信じたわけではないというように、バートラムは訝しげな目をしたが、ふいに晴れやかな表情になった。

ロザムンドは、自分が聞き逃した要点を彼が繰り返すのを聞いて、ほっと胸を撫でおろした。こうしてまた、あらたに嘘を重ねた生活を送るのは生易しいことではない。とくに自分の家では。

だけど、なんとかやってみせるわ。

ローレンスは参考文献で必要なページを繰ると、引き受けると最近同意した訴訟の趣意書にある論点と見比べた。

リンカーン法曹院の図書館を構成する四つの部屋は静まり返っていた。金曜の午後ということもあってか、ほかには弁護士がちらほらといるだけ。もっとも、驚くことではない。今日はもう、裁判の大半が終わっている。同僚は帰宅の途についたか、あるいは友人たちと一杯引っかけて会話を楽しんでいるかのどちらかだ。

ローレンスも同じようにしてよかったのだが、担当する案件をこの間に少し進めておこうと考えた。これから数日のあいだにいくつか催し物に出席することになっているし、ミス・テンプルストーンを馬車に乗せてハイド・パークに連れていくと約束してあった——もっともこれは、予定帳にあった書きこみを見るまですっかり忘れていたのだが。

昨日、ロザムンドとの逢瀬のために空いている時間を書き出そうと机に座ったときに、ようやく気づいたのだった。書き出したメモはロザムンドに送ろうかと思ったが、用心して、仕事の書類をまとめたファイルにしまっておいた。じつは、図書館にいるいまも、彼女にいつ会って渡せるかわからないというのに手元に持っていた——彼女からの連絡は、まだない。

だが、ぼくがひどく焦《じ》れて待ちきれずにいるだけだ。ロザムンドがぼくのベッドで午後いっぱいを過ごしたあの日から、まだ二日しか経っていない。

彼女は、ぼくが体に分け入るのを許してくれた。

純潔を捧げ、絶対の信頼を寄せてくれた。

ローレンスは眉を寄せ、鉛筆の尻で用紙をこつこつたたきながら思った。ロザムンドはいまどこにいて、なにをしているのだろう。

ぼくのことを思っていてくれるだろうか？　ぼくはといえば、彼女のことばかり考えているのだが。

正直言って、いつなんどきであろうと。ひとりの女性をこれほど思うのは久方ぶりだ。もっとはっきり言うなら、はじめてのことかもしれない。

趣意書に視線を落とし、ローレンスは目の前の仕事に集中しようと努めた。なんとか五分ほどそうしていると、誰かが後ろに立っている気配がした。身を乗り出してきたその人物に、耳元で軽く息を吹きかけられて、びくっとする。

「こんにちは、閣下《マイロード》」

「ロザムンド」ローレンスはぱっと振り向いた。

「ロス、よ」彼女は小さな声でたしなめた。「人目があります。忘れたの？」

ローレンスはあたりを見回した。ほかには弁護士が三人いるだけで、みな少し離れたテーブルに座っている。「心配いらない。ぼくたちの声など、彼らには聞こえやしない」

「そうかもしれない」ロザムンドは隣の椅子に腰をおろした。「でも、すきを見せていいことはないわ」

彼女の銀色の瞳をローレンスは見つめた。「そうだな」

ロザムンドがゆったりと微笑みかけてくる。

「ほら、それもよくないぞ」ローレンスはおもしろがるように言った。

「えっ？」

「ぼくを見る、その目つき。いまこの瞬間にもぼくに、きみの体に分け入ってほしいと思っているようなまなざしだ」

頬を桃色に染めながらも、ロザムンドはローレンスを驚かせた。「たぶん、ほんとうにそう思っているのかもしれないわ」

ローレンスの体はすぐさま張り詰めた。鉛筆を握る手に恐ろしいほどの力がこもる。

「きみは調べ物に来たのか。それとも、ぼくをいたぶるためか？」

「じつは、つぎの約束の手はずを整えられないかと思って」ロザムンドは座ったまま体を動かして、革張りの紙挟みに手を伸ばした。すでにテーブルに置いてあったのだが、ローレンスは気づかずにいた。「あなたの事務室で訊いたら、ここにいると言われたから。ローレンス。あなたが先々の予定を覚えていて、なにか決められないかと思って来てみたの」

「好都合だ」ローレンスは自分の紙挟みのなかを繰って、力強い筆跡のメモを取り出した。「この先三週間で空いている日時の一覧だ」

ロザムンドが紙挟みから取り出した紙を、ローレンスのメモの隣に置く。「わたしのはこれよ」

ふたりは顔を寄せ合って見比べた
「恐ろしいほどに忙しいのね」ロザムンドはため息をもらした。

「きみだって同じじゃないか。お父上の案件でまだ残っているものも、じきに解決の目を見るものだと思っていたが」

「そのつもりだったのだけど、少し面倒な事案があるの。ああいった問題は、思った以上に時間がかかるものですもの。あなたもご存じでしょう？」

「たしかに」

ふたりはまた、予定を見比べた。

「来週の木曜午後が、いちばん確実そうだ」しばらくしてからローレンスは言った。

「そうね、それより前にはないみたい。その日は一時半にうかがえばいい？」

「一時にしたらどうだ？　早く抜け出るのが難しいなら話は別だが、時間を無駄にすることはない。三十分もあれば、ふたりで一緒に気持ちよくなれることがいろいろある」

頬のあたりを赤く染め、ロザムンドは静かに息をのんだ。薔薇色の唇がわずかに開いている。

「ああ、いますぐキスしたい。ぼくがどれほど強く望んでいるか、きみにはわからないだろうな」

「そうしてほしいとわたしがどれほど望んでいるか、あなたにはわからないわ」

ローレンスはあたりをちらと見て立ちあがった。「一分待ってから、あとについておいで」

「えっ？」

「とにかく、言ったとおりにするんだ」

それ以上反応する間も与えず、そのまま大股で歩く。

「ローレンス」ロザムンドが後ろから小さく呼びかけてくる。

だが、彼は振り返らずに歩きつづけると、壁一面に書籍が並んでいる隣室に姿を消した。ここが最終的な目的地ではないものの、誰もいないのを見てにんまりする。ロザムンドが戸口に現れるやいなや、ふたたび歩き出す。矢で射られて血まみれになった心臓を肌もあらわな女性が抱いている肖像画の前を過ぎ、法曹院の幹部専用室へとつづく廊下へ出る。

右側の数室隣でとまると、ローレンスはドアの取っ手を回した。そのあとをロザムンドが音もなく入ってくるのを待ってからドアを閉め、なかでふたりきりになる。そしてロザムンドの顔を両手で包みこみ、唇をいきなり重ねて彼女の背中をドアに押しつけるようにしながら、熱情に駆られたキスをした。激しい抱擁に彼女もすぐに応え、首に回した両腕で彼を引き寄せながら、キスにはキスで、撫でさする指や手にもそれで返していく。

ローレンスはロザムンドを存分に味わった。甘やかな唇に酔いしれ、春の陽射しのように澄み切った清潔な肌の香りを吸いこむ。自分でも思いもしなかったほど熱く燃えあがる欲望にめまいがして、五感がおぼつかなくなる。胸にさわろうと体に両手を這わせたが、固く巻かれた布の存在を確認しただけだった。いら立ちとともに、こんどはまろやかな曲線を描く尻のほうに手を移動させた。指をいっぱいに伸ばし、目覚めた男の昂ぶりが柔らかな秘部に当たるよう、ロザムンドの体を持ちあげる。腰を揺り動かして、彼女があえぐようにのんだ息を口で受けとめてやる。

ロザムンドはかすかに震えながら、さらに激しくキスを返してきた。絡ませた舌を使い、口のなかで艶めかしくもしなやかな舞を披露して、のみこみの早いところを証明してみせる。鼓動がスタッカートを刻み、狂おしいほどの欲望が論理や慎重さを吹き飛ばしていく。ローレンスは彼女のズボンのボタンを外してなかに手を入れ、それを押し下げようとした。

とそのとき、男たちの声が廊下から聞こえてきた。足音とともに近づいてくる。ローレンスはロザムンドとともにぴたりと動きをとめた。思わず開いた口からあえぐような息を吐き、高まる不安のなかでじっと待つ。だが、現れたのと同じくらいあっさり彼らは去っていき、話し声はやがて聞こえなくなった。

「いまのは危なかったな」ローレンスはつぶやいた。鼓動が収まったといっても、ほんの少しだけだった。ロザムンドは相変わらず親密で近い距離にいるし、彼の両手はまだズボンのなかにあり、彼女の腰骨を覆うように押し当てられていた。

ロザムンドはうなずいて、静かに息をついた。

ローレンスは、両方の親指をなめらかな肌の上で扇のように動かしてさすりながら、彼女の口にキスをした。「で？　どこまで行ったっけ？」

ドアと彼の体のあいだで身動きが取りづらいようだが、ロザムンドはできるだけ頭を引いて言った。「まさか、このままつづけるつもりじゃないでしょう？　いまみたいなことがあったのに？」

「彼らはいなくなった。もう大丈夫だ」

「だけど、また戻ってきたらどうするの？」ロザムンドは首を横に振る。「見つかってしまうわ」

「見つからないよ。この部屋はホプキンス御大《おんたい》のものだ。だからこそ、ここを選んだんだから。御大は毎日三時には裁判所を出る。だから、ぼくたちがいることを知られる危険はない」ローレンスはふたたびキスをはじめた。あごに、頬に、そして額にそっと優しく口づけの雨を降らせていく。

「だとしても、誰かに聞かれたら？　さっきだって、廊下の外の話し声があんなに聞こえてきたのよ」

ロザムンドの耳たぶを歯で挟み、そっと吸うようにしてから軽く甘噛みしてやる。彼女は子犬のような声とともに腰を押しつけてきた。

「今日はもう、ほとんど人がいない」ローレンスはロザムンドの耳の縁を舌でなぞった。「音をたてないよう、特別に気をつければいいだけだ」

「でも、どうかしら」

腰に添えた手で、彼女の体を張り詰めた昂ぶりの上でじっくり回してやる。「ぼくが欲しくないのか？」

ロザムンドはぞくりと身震いした。「もちろん欲しいわ。でも、だめよ。ここではだめ。ベッドさえないのに」

「ベッドなんかいらない。もっとも、ホプキンスの机をめちゃめちゃにしてしまうかもしれないな。彼は、整理整頓が得意という御仁ではないから」

ふたりはほぼ同時に、問題の机に視線を投げた。机の上には書類や文献が山と積まれて、いまにも崩れそう。それは部屋全体も同じだった。

ローレンスはひそかにうめいた。ロザムンドの言うことももっともだ。ドアに押しつけたまま奪うことだってできる——さっきも、みだらな欲望に駆られてもう少しでそうするところだった——が、実際にことに及んだら、大きな音をたててしまうのはどうしても避けられない。

ローレンスは一瞬、目を閉じた。「くそっ、ロザムンド、木曜日まで待つなんてできない。きみは？」

「いいえ、待てない。だけど、どうしようもないわ」

神経を集中させながら頭に浮かぶ選択肢をつぎつぎに検討していったローレンスはふいに思い当たった。「きみは、何時に家に戻らなければならない？」

「今日？」

「ああ、今日のことだ」

「五時半。遅くとも六時までには。バートラムがそれより遅くなることはめったにないから」

ローレンスは、散らかった隅で静かに時を刻む時計に目をやった。「それまで一時間半ほどあるな。ぼくのタウンハウスに行って戻るには足りないが、この案ならうまくいくはずだ」

「うまくいく、ってなにが？　わたしをどこへ連れていくの？」

「まあ、見ていろ」時間を無駄にしないようローレンスはすばやく体を離し、さっき外したばかりのロザムンドのズボンのボタンをはめて、髪も撫でつけてやった。自分のズボンのなかで張り詰めて、外目にもそれとわかるものについてもなんとかできればよかったのだが、立派な成人男性の彼には、人前で昂ぶって面倒な思いをするのはこれがはじめてではなかった。

「部屋の外に出て、荷物をまとめておいで。玄関近くで待っていたまえ。ぼくも、怪しまれないよう時間をおいてからあとを追う」

ロザムンドの眉間にちらとしわが寄る。「ほんとうに大丈夫？　どこへ連れていくつもりなのかわからないけれど、見つかったりしない？」

ローレンスはキスをしてやった。「ああ、大丈夫だ。約束する」

ドアをかちりと開けて数秒ほど様子をうかがい、廊下へ出るよう手を振ってロザムンドを促す。そして、彼女の静かな足音が遠のいていくのを待った。すっかり消えてしまってから一分、さらにもう一分数え、もう一度戸口で耳を澄ます。あたりが静まり返っているのを確認すると、ローレンスは部屋の外へ出た。

19

ロザムンドはできるだけ人目を引かぬよう、リンカーン法曹院の図書館出口のすぐ内側をぶらついていた。あとどのくらいしたらローレンスは現れるのだろう。それに、正気の沙汰とは思えない予定外の密会にうつつを抜かすより、ひとりでさっさと家に帰ったほうがよくはないかしら。

そう思うものの、心を決めかねていた。ローレンスをひとり残して去る――もっと悪いことに、一週間近くも彼に会えない――と思うと、とても耐えられなかった。

それに、わたしは彼が欲しい。

どうしても、欲しかった。

ああ、わたしをこれほどみだらな女に変えるなんて、ローレンスはどんな妖《あや》しの魔術を使ったのだろうか。

そんなふうに心を乱しながら待っていたロザムンドだったが、この午後は図書館の建物を行き来する弁護士が少なくてさいわいだった。

ふいにローレンスが現れた。顔にはなんの表情もなかったが、瞳にはいたずらっ子のような輝きと欲望が表れている。

いったい、なにを企んでいるの？

だがロザムンドがそれ以上考える間もなく、歩道に出たローレンスに、ついてくるよう身振りで示された。ふたりでつぎの通りまで歩いて角を曲がると、個人所有の馬車が待っていた——彼の馬車だ。

運転席に座る御者にそのままで、とローレンスが身振りで示すいっぽう、ロザムンドはドアを開けてなかへ乗りこんだ。よくは聞こえなかったが、彼は御者とちょっと話をすると、馬車に乗りこんでドアを閉め、隣に座った。

「どこへ行くの？」ロザムンドは、馬車が走り出すと尋ねた。

ローレンスが見つめてくる。「最終的にはきみの家へ。だが、それまであちこち走ってもらう。御者には、ぼくたちには話し合って解決すべきことがあると言っておいた」

「わたしたち、話し合うべきことがあるの？」ロザムンドが頼りない声を出す。

「〝解決すべきこと〟は間違いなくあるな」ローレンスは両側の窓にカーテンを引い

てから、彼女のほうに向き直った。「話し合いのほうについては、交わす言葉は最小限になると思う」

そして彼女を抱き寄せ、唇を求めた。

「ここで？」キスの合間に、ロザムンドはあえぐように言った。事情をようやくのみこむとともに、驚きがさざ波のように顔に広がる。

「さっきも言ったように、ぼくのタウンハウスまで行く時間はない。ホプキンスの部屋で、という提案はきみに却下された。もちろん、きみの家ではできない。だから、これがいちばんの解決策に思えたんだ」ベストのボタンを探し当て、ローレンスがすぐさまそれを脱がせる。

「でも、馬車で？　いったいどこで――」ロザムンドは、豪華な布張りで、おそらくばねもよく効いている座席をちらと見た。広さはじゅうぶんだが、ふたりが横になれるほどではない――少なくとも、寝心地満点というわけにはいかないようだ。

「それはなんとかなる――まあ、見ていたまえ」ローレンスは彼女のズボンからシャツを引っ張り出した。あごに唇を押し当て、耳の後ろまで官能の道筋をつけていく。

ロザムンドの欲望をかきたてて、間違いなく夢中にさせる場所だ。今回もその期待が裏切られることはなく、彼女は興奮で肌をちりちりさせながら、ローレンスの腕に思わず爪を立てた。

「御者に聞かれたりはしない？」

小さな声で言うロザムンドの口をローレンスはふたたびとらえ、下唇をそっと吸ってから軽く嚙んだ。「あまり大きな音を出さなければ、街の喧騒がすべてのみこんでくれる」シャツの下に手を挿し入れて、胸に巻かれた布を巧みな指使いで解こうとする。「もっとも、声をあげたくなったら、きみのでもぼくのでもクラヴァットで抑えるといい。結び目のあたりを使うと、猿ぐつわの代わりになる」

あけすけな言葉にロザムンドは目を見開いたが、すべてがすぐさまどこかへ行ってしまった。ローレンスに激しく唇を重ねられ、奪うようなキスをされたからだ。

快感に声をあげながら、彼女もキスを返した。髪に指を絡めてローレンスを引き寄せる。彼はよろこんで従いながら、これからなにをするつもりなのか明確に伝えるように、なめらかな舌先でロザムンドの口のなかを存分に探索した。

座ったまま、彼女は体を動かした——下腹部に、そして脚の合わさるところにせつなく焦がれるような感覚が広がっていく。どうかなだめて満たしてほしい、と懇願している。

ふいに、胸に巻かれていた布が少しだけ緩んだ。しかしローレンスはこの前のようにすっかりあらわにするのではなく、上部に手をかけてぐいと押し下げ、ロザムンドの乳房を自由にした。片方の手が物慣れた様子で胸に愛撫をくわえる。彼女はまたしても、自分がいかに経験不足か思い知らされた。教えてもらわなければならないことが、まだたくさんあるようだ。

シャツを乱暴に押しあげながらローレンスは身をかがめ、ロザムンドの胸を口に含んだ。つんととがった胸の頂を歯と舌でとらえ、まずはそっと優しく、そして激しく吸っていく。片方の乳首をじっくり味わってから、もういっぽうにも意識を向ける。熱いリズムにロザムンドの五感がなぶられる。

だがふいに、彼は甘い責め苦をやめた。「のんびりしている暇はない」欲望が抑えきれない、かすれた声。「前菜はすんだ。主菜へ急ごう」

その意味を考える間も与えず、揺れる馬車のなかでロザムンドが倒れないよう気をつけながら、ローレンスは彼女の体をぐいと離して自分の前に立たせる。

「靴を脱いで」と、ロザムンドの腰に両手を当てたまま命じる。

「えっ？」

「靴を蹴り脱いで」

ロザムンドは黙って従った。

「ぼくの肩に両手を置いて」

「どうして?」彼女は前かがみになって言われたとおりにしながらも尋ねた。

「そうすれば、こうできるから」電光石火の早業でズボンのボタンを外すと、ローレンスは下着もろともぐいと押し下げた。どちらも、ロザムンドの足首のあたりに溜まっている。

「跨いで、出て」

「でも、ローレンス」ふいに、ひどく無防備な感じがして小声で抗議する。

だが、彼は挑発するような笑みを浮かべた。「ぼくはもう、きみのすべてを見ている。そうだろう?」

「だけど、ここはあなたの馬車のなかよ」

高らかな笑い声で胸を震わせながら、ローレンスはロザムンドの足を片方ずつ持ちあげ、靴下を脱がせていった。向かいの座席にぽいとそれを放り、彼女のほうへ向き直る。むき出しの尻を両手ですくいあげるようにしてから、太ももの裏側に手のひらを滑らせる。熱く燃えるような渦がロザムンドの肌に広がった。

馬車が揺れ動き、ふたりの体も左右に振られた。ローレンスの肩をつかむ手にロザムンドが力をこめると、両方の脚を広げさせせられた。彼は手のひらを上に下に走らせるものの、彼女がいちばんふれてほしいと思っているところはずっと回避していた。太ももが合わさるひだの部分に滴が溜まり、黒い茂みをしっとり濡らす。

ようやく、ローレンスが指を一本滑りこませた。ゆっくりと挿し入れて、秘部のあたりを巡らせる。「痛むところは？」

「いいえ」ロザムンドはあえぐように答えた。太ももが震える。

彼は指をそっと引き抜いたが、こんどは二本挿し入れた。さっきと同じようにゆっくりと、しかし深くまで押しこむ。「これはどうだ？」

「い、いいえ」

「じゃあ、これは？」ローレンスは挿し入れた二本の指を広げ、ロザムンドにあっと大きな声をあげさせる。

言葉を発することができず、彼女は首を横に振った。

「よし。きみは回復が早いな」

ローレンスが悦びを与えるのではなく手をそっと引き抜いたので、ロザムンドはいら立ちの声をもらした。

だが、彼に驚かされるのはこれで終わりではなかった。ローレンスは腰をつかみ、座席に敷いたハンカチの上に彼女を座らせた。

「腕を突っ張って、少し前に出て」

理由を訊きたくてたまらないながらも言われたとおりにしたが、ロザムンドは思わず息をのんだ。脚のあいだにローレンスがひざまずき、片方の脚を持ちあげて自分の肩にかけさせたからだ。

つぎに彼は、もっとも予想だにしていなかったところに顔をうずめた。思いどおりの位置から動かぬよう、両手で腰をがっちりつかんでいる。

そして、美味を堪能した――ロザムンドには、ほかに言いようがなかった。いくら口にしても足りないご馳走のように、彼女の体でもっとも繊細な部分にローレンスは舌を這わせ、口づけて吸っていた。

ロザムンドはあえぎ声をもらした。最初のうちこそ抑えていたが、どんどん大きくなる悦びの波にさらわれ、高みへ連れていかれるうちに声のほうも大きくなっていく。どうしようもないほどの快感に身をよじり、ローレンスから離れようともがくものの、そんなことは許されなかった。このうえなく親密なふれ合いを受け入れるよう、彼はロザムンドの体をしっかりと押さえつけている。

叫ぶような声が大きくなる。うわべだけでも、気をつけている振りさえできない。ふいにローレンスは口をもぎ離した。ロザムンドを見あげる目が真っ赤だ。彼女のクラヴァットをさっと緩めて、生地を丸める。「口を開けて」

言われたとおりにした瞬間、彼はクラヴァットをなかに押しこんだ。舌に当たっているので、息が詰まることはない。「これで、思いきり声をあげてもかまわないぞ」

ローレンスはまた、みだらな奉仕に精を出した。ロザムンドの欲望をもう一度かき立てて、さらなる高みに押しあげる。彼女はふたたび身をよじったが、こんどは体を彼に押しつけるためだった。これまでになかったほど、ローレンスが欲しくてたまらなくなる。

だが彼は、両手と口、そして舌でロザムンドの動きをくいとめ、自分がいいと言うまで絶頂に達するのを阻止した。彼女は弾ける悦びに声をあげたが、口に押しこめられたクラヴァットがさいわいにもそれをのみこむ。

ローレンスは息つく間も与えずに彼女の体を持ちあげ、むき出しの尻を片手で愛撫しながら、自分の太ももにまたがらせるよう位置を整えた。

「ぼくのズボンの前立てを開けて」彼はロザムンドの口からクラヴァットの端を引くと、片手で後ろ頭を包みこむようにして彼女を引き寄せ、激しい熱情をこめたキスをした。

口づけを受けたロザムンドは目も眩むような思いがした。ローレンスの舌に残る自分の秘部の滴を味わうという不思議な経験をしながらも、昂ぶりを収めている部分に手を伸ばす。

ボタンを外した瞬間、自由を得た男の証しが飛び出してきた。ずしりと重たげで、硬く張り詰めている。「ぼくにふれて」揺れる尻の上をローレンスの指がさまよい、彼女の心をかき乱す。さらにはシャツの下から手を差し入れられ、胸にも責め苦を与えられた。ひどく感じやすくなっている乳首を弾かれたりつまれたりして、彼の思うがままにもてあそばれる。

ロザムンドは言われたとおり、太く張り詰めた昂ぶりを片手でそっと握り、温かくなめらかな表面を愛撫した。男の証しはそれ自体に命があるかのように指の下で脈をうち、ぴくりと動きを見せる。

うめき声をひとつあげると、ローレンスはロザムンドの手に昂ぶりを握られたまま腰を突き動かした。自分がなにを求めているのか、声を出さずに示している。彼女は握る指に力をこめ、前後にもっと激しく動かした。根元にぶら下がる袋にも時おり探索の手を伸ばし、先端のほうにまで指をまた走らせる。張り詰めたものの先ににじみ出た精の滴を親指でさっと切ると、ローレンスは我を失ったようになった。

獰猛な獣のような激しいキスがロザムンドに火をつける。全身を駆け巡る甘い悦びの波にさらわれて、溺れそうになる。後ろから伸ばされてきた彼の手が、体のなかに指を二本挿し入れる。あらためて秘部を押し広げられて、ロザムンドは声をあげた。悦びと、せつなく悩ましいほどのうずきを感じる。

だが、痛みはなかった。そこにあるのは完全なる悦びだけだった。

ローレンスはキスをやめて、浅い息をついた。「きみにあげた薬茶を飲んでいるか？」

「えっ？」激しい情熱を浴びせられてとろんとした目のまま、ロザムンドはつぶやいた。

「薬茶だ、あれを飲んでいるか？」

「え、ええ」まだ正気を保っている脳の部分がなんとか答えを返す。「毎晩、飲んでいるわ」

「よろしい」ローレンスは腰をつかんでロザムンドを持ちあげ、自分の体の上でひざ立ちにさせてバランスをとらせた。「ぼくをなかに受け入れてくれ」

彼女が昂ぶりに手を添えて自分のなかへ導くと同時に、馬車が揺れて少し跳ねた。ローレンスは腰をふたたび引き、ロザムンドの体を激しく引きおろして奥深くにまで昂ぶりを収めた。彼女はすっかり身動きが取れなくなった。

打ちつけてはまた引き、というようにテンポのいいリズムとともに腰が打ちつけられる。道路に開いた穴の上を通った馬車がちょうどよくロザムンドの体を跳ねさせて、ローレンスの後押しをする。どれほど深くにまで男の証しが収められているのかを体で知り、ふたりはともにせつないうめき声をあげた。

ロザムンドがしがみつくと、ローレンスは座席で少し前に出て、さらに激しく腰を突きこんだ。彼女の体を持ちあげては落とし、繋がった部分を支点にしてどう動けばいいのかを示してやる。

ローレンスは容赦なく責め苦を与えた。ずしりと重く力強い腰の動きでロザムンドを震わせ、我を忘れさせるほどに肉欲の虜にする。ロザムンドが目を閉じると世界は消えていき、存在するのは彼女とローレンスだけになった。彼の手で、口で、そして舌で五感に火をつけられて、もうこれ以上は耐えられない。

絶頂の縁でロザムンドは激しく体を震わせた。一度、二度、そしてもう一度、腰を突きこまれると、体の奥で快感が弾けた。夜空に咲く花火のように鮮烈な悦びが降ってくる。

ローレンスは彼女の後頭部に片方の手を添えて唇を重ね、すべてを解き放つような声をのみこんだ。彼自身の雄叫びもすぐさまそれにつづく。解き放たれた熱い精を体の奥で受けとめると、ロザムンドはまたあらたな満足を覚えた。

もう動きたくない。

ローレンスの腕に抱かれたまま、ロザムンドは彼の体に倒れこんだ。「いま、何時？」少ししてから、彼の肩に頬をのせてつぶやく。

まだ繋がったまま彼は体を動かして、懐中時計を取り出す。金色の蓋を開けて文字盤を見るのが、ロザムンドの視界にもちらと入った。

ローレンスはうめき声をあげた。「きみに服を着せるべき時間だ」

ロザムンドをひざからおろして隣に座らせると、天井を二度、拳でたたいた。それに応えるように馬車はつぎの角で曲がった。あらかじめ決めてあった合図なのだろう。

「ほんとうは何時なの？」ズボンや下着をつかもうと身をかがめながら、ロザムンドは尋ねた。

「五時を十五分ほど過ぎた頃だ」

ロザムンドはぱっと顔をあげた。「五時十五分！　どうしましょう。わたしの家からどのくらい離れたところにいるの？　バートラムより先に帰れなかったら、どうしよう？」

「そんなに慌てることはない。すべて大丈夫だから」シャツの裾をズボンに入れてボタンをはめるローレンスは、涼しい目でロザムンドを見た。「きみの家のほうを目指して走るよう御者には伝えてあるから、せいぜいあと十分ほどで到着する」

「まあ、それを聞いて少しは安心だわ。でも、ぎりぎりといったところね」ロザムンドは両足を下着に通すと、腰をくねらせて座席から体を持ちあげ、下着を引きあげた。

それから、ズボンに手を伸ばす。

ローレンスは座席の隅にもたれて腕組みをした。くつろぎながら、じっと眺めている。「ぎりぎりでも間に合いそうなのだから、いいじゃないか」

「間に合わなかったら困るわ。言い訳を考えずにすむなら、そのほうがいいもの」ロザムンドはズボンを引きあげたが、ボタンはとめなかった。代わりにシャツの下に手をやり、胸に巻いてあった布を巻き直そうとする。しばらく奮闘したがうまくいかず、シャツを引っ張りあげて両脇に挟み、もう一度やり直そうと試みた。

「少し手を貸してもらえたら、ありがたいのだけど」顔をあげると、ローレンスの目が胸にくぎづけだ。馬車の動きに合わせるように、ロザムンドの胸は小刻みに揺れている。

「いいとも。さあ」彼は身を乗り出し、布をつかんで解いた。「シャツを上にあげてくれないか」

ロザムンドは体をくねらせてシャツの裾をあげた。両腕を頭の上にあげて、さらに肌を見せる。「やめて。いやらしい目で見ている暇はないのよ」

ばれたか、とばかりにローレンスがにやりとする。「男としては、そんな言葉は聞きたくないものだが、きみの言うとおりだ。これほど美しいものを覆ってしまうのは残念だけれど、いいかげん、きみに服を着せなくては」

それでも胸に布をしっかり巻きつけるまでに、乳房のふっくらした下側にふれるのはもちろん、とがった頂を指でかすめることも忘れなかった。

ローレンスが布を巻き終えると、ロザムンドはシャツを引きおろしてズボンのなかに入れ、ボタンをしめた。彼はベストのボタンをはめ、もっと大事なことにクラヴァットを結ぶのを手伝ってくれた。彼女の手では、こんな短い時間でこれほどうまく結ぶことはまだできなかった。つぎに上着を着て、靴を履く。

あと残っているのは髪だけだ。

ローレンスに手ぐしでできるだけ髪を整えられると、興奮のあまり頭皮がぞくぞくした。彼はそれから、髪をひとつにきゅっと結んでくれた。

「わたしの格好、おかしくない？」

「まったくもって息をのむほどだ」

「〝息をのむほどだ〟なんて言われてはいけないのよ」ロザムンドは叱るように答えたが、ローレンスの言葉に顔を輝かせた。「わたしは、男性のように見えなくてはいけないのだから」

「たしかに。だが、服の下に隠されているものをぼくは知っている。そうだろう？　きみはどこまでも女だ」ローレンスは腕を伸ばして彼女を抱き寄せると、唇を押し当て、さっとすばやく、しかし驚くほどたっぷりと口づけた。「じつに遺憾だが、つぎに会えるのは来週だな」

「ええ、そうね」ロザムンドはめちゃくちゃな心臓の鼓動を抑えようとした。

速度がゆっくりになる直前にローレンスは窓のカーテンを引いた。と同時に、馬車がキャロウ家のタウンハウスの前にとまる。

外を見ながら、ロザムンドは眉根を寄せた。

「もし彼が家にいたら」ローレンスが言う。「図書館でぼくと偶然会って、馬車で送ってもらったと言えばいい。結局のところ、それが事実なのだから」

そうね。だけど、図書館からここまでの道で起こったほかのことはすべて……バートラムがなかで待っているとしたら、顔が赤くならないよう祈るしかない。

「手を貸してあげたいところだが、変に見られるだろうな。男はふつう、馬車からおりるほかの男に手を貸したりはしないものだから」

「酔っていて、顔から転ぶ恐れがあるときにはそうでもないわ」ロザムンドは拳闘試合から戻ってきたときのことを口にした。ローレンスは困惑と疑念を感じながら手を貸してくれたものだった。

「あのときでさえ、きみはぼくをひどく興奮させた」彼がよからぬ笑みを見せる。ロザムンドの鼓動はさらに速まった。「では、木曜日に」

「ええ、木曜日に」キスをしたかったが、誰かに見られるかもしれないし、ここではできない。

ロザムンドはドアの取っ手を回した。

「ちょっと待て。これを忘れるな」ローレンスが革張りの紙挟みを差し出す。ありがたく受け取って、ロザムンドは馬車をおりた。

正面玄関への階段を小走りであがってドアを開け、ちらと振り返る。もう去ったものと思っていたのに、馬車はまだそこにいた。

彼はいるか？　ローレンスが声に出さずにつぶやく。

耳を澄ませても、家のなかは静かだった。「いないと思うわ」ロザムンドは小さな声で答えた。

ふたたびローレンスは微笑み、片手をあげて別れの挨拶をした。そしてようやく、馬車を走らせるよう御者に合図する。

ロザムンドは小さく鼻歌を歌いながら家のなかへ入り、階段をあがって自分の部屋へ向かった。

20

つづく三週間は、仕事かローレンスに夢中になっているうちに、熱に浮かされたがごとくあっという間に過ぎていった。

ローレンスと一緒にいるときはまさに天国だった。人目を忍んで会う時間は甘く、ともに過ごせば過ごすほどすばらしさを増していった。彼はたっぷりと、そして驚くほどにロザムンドの欲望をいつも満たしてくれた。独創的で多くを求めてくると同時に、いつなんどきも思いやりを忘れない恋人だということがすぐにわかった。だが彼女が知らなかったのは、ローレンスが呼び覚ましてくれた自負心だった。境界や限度をもうけたりせず、どこまでも自分を解放していいのだと教えてくれた。一度ならず彼が言ったように、ふたりで分かち合えないほどの睦み合いや深すぎる欲望などなかった。ローレンスは、女としてのロザムンドの官能を存分に満足させ、彼女が自分のなかにあるとは思ってもみなかった欲望をさらに追求するよう導いてくれた。

ベッドのなかではふたりはなにも偽らず、すべてをさらけ出した。だがそれ以外ではどういう関係なのか、ロザムンドはいささかこころもとなかった。

たしかに、友人同士ではある。

恋人というのも間違いない。

だけど、それ以上は……いえ、そんなの不可能だ。そうでしょう？

これ以上の関係を求めているわけではない。ほんとうに。わたしたちはいまを楽しんでいるだけ。ほんのつかの間、心をかき乱されて肉欲に溺れているけれど、じきに終わるであろう関係だ。それでもローレンスにさよならのキスをするたび、ロザムンドの心は早くもつぎの逢瀬へと飛び、離れ離れにならずにすめばいいのにという想いにとらわれて気持ちが乱れてしまう。別々にいるときはローレンスのことをできるだけ頭から振り払い、やるべき仕事に没頭した。ともに過ごすための時間を捻出しようとすれば、なおさらそうしなければならなかった。

さいわい、バートラムも自分の依頼人たちを相手に忙しくしていた。持ちこまれる案件の大半が、細心の注意を払って全精力を傾けなければならない込み入った問題ばかり。ロザムンドには珍しく不規則な予定で出入りしたり、ときに自分だけの世界にさまよってぼうっとしているふうなのも、彼はとくに気に留めていないようで、ほっとした。

しかしローレンスとの情事も、法廷弁護士としての仕事も永遠につづくものではない。ロザムンドが望むと望まざるとにかかわらず、どちらもいつかは終わる運命だ。それでも、かぎりある残された時間を存分に味わうつもりでいた。

しかし、七月のある陽気のいい日、法廷で判決を待っていた彼女には予想外の厳しい結果が言い渡された。

「双方から提出された証拠と供述に鑑み、慎重に検討を重ねた結果、当法廷は原告の訴えを認めるものとする」

抑えた歓声がわき起こり、祝福の言葉とともに握手が交わされるなか、落胆のあまり手厳しい悪態をつく声が響いた。

一瞬、ロザムンドは手元のメモを呆然と見つめた。法服の上で右手が勝手に拳に握られる。肩越しにちらと視線を送ると、依頼人がどす黒い瞳で睨んでいるのが見えた。判決にはまったく納得していないようだ。ロザムンドももちろんうれしくはなかった。事後処理という、楽しくもない務めがあることを思えばなおさらだ。

ロザムンドは深く息を吸って振り向き、依頼人に近づいていった。「ミスター・パルム、望んでいた結果でないのは承知していますが、あなたもお気づきのようにこれは難しい案件で、どちらに転んでもおかしくなかったと存じます」

羊毛商のパルムは怒りをぶちまけた。下唇を突き出し、いまにも食ってかかりそうな目で睨《ね》めつける。「〝おかしくなかったと存じます〟だと？　あまりにもあっけない敗戦の弁だな？　頭を便器にでも突っこんじまったのか？」

この案件に何時間も余計に費やしたのになんの報酬も得られないことを思えば、自分だけが金銭的に損をしたと言い募るパルムの言葉は間違っている。しかし、胆汁質っぽい赤らんだ肌を見てロザムンドは、いまはそれを持ち出すのは得策ではないと思った。

なんの前触れもなくパルムは指を激しく振りたててきて、もう少しでロザムンドの胸に当たるところだった。

彼女は慎重に一歩下がった。

「あんたたち弁護士のことはよく知ってる」パルムは話をつづけた。「最終的なつけはおれが払うことになるんだよな、あんたのせいで裁判に負けたというのに。イライアスが死んじまったんだから、ぐずぐずせずによその弁護士を探せばよかったんだ。彼が担当していてくれたら、豪農とかいうやつに勝ちをさらわれてにやにやされるんじゃなく、おれは大船に乗った気分でいられたのに」

ロザムンドは怯みそうになるのをなんとかこらえた。父と比べて彼女を貶めるパルムの言葉が、これまでにないほど胸にこたえる。

自己弁護のために口を開いてもよかった。裁判に勝つために考えられる手段はすべてやってみたし、いかに高名で業績のある父でも勝ちを収められたかどうかは疑わしい、とパルムに言ってやってもよかった。担当の裁判長を決めるくじ運も悪かった。彼は最初から被告側に厳しい見方をしていたのだ。

しかしパルムがこれほど激怒しているのに、そんなことをしても無意味だ。どれほど理にかなった説明をしても、聞く耳をもっていないのだから。

「結果に落胆されているのはよくわかります」ロザムンドはできるだけ落ち着いた声で話しかけた。「わたしも同感です。しかし、わたしたちがどれほど懸命になろうとも、法というのは完全ではないことが多々あります。さらに話し合いを望まれる場合は、わたしの事務官にまでご連絡ください」

なおもパルムは辛辣な目を向け、小川からつかみあげられた魚のように口をぱくぱくさせていたが、くるりと踵を返して大股で法廷を出ていった。ここでようやくロザムンドは緊張を解き、少し震える手を伸ばして書類や荷物をまとめようとした。

「なんだったんだ？　いまの騒ぎは？」元気づけてくれるような聞きなれた声が、すぐ後ろから聞こえた。「大丈夫か?」

声の主が誰なのかすぐわかったにもかかわらず、ロザムンドはやはり驚いた。

「ローレンス!」

「すまない」彼はばつが悪そうに微笑んだ。法廷弁護士の白いかつらと黒い法服姿が顔立ちをすっきりと引き立てて、いつもよりさらにハンサムに見える。「びっくりさせるつもりはなかったんだが」

「なんでもありません。ただ、いきなり現れるとは思っていなかったから」ロザムンドは手を伸ばしてローレンスの革張りの紙挟みにメモを忍びこませると、転がっていた鉛筆を集めた。「あなたはここでなにを? 今日は、ティップス判事のところに出向くはずだったのでは?」

「そのとおり。だが、早めに終わった」ローレンスは向きを変えて、テーブルに両手をついた。ロザムンドと肩もふれ合わんばかりの距離だ。「きみはどうしているかと思って、様子を見に来たところだ」

そして、彼は微笑んだ。金色と緑の入り混じった瞳が、くつろいだ温かみを宿して揺れている。ロザムンドはふいにキスをしたくなったが、その誘惑にあらがった。人目のある法廷ではなく、ふたりきりだったらよかったのに。表情から察するに、彼も同様に考えているようだ。

　だが、一瞬の間をおいてローレンスの顔つきが変わった。「ぼくが入ってきたときになにがあったのか、話してはくれないんだな。あの男の振る舞いは我慢ならなかった。やつがさっさと出ていってなによりだ。そうでなかったら、ぼくはやつの腕を捩《ね》じあげていただろうからね」

　ロザムンドは目を丸くした。「まあ、そうせずにすんでなによりだわ。彼はすでに憤慨していたから、暴行や脅迫の容疑までかけられたら、どうなっていたことか」

「じゅうぶん正当性のある容疑だ。彼は明らかに、法の番人であるきみに面倒をかけていた。ところで、あいつは誰だ？」

「わたしの依頼人。というか、依頼人だった人。今日の裁判で負けたことに納得していないの」ロザムンドはため息をついた。

「きみが負けたのか？」ローレンスは驚きもあらわに片方の眉をあげた。

「ええ、負けたわ。そんなに愉しげな顔をしなくてもいいでしょう？」

「愉しげな顔などしていない」彼は口元に浮かぶ小さな笑みを隠そうとした。「いや、少しはそうだな。きみは決して負けたりしないから」

「それはあなたも同じよ」

「負けるのはごく稀《まれ》なことだ。とはいえ、ほかならぬきみに痛い敗北を喫したことを覚えているが」

こんどはロザムンドの頬が緩んだ。「うーん、それはわたしも覚えているわ」

「気をつけたまえ」法廷に残るのは彼らふたりだけだったが、ローレンスは声を低めた。「ぼくがきみに賠償を求めるかもしれない」

ロザムンドはローレンスと目を合わせ、テーブル上の彼の手のそばに片手を置いた。

「その賠償はすでにすませたわ。忘れたの？」

「ああ。だがあれは、ぼくがきみをベッドに誘う前の話だ」

「しーっ」小声でロザムンドはたしなめた。「ここではだめよ」

「そうだな」ローレンスが自分の手を寄せた。ふたりの手のひらの端がふれ合う。

「だが、誰にも見られる心配のない場所だったら、きみを一糸まとわぬ姿にして、このテーブルの上でいますぐ肌を重ねて愛し合うのに」

全身の血がかっと熱く燃えあがる。「しーっ。このままだと、あなたのせいで困ったことになるわ」

「きみとふたりなら、どんな場所で困ったことになってもかまわない」

呼吸が浅くなり、ロザムンドは目をそらした。

「じつは」ローレンスはかすれた声でつづけた。「今日はもう用事はない。ぼくの勘違いでなければ、きみもそのはずだ。ぼくのタウンハウスへ行かないか？　なんといっても、今日はきみが裁判ではじめて破れた日だ。しかるべき形で適切な慰めを与えてあげたいんだ。いや、〝不適切な〟と言ったほうがいいかな？」

ロザムンドはふたたび彼と目を合わせた。隠しきれない欲望でまぶたが重くなる。「あなたはみだらで不届きな男性だわ、ローレンス・バイロン」

ローレンスは薬指を彼女の薬指に絡めた。「ああ。きみも、そこが気に入っているんだろう？」

そのとおり。彼のみだらでいけないところがたまらなく好きだ。

ふいにロザムンドは思った。でも、それ以外に彼のどこが好きなのかしら。

眉根を寄せて手を引く。「ごめんなさい、やっぱり行けないわ。今日の午後は、バートラムが担当している案件の検討を一緒にやると約束してあるの」

ローレンスは不満げに顔をしかめた。「彼に知らせをやって、先延ばしすることはできないのか？」

「どんな理由を挙げるの？　すでに、しょっちゅう家を開ける口実を、週に十個はでっちあげているのよ」

「そうか、わかったよ」ローレンスが不機嫌そうに眉根を寄せる。ロザムンドは伸びあがってキスをしたくなった。「金曜はどうだ？」

「あなたは一日中、審問があるんじゃなかった？」

「しまった、きみの言うとおりだ。では土曜日は？　いつもなら土曜は会わないが、きみだってたまには買い物に出かけたりするだろう？」

「ええ、もちろん。だけど、こんどの土曜は難しいわ」

「難しいとは、どうして？」

「父の誕生日だから。というか、生きていればそうだったわ」たちまちロザムンドの顔に悲しみが広がる。「お墓に花を手向けるため、墓地に行くつもりなの」

「なるほど。きみの弟も一緒なんだな」ローレンスは考えたままを口にした。

「いえ。バートラムと父は……どんなにいいときでも、ふたりの関係はひどく複雑だったから、弟は来ません」

「なら、ぼくがお供しよう」

「だけど――」ロザムンドは、手を重ねてきたローレンスと目を合わせた。

「そこにぼくがいることをきみが求めないというなら、話は別だが」

その瞬間、まさにそれこそ求めていたことのように思われた。むしろ、そうしてくれなくては困るような心地さえする。ロザムンドは手をひっくり返し、ローレンスと指を絡めつないだ。「いえ、あなたが欲しいわ。一緒に来て、ということだけど」

ほんとうは、墓地へ行くというだけではない意味だった。そんなことを期待してはいけないのに。

「きみに同道できるなら、ぼくも光栄だ」

ローレンスは自分の馬車で連れていくと言い張り、ふたりはすぐさま待ち合わせの時間と場所を決めた。墓参のあとのことは彼もとくにふれなかったし、それはロザムンドも同じだった。

入ってきた人間にどう見られるかと思い、ローレンスは絡めつないでいた手を離したが、彼女の体の感触を失うと、不思議なほどの空虚感を覚えた。

「ここでキスできたらいいのに」彼はロザムンドの目を見つめながらささやいた。

「同じ気持ちよ」

「土曜日までは、夢のなかで逢い引きするしかないようだな」

「そうね。じゃあ、それまでは夢のなかで会いましょう」

去っていくローレンスを見つめながらロザムンドは思った。最後の約束を守るのは簡単だわ。この頃、夢に現れるのはローレンスただひとりなのだから。

21

その土曜日、ローレンスはイズリントンにあるバンヒル埋葬地に立ち、父親だけではなく母親も永眠する場所にかがみこむロザムンドを、少し離れたところから見守っていた。

彼女は手袋を取ると、草むす墓の周囲から雑草や枯れ葉を取り除き、切りたての白百合と紫のライラックを束ねたものを供えた。甘い香りが、暖かな初夏の空に漂う。二頭立ての軽装二輪馬車《カーリクル》で約束の場所に乗りつけたとき、ローレンスはいささか衝撃を受けた。ロザムンドが外出用の黒いドレスと飾り気のない麦わらボンネットを身に着けて、腕いっぱいの花を抱えていたからだ。

はじめ、彼女だとはわからなかった。人ごみのなかを捜しているうち、近づいてきたロザムンドに名前を呼ばれてようやく気づいたのだ。あのときもまじまじと見つめていたに違いないが、いまは彼女から目を離せなかった。さぞ、間抜け面をしていることだろう。

ロザムンドのことは美しい女性だと以前から思っていたものの、はじめて目にしたドレス姿はえも言われぬ嫋《たお》やかさで、ローレンスの胸に不思議な影響をもたらした。彼女のことなどまったく知らないような、それでいてやはり知っている――それも、じつに親密な形で――と思えてならなかった。

誰かに見られる心配をせずにすむのをはっきり意識しながら、馬車に乗ろうとするロザムンドに手を貸してやる。そして、考える間を自分に与える前に身を乗り出し、隣に座る彼女にキスをした。人目をはばかることなく堂々とできるのはこれがはじめてだとばかりに激しく口づけたせいで、花がふたりの体に挟まれてつぶれそうになるほどだった。

唇を離すと、彼女は声をたてて笑った。頬はつやめき、銀色の瞳を輝かせている。そのときロザムンドはふたたび、ローレンスの知っているロザムンドとなった。ふたつのまったく異なる印象が頭のなかでひとつになり、唯一無二の像を結ぶ。

というわけで、両親の墓所でひざまずくロザムンドの傍らで待ちながら、ローレンスは知的で興味をそそられる女性のもつ複雑な別の一面を目にしていた。

目を閉じたロザムンドはなにやらささやいていたが、こちらには聞こえなかった。

それから、彼女は鼻をぐずぐずさせながら立ちあがった。ポケットからハンカチを取り出して目元と鼻を拭う。そしてようやく、ローレンスのほうを見あげた。

腕を大きく広げてやると、ほんの一瞬ためらったのちに胸に飛びこんできた。ずっと昔からそうしているように体を寄せてくる。夏の陽射しが木々の葉を透かして降り注ぐなか、ローレンスはふたたび、人目を気にせずにロザムンドを抱き締める自由を味わった。

「頑固なところもあったけれど、やはり父がいなくなって寂しいわ」

「そのあたりのことは不思議なものだ。そう思わないか？　どれほど厳格で批判的なことを言う親でも、こどもとのあいだにはやはり絆が存在する。彼はきみの父親だった。いまはそれだけでじゅうぶんだ」

ロザムンドは頭をのけぞらせて見あげた。「あなたのお父さまは？　厳格で批判的な方だった？」

「ぼくがまだ幼い頃に亡くなったから、あまり思い出は多くないが、厳しい人だったという記憶はある。よく覚えているのは、ぼくやレオ、ときにはすぐ上の姉のマロリーがいけないところで遊んでいる現場をおさえたときの様子だな。ブラエボーンの屋敷の廊下や大広間は走るな、と父はたしなめるように叱ったものだ。ぼくたちが絶対になにか壊すと言っていたよ」

「で、ほんとうに壊したの？」

ローレンスはいたずらっ子のように笑った。「一度か二度は。ぼくとレオが六歳の頃、乳母の目を逃れて犬と追いかけっこをしたことがある。すっかり夢中になってテーブルに打ち当たり、大理石でできた親戚の胸像が床に倒れてしまった。像の鼻がとんでもないふうに欠けてしまってね」

「まあ。さぞかし、ひどく怒られたことでしょうね」

「ぼくたちはもうこれで終わりだと思ったが、母がとりなしてくれた。『あなたはその親戚をあまりお好きじゃなかったでしょう？　こどもたちのおかげで、生き写しの胸像を処分する言い訳ができたじゃありませんか』ってね。もちろん、ぼくたちはやはり罰を受けた。つづく二週間はこども部屋から出てはだめ、食事どきのデザートもなしだと言われた。正式な謝罪文を書くよう言いつけられて、居間までおりていって声に出して読まされた。とは言っても、もっとこっぴどく叱られる可能性もあったわけだからね」

「はるかに寛大な措置だと思うわ。あなたのお母さまは素敵な方ね」

「ああ、まったくだ。きみも好きになると思う。ぼくの家族全員を気に入ってくれると思うが」

ロザムンドの眉根がかすかにくもる。「ええ、きっとそうだと思うわ。でも、みなさんが偶然にでもわたしと出会うことはないんじゃないかしら」そっと目をそらして、ローレンスの腕のなかから抜け出す。

そのときはじめて彼は自分の言葉とともに、彼女の言うとおりだという悲しい現実に気づいた。バイロン家とキャロウ家はまったく異なる社会集団に属している。さらに言えば、ロザムンドはぼくの愛人だ。紳士たるもの、家族に愛人を紹介したりはしない。そんなことができると思うとは、ぼくは頭がおかしくなったのか？

「あとどのくらいで帰らなければならない？」ローレンスはロザムンドの手を握ろうとしながら尋ねた。

「まだ、しばらくは大丈夫よ。バートラムは友人たちとなにかする予定らしくて。夕食にも戻らないかもしれないと言っていたから、遅くなるんじゃないかしら」

「じゃあ、一緒に食事をしないか？　ここから遠くないところに居心地のいい宿屋があって、じつに美味いチキンパイを出すんだ。試してみないか？」

ふと見ると、ロザムンドは驚いた顔をしていた。どこかでこっそり、熱く愛を交わそうと言われるものだと思っていたらしい。だが、それはとりあえず後回しでもいい。

いまのロザムンドには食べ物とともに、気持ちを癒してくれるものが必要だ。その先どうするかは彼女に任せよう。

「それはいいわね」

「よし」ローレンスは身をかがめ、彼女の唇にふわっと口づけた。

「ローレンス」ロザムンドは瞳を潤ませていた。「ありがとう」

「ありがとうって、なにが？」

「今日、わたしと一緒にここへ来てくれたこと。お墓参りをひとりでせずにすんでよかった」

「ぼくも、きみをひとりぼっちにさせたくなかった」ローレンスはまたロザムンドにキスすると、腕をとって自分の前腕にかけさせた。「さあ、行こうか？　ぼくはもう腹ぺこだ」

声をあげてロザムンドは笑った。「では、ぜひとも参りましょうか、閣下《マイロード》」

それに答えるようににんまり笑いながら、ローレンスは彼女をカーリクルへと導いた。

ロザムンドはグラスのレモネードを飲みながら、ローレンスが三皿めのチキンパイをあっという間に平らげるのを眺めた。料理は言われていたとおりの美味しさだった。彼は少年のような食欲とともに勢いこんで食べながらも、つぎつぎにおもしろおかしい話をして楽しませてくれた。

わたしを元気づけようとしているのね。笑わせたり、くすりとさせたりして、先ほどの悲しみをいつまでも引きずらないよう気を配ってくれる。たしかに、うまくいっているわ。

食事が進むにつれて、ロザムンドは気づくとただローレンスを見つめていた。大きかったり小さかったりするジェスチャーや豊かなバリトンの声が目と耳に心地よい。ほんの少しだけ片方に頭をかしげる癖にも親しみがわく。彼女が話すのを聞こうとするたび、茶色の混じった金色の髪がはらりと額に落ちる。しかし、それ以上に強く訴えてくるのは、これほど大切なものは世の中にはないという視線をロザムンドに注いでくれるところだった。

そうやって時は過ぎていき、ふたりは昔ながらの親しい友人のようにゆったりくつろいでお喋りをしつつ食事をしたが、ロザムンドはそれ以上のものを求める自分に気づいた。こんなふうに毎日、ともに食事をしたい。日常の取るに足らない小さな事柄を分かち合えたらどんなにうれしいか。もちろん、裁判や法廷での勝利といった大きなできごとも。何週間、何カ月、何年というように時間がたっぷりあったらいいのに。昼も夜も、もう二度と別れずにすめばいいのに。

こっそり胸に浮かびあがってきた真実に、ロザムンドはもう少しでレモネードにむせるところだった。複雑でもなんでもない、ごく当たり前のようなことが、見つけてもらうのをずっとそこで待っていたかのようだった。

わたしはローレンスを愛している。そう気づいてきらりと光る瞳を見られないよう、ロザムンドは視線を落とした。**わたしは彼を愛している。夜が明けたら消えてしまう星のように、わたしの人生をつかの間明るく照らしてくれたこの男性を。**

レモネードのグラスをそっと置き、ふいに押し黙ったのを気づかれないよう祈ったが、そんなことはありえなかった。ローレンスは人並み以上に観察眼の鋭い人だ。

「お父上のことで、また悲しくなったのか?」フォークとナイフをきちんと皿に置き、彼はわかっているというような笑みを向けてきた。

ロザムンドは罪の意識に襲われた。父のことや、今日の外出の目的は頭からすっかり抜け落ちていたからだ。「少しだけ」とはぐらかす。「気持ちを揺さぶられる一日だったから」

「そろそろ、家まで送ったほうがいいかな」

彼女はローレンスの目をぱっと見た。「いいえ、大丈夫。時間はまだあるわ。それに、あなたはデザートのプディングをまだ召しあがっていないし」

「ぼくはもうじゅうぶんだ」彼はベストの下に隠れている引き締まったお腹をぽんとたたいた。「だが、きみはなにか甘いものを食べるといい。お気に召すようなデザートがあるはずだよ」

「たぶんそうでしょうけど、これ以上は食べられないわ」

「じゃあ、紅茶でも？」

「いいえ。あの……それよりも、ただあなたと一緒にいたいの」テーブルの上に置いた手をローレンスのほうへと伸ばす。

彼の目つきがどこか変化する。彼は身を乗り出して、ロザムンドと指をつなぎ絡めた。「今日は肌を重ねて愛し合う必要はない。きみの胸のなかではさまざまな感情が渦巻いているのだから」

「むしろ、だからこそそうすべきよ。わたしはなにも考えずにすむ。もちろん、あなたのことは頭にいつもあるわ」ロザムンドはゆっくりと円を描くよう、彼の手のひらで親指を動かした。「あなたがわたしを求めていないなら、話は別だけど」

ローレンスの瞳がむき出しの欲望でぎらりと光る。「ぼくはいつだってきみを求めている。いいかげん、きみもそれはわかっているはずだ」

「じゃあ、わたしはあなたのものよ、奪って。あなたのタウンハウスへ行く？　それともここで部屋をとる？」

絡めつないだローレンスの指に力がこもる。「ここにいれば、時間はたっぷりある。きみがいやでなければ、どうだ？」

「いやだなんて、少しも思わない」

彼は立ったが、身をかがめてロザムンドの手にキスをした。「すぐに戻ってくる」

「ここで待っているわ」

板張りの床に足音を響かせながら、ローレンスは宿屋の主人に話をするべく階下《した》におりていった。

約束したとおりすぐに戻ってくると、彼はロザムンドの手を引っ張るようにして廊下を歩き、階段をあがって端の部屋へと連れていった。鍵穴に鍵を差し、ドアを押し開ける。

部屋はきちんと片づいていて清潔そうで、壁一面を覆う大きなたんすがあった。それ以上に大きなベッドには、青と黄色が美しいインド更紗のカバーが掛けられてある。小さいながらも静かな裏庭を臨むふたつの窓の向こうに雨雲が見えた。風を入れようと窓を何センチか開けると、下の窓ガラスに掛けられた白い薄物のハーフカーテンがふわりと膨らむ。

だが、ふたりとも周囲の様子にはほとんど関心を払わなかった。ローレンスはドアに錠をおろすと、ロザムンドを抱き締めた。彼女は彼の首に両腕を回し、爪先で伸びあがるようにして口づけた。最初はそっと軽くはじまったキスが次第に深まっていったが、ローレンスはそれをなかば振りほどくようにしながら、彼女のドレスを脱がせようと手を伸ばした。

いつもの慌ただしいひとときではなく、時間はたっぷりあるとばかりに、ゆっくりとドレスを脱がせていく。あらたにロザムンドの素肌があらわになるたび、そこここにキスの雨を降らせる。

彼女も、探り当てたボタンを外して服の下に手を差し入れ、均整のとれた締まったローレンスの体をあらわにした。目にするたびに息をのんで鼓動が速まることになる、男性美の極地のような体だ。

それからカバーを乱暴に足元のほうに押しやり、ふたりでベッドに横たわる。一糸まとわぬ互いの体を重ねたまま、キスや愛撫を交わした。そのたびに魅了され、激しく燃えるような想いが募る。

ロザムンドはなにもかもすっかりローレンスに捧げた。言葉では言えるはずもない思いの丈を全身で伝え、自分にできる唯一の方法で静かに愛の告白をする。

ローレンスの昂ぶりが分け入ってくると、厳かと言ってもいいほどの感覚にため息がもれた。豊かでなめらかな髪に深く指を梳き入れて彼を引き寄せ、彼の求めに負けじと自分も激しく、熱く体を動かす。背中に高く滑らせた片方の脚でローレンスをうながし、彼の全身に両手をさまよわせる。長くゆっくりと撫でる手の下では筋肉が波打つのが感じられた。

熾烈なまでの熱い口づけに、ロザムンド自身の欲望がますますかき立てられる。つないだままの両手を頭の上に高く掲げられるうちに想いは散らばり、身も心もすべてさらけ出してローレンスに捧げた。朦朧とした意識のなかで背を反らす。もっと奥まで、さらに速く腰を打ちつける彼をどこまでも受け入れ、すべてを自分のものにしようとする。ロザムンドは目を閉じたまま身をゆだね、強烈な興奮のなかでみずからの愛をあふれさせた。

雷鳴が轟く。少し間をおいて稲妻が光り、陰で暗くなった室内を照らす。ロザムンドは、悦びのあまりあげた自分の甲高い叫び声さえ気づかなかった。

体を引こうとするローレンスを無意識のうちに秘部の奥に収めたまま、腰に巻きつけた両脚に力をこめ、行かせまいと必死になる。互いの渇望にすっかり溺れながら、すばやく、激しく腰を打ちつける彼によってロザムンドは欲望の縁を越え、魂も引き裂かれるような声をあげた。

とそのとき雲が空を割り、雨が激しく降ってきた。と同時に、ローレンスはロザムンドの体の奥に精を解き放った。全身を震わせながら絶頂に達したふたりの悦びの声は、外を吹き荒れる嵐にかき消された。だが、お互いのうちに荒れ狂う嵐のような激しさにとらわれたふたりは、そんなことにも気づかなかった。

しばらくして、ロザムンドはローレンスの肩に頭をもたせたまま横たわり、雨が打ちつける音に耳を澄ませた。ついさっき彼はベッドを抜け出し、湿気が入ってこないよう窓を閉めると、すぐさまベッドに戻って彼女をまた胸に抱いた。ふたりはほんのひととき微睡《まどろ》んだのち、暖かく心地よい寝具に包まれたまま横たわっていた。

「ここに泊まれたらいいのに」ロザムンドはため息とともに、いじるともなく指先を彼の胸にさまよわせた。「外に出るには、雨がひどすぎるわ」

「ふむ、じつにそそられる話だが、その指でしていることをやめないなら、二度ときみをこのベッドから出してやらないぞ。その結果どうなるかは、ぼくの知ったことではない」

「あの響きが好きなの」ロザムンドは頭をのけぞらせ、金と緑色の混じった瞳をのぞきこんだ。「この部屋にずっと住みつづけて、なにもしないのもいいかもしれない。眠って、食べて、愛し合う以外にはなにも」

「まったく異存はないが、ぼくなら順番を入れ替えて〝愛し合う〟部分を最初にもってくる」ローレンスは彼女の額や頬にキスをしてから、感じやすいあごの下、そして耳の後ろに鼻先をすりつけた。

ロザムンドはぞくりとしながら、指をローレンスの腹部に滑らせた。さらに下へ向かおうとする手を彼はつかんで指を絡めつなぎ、唇を重ねた。このまま終わらないでほしい、と彼女が思うようなゆったりしたキスだ。

ローレンスがふたたび顔をあげる。ロザムンドは、心臓の鼓動よ収まれと念じながら、これ以上顔を見られないよう、頬をふたたび彼の胸に押し当てた。そして、ため息をつく。「でも、誰にも知られたくないのなら服を着て、そろそろ出なくてはいけないわね。雨が降っていようと降っていまいと」

「じきに止む。少なくとも、小雨にはなるだろう。きみの弟はおそらく遅くまで戻ってこないということだから、雨が弱まるまでここで待つ時間はもう少しある」

「ええ、〝もう少し〟はね」

だけど、それでは足りない。わたしには、永遠でさえもじゅうぶんではない。ふいに、このままローレンスとここにいたいという願いとは裏腹に、ロザムンドはもう帰らなければならないとわかった。ひとりになって、この感情を抑える手立てを見つけなければ。

「それでも、もう行かなくちゃ」ロザムンドは彼の腕から逃れて上体を起こした。「あまり遅くなったら、どうしたのかと使用人たちが心配するわ」

ローレンスは手を伸ばし、ベッドを出る直前の彼女の腕をつかんだ。「どうしたというんだ？」

目を合わせたくなくて、ロザムンドは首を振った。「なんでもない」

「なんでもないわけがないだろう。どこか悪いのか？　ぼくが、きみの心を乱すようなことをしたのか？」

心臓がずきりと鼓動を打ち、のどの奥が塞がる。「いいえ、もちろん違うわ。あなたがなにをするというの？」

ローレンスも隣で上半身を起こした。「ぼくにはわからない。ロザムンド、どうしたんだ？」ロザムンドを胸に抱き、片手を頬に添えて自分のほうをそっと向かせる。

驚いたことに、彼女の目に涙があふれてきた。それを抑えようとせわしなくまばたきするも、すでに遅すぎた。

「ほんとうに、なんでもないの」ロザムンドは慌てて答え、言い訳を探した。真実を明かさずにすむなら、どんな言い訳でもかまわない。「とにかく、今日は感情に動かされる一日だった。それだけよ。まさにあなたが言ったとおり。ごめんなさい、許して。自分でもどうしたのかわからないわ。わたし、ばかげてるわね」

「そんなことはない」ローレンスはロザムンドの濡れた頰を親指で拭った。「ばかげてなどいない」そして彼女をしっかり抱き締めてそっと揺すり、胸で静かに泣かせてやった。

ロザムンドは背中に腕を回して彼にしがみつき、自分や父のこと、そして失われてしまったすべてのことを思って嘆いた。だがローレンスを、そして彼とは決して分かち合えないすべてのことを思い、また嘆き悲しんだ。

ローレンスはわたしを愛していない。わたしだって、愛してほしいと思っているわけではない。なのに、彼と情事に耽りながら無傷で逃れられると思うなんて。わたしはどれほど愚かだったのかしら。いつか近いうちに、彼はわたしの心を打ち砕く……わたしには、それをとめるつもりはない。

だってローレンスはすでに、胸が張り裂けるような思いをわたしに味わわせている。それだって、わたしのほうが彼にそうさせたのだ。

ふたりで過ごす貴重なときを、わたしは無駄にしている。ローレンスに身を寄せて、おばかさんみたいに泣きじゃくっているなんて。いまはこうして一緒にいてくれるのに、せっかくの時間をどうしてふいにしているの？ 今日という日を自分からみじめにしているのはなぜ？ ローレンスがいなくなったら、何週間、何カ月、いえ何年も彼を想って寂しく暮らすことになるのに。

ぐずぐずと鼻をすすりながらロザムンドは頭を反らし、手の甲で頰を拭った。

「よくなったかい？」

ロザムンドはこくりとうなずいた。「ごめんなさい」

「謝る必要はない。誰だって、ときには思いきり泣くことが必要だ」

「あなたも？」涙混じりの笑みとともに尋ねる。

ローレンスはくすくす笑ってウインクをした。「きみも驚くよ」そして、シーツの端で彼女の目元や鼻を拭った。

「さぞかし、ひどい見た目をしていることでしょうね」

「まさか。きみはいつもと変わらず美しい」

ロザムンドはローレンスの目をのぞきこみ、瞳の金と緑色の輪を見つめた。それから、考える時間を自分に与えることなく、両手を彼の肩に添えて押したが、彼はびくともしなかった。「あおむけになって」

「きみは、時間を気にしていたはずだが」

「もういいの」もう一度、ちょっと押すと、こんどはローレンスも素直にあおむけになった。ロザムンドが彼の腰にまたがると、男の証しはすでに張り詰めていた。昂ぶりに手を添えて秘部に収め、上半身を倒して彼の唇を奪う。

「いいの」ロザムンドはローレンスの上で体を動かしながらつぶやいた。「もう、心配などしていないわ」

22

その一週間後、キャベンディッシュ・スクエアにあるローレンスのタウンハウスの前で、ロザムンドは辻馬車から歩道へと飛びおりた。今日はまた男のなりをしているが、さっさと御者に運賃を支払うと、笑みを浮かべながら階段を駆けあがった。約束はしていなかったが、依頼人との面談が早く終わったので彼を驚かすことにしたのだ。聞いていた予定によれば、今日の午後は家で担当案件の仕事をしているはずだ。

ロザムンドは、玄関ドアを開ける執事のグリッグスに会釈した。

これまでの一カ月で、この屋敷の使用人にも顔なじみが増えた。いつも丁重で礼儀正しく、使用人のあるべき姿を体現する人たちばかり。こちらが必要とするときには手を貸してくれるが、それ以外は気配をすっかり消してしまう。

ローレンスとの関係を怪しむ者がいたとしても、表には絶対出さない。せいぜい、一、二回余計に目をしばたたかせるぐらいだ。それでも、男のふりをしているだけだと見通している者がいるのではないか。執事などはとくに。ロザムンドはローレンスにそう話したことがあったが、彼は無頓着だった。偽装を見破っていたとしても、使用人はみな口が固いから心配することはないと言って彼女を安心させてくれた。

「旦那さまは図書室？」ロザムンドは執事のグリッグスに帽子と手袋を渡した。

「はい」

「ぼくがやってきたと知らせる必要はないよ」そのままで、と執事に身振りで示す。

「あの、ですが――」

足取りを緩めて執事の言葉の先を聞こうともせず、ロザムンドは屋敷の奥へと通じる廊下を歩きはじめた。ここへ来たのは予定外のことなのだから、さらにローレンスを驚かせたい。

運も味方してくれたのか、図書室にこっそり入っていくと、ローレンスは長いテーブルで入口に背を向けて座り、前かがみになって本に向かっていた。音をたてずにドアを後ろ手で閉め、猫のようにひそやかに近づいていって背中から彼の体に腕を回す。首筋に鼻先をすりつけてから耳たぶをそっと甘嚙みすると、彼はぎくりとした。

「驚いた？　わたしよ」耳元でかすれた声でささやく。「まずは、どこでわたしを奪いたい？　階上《うえ》のあなたの寝室？　それとも、このテーブルで試してみましょうか？」

あなたみたいに大きくて長くて、固そうだわ」

「どちらもなかなかにそそられるが」彼はおもしろがっているような口調で言いながら手を伸ばし、ロザムンドの腕を解いた。「きみの艶《つや》っぽい提案には、ぼくの妻が異を唱えるような気がするな」

ぼくの妻？

そこでようやくロザムンドも、彼がどこか違うことに気づいた。ひどく〝ローレンスらしくない〟ところがある。両腕をおろして一歩下がり、椅子に座ったままこちらを振り返る彼をまじまじと見る。外見はローレンスだ。声も、彼そのもの。なのに、不思議にしっくりこない。よくできているとはいえ、原物ではなく写しを見ているような気がする。

それに、あの目。いつも見慣れている金色と緑が混じった瞳だけれど、違う。こちらのほうが緑が濃い。

ずっと、ずっと緑色だ。

さらにロザムンドが怪訝な顔で彼を見ているあいだ、彼も同じように目を大きく見開いて、片方の眉を高々とあげた。男に見えるはずの彼女を見て、いかにも驚いている様子だ。

とそのとき、上のほうから足音が聞こえた。見あげると、そこにはローレンス——また別のローレンス——が立っていた。手すりのついた段に立ち、厚い本を片手に持っている。「ロザムンド？」

最初のローレンス——明らかにローレンスではまったくないが——は、ロザムンドと本物のローレンスとを見比べてにんまりした。「ロザムンド、というのか？　それを聞いてほっとした。一瞬、彼が宗旨替えしたのかと思ったよ」

突如、すべてが腑に落ちた。恥ずかしさのあまりロザムンドは頬が真っ赤になり、噴火口に放りこまれたかのように熱くなる。「どうしましょう、あなたは双子のお兄さんね！」

彼の瞳がきらりと輝く。胸がざわざわするほどなじみがあるのに、やっぱり違う。

「レオポルド・バイロン卿だ」と彼は小さくお辞儀をした。「心配することはない、ぼくをローレンスと間違えたのはきみがはじめてではないから。いまだって、見分けがつかないという親戚がいるくらいだ」

それも当然だ。ふたりは不思議なくらい、よく似ている。

「だが」とレオがつづけた。「さっきのようなそそられる提案を妻以外の人間からされたのは久しぶりだったな。ぼくがどうしようもなく妻にぞっこんで、結果としてほかの女性には目もくれないほど貞節を守っているのでなかったら、きみを弟から奪う手立てを考え出すのに。あるいは、ふたりできみを分かち合うとか」

ロザムンドが声も出せずに口をぱくぱくさせているのを尻目に、レオポルドはくすくす笑いながらウインクをした。

「おい、いいかげんにしろ」ローレンスはいきなり隣にやってきて、固い声で兄をたしなめる。

ロザムンドがちらと顔をあげると、彼と双子の兄のあいだで暗黙のメッセージが交わされていた。

レオの顔につかの間の驚きが走ったのち、胸のうちの好奇心のようなものが現れる。軽薄に見えた態度がいきなり消えて、彼はロザムンドに視線を戻した。「失礼しました、お嬢さん。不愉快な思いをさせるつもりはなかったのだが。どうか、お許しいただきたい」

「ええ、もちろんですわ、閣下《マイロード》」篝火《かがりび》が燃えているような頬の熱が収まらないかと思いながら、ロザムンドは答えた。「誤解が生じたのはひとえにわたしのせいです。あなたを責めるつもりは毛頭ありません」

「いや」レオは彼女と弟を見比べ、やおら口を開いた。「責められるべきはぼくひとりだ。一からやり直しませんか？　ローレンス、きちんとした形で紹介をしてくれないか？」

「できれば断りたいものだが」ローレンスは文句を言ったものの、折れた。「まあ、いいだろう。ロザムンド、もう知っているとは思うが、兄のレオポルドだ。レオ、こちらはミス・ロザムンド・キャロウ」

「お会いできて光栄です」レオはもう一度、お辞儀をした。舞踏室で紹介されたかのように、紳士然とした洗練された振る舞い。ロザムンドがドレスではなく男物の服を着ているという事実については、とくに咎《とが》めるような顔をしていない。少なくとも、表面上は。

「キャロウ？　ロス・キャロウのご親戚か？　弟から一、二度名前を聞いたことがある法廷弁護士だが」

こんどは、ロザムンドとローレンスがなにか言いたげな目配せを交わす番だった。

「どうぞ、あなたからおっしゃって」ロザムンドは肩をすくめた。「約束もなしに突然やってきて、すべてを台無しにしたのはわたしだもの。あなたを驚かせたかっただけなのに、こんなことになるなんて」

ローレンスは微笑んで彼女の手を握った。「心配するな。ときにいらいらさせられることもあるが、レオは驚くほど信頼できる人間だ」

ロザムンドはにっこりしたものの、事態の重大さにふたたび震えた。それを安心させるように、ローレンスがふたたび手を握る。

「信頼できる、ってなんの話だ？」レオがふたりの顔を交互に見る。

「ロザムンドこそがロス・キャロウだということさ」ローレンスは白状した。

レオが眉根を寄せた。ローレンスがそうするのに生き写しなのが、ひどく不安にさせる。「彼女がロス・キャロウって、どういうことだ？　いや、だとしたら彼女は……まさか……それはありえない」

「ありそうもないことではあるかもしれないが」ローレンスが答える。「決してありえないわけではない。ぼくだって、かなりのあいだ騙されていた。いまだって、ほかの人間は欺かれたままだ」

「じゃあ、彼女は実際に弁護士として活動しているんだな？　法廷にも姿を見せて？」

「もちろん」ローレンスの声は誇らしさでいっぱいだ。「しかも、すばらしい成功を収めている。とんでもなく才気煥発だと言っておこうか。ただ一件をのぞいてはすべて勝訴だし、それだって最初から負けが濃厚だった」

「彼は——いや、彼女がおまえを負かしたのか?」レオが話をつづける。「そういえば、おまえはそれでずいぶん頭にきていたようだったな」

「もう回復した」

レオは胸の前で両腕を組み、ふたたびふたりを見比べると、いかにも承知しているというふうに目を輝かせた。「たしかに、そのようだな」

「おふたりとも」ロザムンドはそこに割って入った。「失礼ですが、わたしはここにちゃんと立っているのよ。レオポルド卿も質問がおありなら、直接わたしに尋ねていただきたいものですわ」

「ああ、優秀な法廷弁護士の声だ」レオが言う。「耳に心地いいのに、権威を感じさせる」

「彼女が法廷で弁論を行うのを実際に聞くべきだよ」

ロザムンドは音をたてて咳払いをした。

こんどはそれが聞こえたのか、双子の兄弟はきらきら輝く金と緑色の瞳を彼女のほうに向けた。現場をおさえられて、ばつの悪そうな笑みを浮かべている様子が、鏡に写したかのようにそっくりだ。

「すまない、悪かった」ローレンスはロザムンドの手をぎゅっと握った。「レオとぼくはときどき、ふたりだけの世界に入ってしまうんだ」

「〝ときどき〟とは控えめな表現だな」レオが言い添える。「友人や家族をみな、いらいらさせているよ。ぼくたちが最後まで言うのをはしょるときにはとくにそうだ。双子特有の喋り方とでも言うのかな。揺りかごにいる頃に身につけて、年を経るとともに磨きをかけてきた」レオは白い歯を見せて笑った。いかにも邪気のない悪びれていない様子に、ロザムンドもいつまでも怒ってはいられなくなった。ローレンスにそっくりな顔をしているのだから、なおさらだ。

「だが、きみの言うとおりだね、ミス・キャロウ」レオが言った。「ぼくたちはふたりとも、途方もなく失礼だった。申し訳ない。許しを請うのはこれで二度目だが」

「謝罪を受け入れます。とにかく、それが癖にならないよう気をつけてくださいね、マイロード」

レオは笑みを深め、弟とふたたび目を合わせた。「打てば響く、まさに才気煥発な女性だな」

「だろう?」

「で、ミス・キャロウ、あなたはどこで法学を修められたんですか? 差し支えなければ教えていただきたい。女性には珍しいことだから」

「ええ、そうですね。父の手伝いをしているうち、そばでいろいろ学びました」

「お父上というのは？」

「イライアス・キャロウです。バートラム・キャロウはわたしの弟です」

「なるほど」レオはうなずいた。「このたびのことにはお悔やみ申しあげます。法廷弁護士の資格は名ばかりというぼくでさえ、お父上の業績と栄誉は存じています」

「ありがとうございます、マイロード」

「〝レオ〟で、お願いしたいな。いまさら、堅苦しい態度をつづける理由はない。そう思わないか？」

「そうかもしれませんね」

「では、いったいどういう訳で男のなりをして、法曹界の一員として振る舞うに至ったのかな？」

「それはだな」ローレンスが会話に割りこむ。「かなり興味深い話なんだが、いますぐ語るには長すぎる。ロザムンド、きみに異論がなければ、詳細についてはぼくがあとで兄に伝えておく」

ロザムンドはローレンスのほうを向いた。「ええ、そうして。今日は約束もしていないのにいきなりやってきてしまって、ほんとうにごめんなさい」彼だと信じて、兄の耳元でみだらなことをほのめかしてしまい、いつまでも恥ずかしい思いをしたのはあえて言わずにおく。「あなただって忙しくしているかもしれなかったのに」

「ぼくならかまわない」ローレンスは彼女のもういっぽうの手も取った。うわべだけでもレオがふたりきりにしてくれたとはいえ、少し声を低くする。「会えてうれしいよ。ただ、レオもいきなりやってきてぼくを驚かすのが別の日だったらよかったのだが」

「彼の奥さまもご一緒に? ここにいらっしゃるの? わたし、もう行かなくては。わたしがここにいるのはあまり……あの、奥さまがわたしと知り合いになりたいとは思わないでしょうし」

「まさか、そんなことはない。タリアは、きみと近づきになるのをいやがるようなお高くとまったタイプじゃない。だが、今日はここにはいないんだ。田舎の地所の屋敷にいるよ。捨て子が見つかったらしくてね。ふたりの地所の端にある木の下に、生まれたばかりの女の子の入ったかごが置いてあった。その子をこのまま手元で育てるための合法性について、レオとぼくは調べている」

ローレンスはそう言って、兄のほうへ視線を投げた。レオはまたテーブルについていた。「ふたりのあいだにこどもはいない。レオは夫婦ふたりだけの生活になんの不満もないが、タリアのほうはこどもをほしがっている。それが、ふいに赤ん坊が向こうからやってきた。養女にするなら、ふたたび取りあげられることがないようレオは万全を期したいと思っている。いったん絆ができたものをまたなくしてしまうなんて、タリアは取り返しがつかないほど傷つき落胆するだろうからね」

「ほんとうにそうだわ」ロザムンドは勢いこんで言った。「我が子同然に愛した赤ちゃんをあとになって取りあげられるなんて、母親にとっては最大の悲劇よ。わたしにできることがあれば言ってちょうだい。バートラムは、そういう問題を扱う事務弁護士を何人か知っているから、紹介できるわ」

「きみはほんとうに親切《グッド》な人だな。だが、そうでなくともきみはいろんなことに長けている《グッド》」ローレンスが暖かな笑みを見せる。

ロザムンドは、緑よりも金色がまさる瞳をじっと見つめた。この人こそ、わたしが愛した男性だ。もう二度と、双子のお兄さんと彼を取り違えたりしないわ。

それでもローレンスがキスをしようと身をかがめると、ロザムンドはほんの少しだけ身を引いた。ふたりきりではないことをひどく意識してしまう。彼女が渋っている理由を直感的に悟ったのか、ローレンスは動きをとめて兄をちらと見ると、ロザムンドを戸口のほうへ向かわせた。廊下へ出ると彼女の手を放し、あとについてこさせる。

ふたりで書斎に入ってドアを閉めた瞬間、ローレンスはロザムンドを抱き締めて唇を貪った。彼女も甘やかな、それでいて激しい情熱とともにキスを返し、燃えるような抱擁に我を忘れた。だが、つぎの瞬間、体を離した。「だめよ。お兄さまがここにいるのに」

「大丈夫、レオは気にしない」

「そうでしょうけど、わたしは気にするわ。お兄さまはすでに……」ロザムンドの声が小さくなる。

「うん？　レオがすでに、なにを思っていると？」

「よからぬこと」

ローレンスは片方の眉をあげた。口元にはからかうような笑みが浮かんでいる。

「いったい、彼になんと言ったんだ？」

ロザムンドの頬がまたしてもほのかに染まる。「お願い、言わせないで。てっきり、あなただと思ったのよ」と責めるような口調でつけ加える。

「おやおや、いいじゃないか。それほど大したことではない。ぼくの耳元で繰り返してごらん」

「ローレンス――」

「ほら」と彼は身を寄せた。「どんな言葉であろうと、怒ったりしないから」

ロザムンドはあくまで抵抗したかったが、この頃ではローレンスに向かってなにかを拒絶することなどできそうにない。爪先立ちになって、耳元でささやく。

ローレンスは目を丸くしながら、にんまりした。「レオが熱い火かき棒でつつかれたような顔をしていたのも当然だな」

ロザムンドは彼の肩をぴしゃりとたたいた。「もう、笑いごとじゃないわ」

「笑えるところだってあるよ」とローレンスがくすくす笑う。

「いいえ、おかしくありません。お兄さまには娼婦だと思われたことでしょうね」

おもしろがっていた彼が急に真顔になる。「兄がそんなふうに思うはずはない！」

「でも、ローレンス、それ以外にどう思われるというの？　わたしがあなたの恋人だというのはご存じでしょうし」

ローレンスはロザムンドの腕を取り、彼の目を見るまで待った。「ぼくたちが恋人同士だからといって、それだけできみが娼婦ということにはならない。自分のことをそんなふうに言うのは、もう二度としてはだめだ。わかったかい？」彼女が返事をしないので、もう一度尋ねる。「わかったね？」

「ええ、わかりました」

だけど、それでなにか変わるわけではない。ローレンスがなんと言おうと、わたしは彼とは釣り合わない。それは、娼婦が彼と不釣り合いなのと同じだ。

「もう行かなくちゃ」ロザムンドはため息をもらし、ローレンスのつややかなシルクのベストに手を滑らせた。

彼が眉根を寄せる。「いや、だめだ。階上《うえ》に行って待っていてくれ。レオに、早く帰れと言ってくるから」

「そんなの、だめよ。ここは彼のお屋敷でもあるのでしょう？　それに、お兄さまと奥さまはあなたの助けを必要としている」ロザムンドはローレンスの首に手を回し、少し伸びあがるようにして情熱的なキスをした。「またすぐに会いましょう。こんどはふたりきりで。それまでは、お兄さまと一緒にいてさしあげて」

一瞬、反論したそうな顔になったものの、ローレンスはうなずいた。「言わせてもらえるなら、きみにはものすごく驚かされたのに。残念だよ」

こんどはロザムンドも声をあげて笑った。温かく、もっと豊かでかけがえのないものが彼女の体を隅々まで満たしていく。

最後にもう一度キスをすると、ロザムンドは先に立って玄関ホールへ向かい、帰途に着いた。

「彼女のことは気に入った」レオはしばらくしてから言った。図書室でローレンスとテーブルを挟んで座っていて、あいだには書籍やメモを記した紙が散乱している。「類まれな女性だ、おまえのロザムンドは」

〝おまえのロザムンド〟か。ローレンスは頭のなかで繰り返してみた。そうさ、彼女はぼくのものだ。ほかの誰のものでもない。

ではなぜ、どこか落ち着かない気がするのだろう。ほんのわずかに風向きが変わったような、もう後戻りできない閾値《いきち》を超えてしまったような。

「ああ、並外れて非凡なる人だ。光栄にもぼくが知り合えたなかで、もっとも優れた女性だよ」ローレンスはよろこびや自慢げな響きを隠さずに言った。「理想とはほど遠い状況だったとはいえ、おまえが彼女に会うことができてよかった」

レオが彼にちらと目をやる。「今日はタリアが一緒でなくて、じつに残念だ。ここにいたら、ロザムンドにも会えたものを」

「ああ、たしかに。だが、あとしばらくは、ロザムンドは正体を偽っていることを秘密にしておかなければならない」

ロザムンドが帰ってから、ローレンスはレオにきちんと説明しておいた。彼女が正体を偽っている理由と、これまでの人生。こんなことをしているのは弟のためで、亡くなった父の手がけていた案件にすべて片がつけば、彼女は法廷弁護士としての看板をおろすつもりでいることなど。

「で、そのあとは？」レオが尋ねる。「彼女がただのミス・キャロウに戻ったら？」

「わからない」ローレンスは手のなかで鉛筆を転がした。「ふたりで話し合ったことはないが」

ロザムンドとはぞくぞくするような情事の興奮に溺れるばかりで、当座より先のことは考えたことがなかったが、レオの言うとおりだ。彼女が以前の生活に戻ったら、どうなるのだろう？　ほかの誰にも勝《まさ》り、心から愛している仕事をもうしなくていいのだと納得するだろうか？　それとも、うちひしがれてみじめな思いをするのか？　そして、〝ロス・キャロウ〟が気軽にぼくを訪れることができなくなったら、ふたりの関係はどうなる？

ローレンスは当惑に眉をひそめた。なんだか、いやな感じがする。

「で？」レオは椅子の背に体をあずけた。「今夜はやはり、判事のテンプルストーン卿のところの夕食会に行くのか？」

ローレンスは顔をあげた。「もちろんだ。そう約束したから」

「フィービー・テンプルストーンも同席するんだろうな」

「彼女の母親も、判事も同席している」

「ほかには？」

「わからないな。招待客のリストを相談されたわけではないから」

レオはのどの奥でひゅうという声をあげた。

「それはどういう意味だ？」

「いや、別に。ぼくなら用心する、というだけだ。テンプルストーン家の人間ばかりのなかで、おまえはただひとり。家族も同然じゃないか」

「そんなんじゃない。判事閣下とぼくは話し合うべき事柄があって、それなら食事を一緒にどうかと夫人が親切に申し出てくださっただけだ」

「向こうもそのつもりだろうか？　とにかく、婚約なんかして帰ってくるなよ。おまえがそのつもりなら話は別だが。ぼくが言いたいのはそれだけだ」

「心配はいらない。自分の面倒はちゃんと見られるよ、母上。さあ、そろそろ、おまえの問題のほうに戻ろうか？」

「そのとおりだな」レオは座ったまま前に身を乗り出した。「ミス・キャロウに会ったら、よろしく伝えてくれ。賢くて知恵の回る女性にはいつだって心惹かれる。彼女のような人と生涯を過ごせたら、その男はきっと退屈しないだろう。血筋のよさに欠けているのだけが惜しいな」

「彼女の育ちや血筋に問題などない」鉛筆を握るローレンスの指に恐ろしいほど力がこもる。

「ああ、教育や礼儀作法を身につけているのは確かだ。ぼくが言いたいのは、貴族階級に属する娘ではないということだよ。それに、男の地位や出世を助けるような縁故があるわけでもない。もっとも、ぼくはそういったものは気にしたことがないが」

「おまえは、伯爵の娘と結婚したじゃないか」

「伯爵の娘とはいえ、謂《いわ》れなき汚名を着せられ、離縁もされた。しかも、彼女に隠れて陰口をきく人がまだ大勢いる。だが、ぼくはタリアを愛しているし、彼女もぼくを愛している。ほんとうに大事なことはそれだけだよ」

「ロザムンドとぼくは恋人同士だ。だからといって、ふたりが恋愛関係にあるわけではない」

「それはそうだろうとも」

きらりと目を光らせるレオの様子に、ローレンスは不快感をかきたてられた。

「いったいいつから、おまえはお節介を焼くようになったんだ？　小説を書くようになったせいで頭がどうにかして、存在しないものまで見えるようになったんだな」

レオは声をあげて笑うと、顔を下げて文献を読むことに集中した。

しかしローレンスが同じようにできるまでには、まだしばらく時間が必要だった。

23

「この秋はとにかく、田舎の地所にあるうちのマナーハウスにいらっしゃらなければなりませんわ、ローレンス卿」テンプルストーン・ハウスの食堂に鎮座する長々としたダイニングテーブルの端で、この屋敷の女主人は力説した。「領地にはウズラの群れが棲みついているんですのよ、そうじゃなくて、あなた？」

テーブルの反対側、上座に座る夫に彼女はちらと視線をやったが、彼が答える間など与えなかった――返事をしようという気があるとも思っていないようだ。いかにもありふれた話題であろうと、レディ・テンプルストーンは会話の停滞を許さないことにかけては天才的な手腕を発揮する。

「あなたのお兄さま、クライボーン公爵の地所に比べたらお粗末なものだとは思いますが」と彼女が話をつづける。「それでも、そこそこの獲物を仕留めることができるんですのよ。うちの地所で狩猟に興じられたら、きっとお気に召すと思いますわ。

ちょうど来月、友人たちが集まるんですの。あなたもぜひ歓迎いたしますわ。ねえ、フィービー？」

ローレンスの真向かいに座っていたフィービー・テンプルストーンが顔をあげた。スプーンで口に入れたばかりのカスタード・プディングをこくりとのみくだし、ナプキンで口元をおさえる。「ええ、大歓迎」

色の薄いまつげをはためかせて、彼女は微笑んだ。

今夜のフィービーはとりわけ愛らしく見えた。流行最先端の薄桃色のシルクのドレスがブロンドの髪を引き立てる。ろうそくの灯りのなかで、青い瞳が驚くほど輝いている。ほかにもいろいろ繊細で優美な点がありながらも、ローレンスはそれを概念的にしかいいと思えなかった。優れた美術品の価値はわかっても感情を動かされることのない鑑定家のようだ。

もっと甘やかで豊かな美をたたえた女性ならば、心の奥底まで揺さぶられるのになんの問題もなかった。肩で切り揃えられたまっすぐな茶色の髪。意志の強さを感じさせるあご。そして、男の魂まで見通すような知性を感じさせる灰色の瞳。フィービー・テンプルストーンのような類まれな美しさにはかなわないと言う人もいるかもしれないが、ローレンスにとっては、彼女こそが真の価値をもつ美人だった。

胸に激しい動揺を覚えつつローレンスは我に返り、にこやかな微笑みを顔に貼りつけた。「おふたりの寛大さにお礼を申しあげます。さぞやすばらしい気晴らしになるとは思いますが、残念ながら、その時期はロンドンで約束がありまして。ご存じのとおり、仕事の関係です」

レディ・テンプルストーンの口がきっと引き結ばれる。まさか断られるとは予想していなかったらしい。だがローレンスのほうは、そういった形の訪問が社交界にどんなシグナルを送ることになるか、よく承知していた。レオに警告されたように、四人だけでの今夜の夕食会がすでに大きな意味をもっていた。彼らの田舎の地所で一週間も過ごしたら、「モーニング・ポスト」紙に婚約公告を出すのも同然だ。

レオの言うことを聞いて、今夜は約束を断るべきだった。とはいえ、フィービー・テンプルストーンに結婚の申しこみをしようとほぼ決めたのも、それほど前のことではなかったのに。彼女なら、きっとすばらしい妻になってくれる。テンプルストーンと姻戚関係を結べば、法曹界での出世においても比類なき機会が得られる。あのときはそう確信していた。

ではなぜ、さっさと約束を交わさずにぐずぐずしているのだろうか。テンプルストーン家が両手を広げて歓迎してくれるのは間違いないというのに、なぜ、それにあらがうのだろうか？

答えはただひとつ。

ロザムンドだ。

「さあさあ、ローレンス卿」レディ・テンプルストーンの押しの強い声が、彼を会話に引き戻す。「判事がときに仕事を離れて過ごせるのなら、弁護士のあなたも同じようにできるはずですわ。そうではない、とどれほど殿方が主張なさろうとも、法律が常に優先されるわけではありませんからね。わたしたちのなかでいちばんなにかに打ちこんでいる者でさえ、たまにはちょっとしたお楽しみに興じる必要がありますよ」

いかに仕事がきつくとも、ローレンスは悦びをみずからに禁じたことはない。ロザムンドが彼の人生に、そしてベッドにやってくるようになってからはとくに、そういった楽しみに耽っている。今夜も――そして毎晩――彼女と愛し合うことができたらよかったのだが。ふたりの予定が許すときはいつもそうしているように、午後の数時間を捻出して人目を忍んで逢うのではなく。今日だって、ロザムンドを奪うべきだった。彼女の迷いなどものともせずに愛撫やキスの雨を降らせ、寝室に鍵をかけて閉じこめて、長い時間をかけて互いの欲望をすっかり満たすべきだったのに。

これまで交わったほかの愛人たちとなら、こんな肉欲はすでに弱まっていたはずだ。

最初こそ欲望に駆られてしきりにベッドをともにするが、情熱も徐々に薄れていき、やがては避け難い結末を迎えることになる。だがロザムンドの場合は、肌を重ねれば重ねるほどもっと欲しくなる。頭から決して振り払うことのできない、執着にも似た思いだ。

振り払いたいのかどうかもわからない思い。

だが、いちばん心を悩ませるのは、ロザムンドと一緒にいるだけで楽しいという点だった。彼女となら何時間でもぶっ通しで話していられて、飽きることなど一度もなかった。ロザムンドと話す以外なにもしなくても、文句も言わずに一生過ごしていられそうだった。

ローレンスはフィービーに視線を移した。ひたすらに愛らしく従順だ。頭が悪いわけではないのに、脳みそにはなんの役にも立たない戯言《たわごと》がいっぱい。彼女と交わした会話をいくつか思い出しただけで、ため息が出そうになる。

だが、ローレンスはひそかに自分に喝を入れ、レディ・テンプルストーンが言っていたことを思い出そうとした。

そうだ、招待だ。

微笑みとともに、如才なく言葉をつなぐ。「おっしゃるとおり、法律のためだけに生きる男など存在しませんね。来月の集まりにご一緒するとお約束はできないが、ぼくも最善を尽くします」

レディ・テンプルストーンはさらに圧力をかけたいような顔を見せたが、態度をやわらげて小娘のような笑みを浮かべた。「あなたはあまりにも魅力的でいらっしゃるのね、ローレンス卿。なにをなさっても成功を収められているのも当然ですわ。つい先だっても、馬車の扱いがとてもお上手だとフィービーが話していたんですよ。宅のテンプルストーンが言うには、法廷にお姿を見せただけでその場を支配なさるとか。さぞかし洋々たる未来がお待ちのことでしょう。大きな希望に満ちた未来が」

「それはまだわかりません」ローレンスは答えた。「ですが、そうおっしゃってくださるとはご親切な方だ」

テンプルストーン卿がさっと手を振り、デザートの皿を下げるよう使用人たちに身振りで示す。彼と目配せを交わしたのを合図に、レディ・テンプルストーンはナプキンを上品に脇へ置いた。

「それでは、フィービーと私は下がります。どうぞ、殿方だけでご自由にお酒を召しあがってください」

ローレンスと判事は立ちあがり、フィービーが母親と下がっていくのを見送った。

最後の一瞬にフィービーは振り向き、ローレンスにおずおずと笑みを向けた。

期待をこめたような微笑み。

ローレンスは全身に鳥肌が立った。

「ポートワインかね？」テンプルストーンは、妻と娘が出ていくと言った。

「ええ、お願いします」

ローレンスは執事がワインを注ぐのを待ち、銀のトレイで差し出されたグラスを受け取った。執事が下がると、部屋には彼とテンプルストーンだけが残された。

「二、三日前、スティフトンと出くわしました」ローレンスが話をはじめた。「最近やってみた、かなり興味深い議論の進め方を教えてくれましたよ。どうやら――」

「わかったわかった、ほかにも話し合うべき必要のある件について存分に語ってくれて結構だ」テンプルストーンが割って入る。「だが、まずは私のほうから言うべきことがある」

「それはもちろん、どうぞ」

「きみも承知しているだろうが、社交シーズンもそろそろ終わりだ。貴族階級の家族はみな、それぞれの田舎の地所へ日ごとに戻っていき、あとは我々のようなロンドンに根を張る者たちのための舞踏会やパーティーが二、三開かれるだけだ」

口を挟むより、ローレンスはポートワインをひと口含んだ。この話の行く末がどうも気に入らない感じがする。

「この数週間見るかぎり、うちのフィービーは評判もよく、楽しいときを過ごしたようだ」テンプルストーンはテーブルを指でこつこつたたいた。「まあ、とんでもなく金もかかったがね。ドレスだのボンネットだの、レディに必要だと騒ぐきらきらした物とかいろいろ。だが、私はかまわない。大事な娘だからな。一流の物を、そしてあの子が望む物はなんでも持たせてやりたい。そうしてやるのが当然のひとり娘だし」

テンプルストーンは青い瞳でローレンスを見据えた。娘と同じ色合いをしているが、比べものにならないほど鋭く、甘く愛らしいところなどまったくない瞳だ。

「つまりこういうわけだ、バイロン」判事は判決を言い渡すときと同じように奥歯を嚙み締めた。「きみは社交シーズンのあいだずっと、うちの娘につき添い、ダンスを踊り、単なる戯《たわむ》れではない深い意図があるような印象を与えてきた。だから、単刀直入に聞かせてもらおう。いったいどういうつもりだね？　答えるのはひとまず待て。きみに聞かせておくべき点がいくつかある」

「ほう、なんですか？」

ローレンスは落ち着いた声や表情を崩さずにいた。ふいに動揺を覚えたのを表に出してはいけない。今夜の招待主は夫妻ともども彼を追い詰めるつもりだ、とレオに警告されていたが、やはりそのとおりだった。

くそっ。

テンプルストーンは腹部のあたりで両手の指先を合わせた。白に近い金色をした眉が厳しい角度になる。「まず、女性に関してきみに悪評があるのは承知している。そのせいで結婚相手としてはふさわしくないと言うむきもあるかもしれないが、私はそうは思わない。男は悦びを追求してしかるべきで、それでこそ男というものだ。正直言って、その歳になるまで娼婦や愛人とのそれなりの関係がないとしたら、きみに対する評価を下げていたところだ。いったん結婚すれば、落ち着くはずだな？　若いときの道楽はみな過去のものとなる。

今夜見たように、うちの妻はきみのことを魅力的だと思っている。きみの血統はなおさらだ。爵位を継ぐ者ではないが、きみは我が国でもっとも有力な貴族の弟だし、両家が結びつきをもてば、テンプルストーン家の血筋にもたいへん有利なものとなる」

判事はグラスの底に指を一本走らせた。「法曹界でのきみ自身の野望についてだが、きみは鋭い頭脳をもつ、とんでもなく優れた法廷弁護士だ。当を得たコネや支援があれば、どこまでのしあがれるか予想もつかない。世慣れた私の導きがあれば、きみ自身も知らないうちに、果てしない権力をもつ判事の席に着いているだろう。あっという間に高等法院にまでのぼりつめて、私の隣に座っているかもしれないな」

これほど露骨なご機嫌取りや誘惑の言葉に反応するより、ローレンスはポートワインを口に含み、どんな言葉をかけられても最後まで聞こうと待った。

「というわけで、問題の核心だ」テンプルストーンが話をつづける。「私がこんなことを言うのは本人の希望ではないかもしれないが、うちのフィービーはきみに心を定めている。この社交シーズンでまったく文句のつけようのない結婚の申しこみを三件受けたが、どれも断った。それにはファロウズ子爵も含まれている。年に八千ポンドの収入があり、イタリアに冬の別荘をもっているそうだが、娘はそれをふいにした。子爵夫人になる機会とともにね。夫となるにふさわしい男なら、誰を選ぶかは娘に任せてある。なぜなら、娘には幸せになってほしいからだ」

判事がふたたび、きっとした目を向けてくる。ローレンスは視線をそらさぬよう努めた。「というわけでバイロン、いま一度尋ねるが、フィービーについてどうするつもりだね？　私が後押しすれば、想像しうる最高の位置にきみを引きあげてやることも可能だというのを忘れるな。だが、うちの娘を落胆させるようなことになったら、正反対の影響が及ぼされることになる。法曹界でのきみのすばらしい活躍が不運にも下降に転じたら、じつにもったいないことだ。事務弁護士は気まぐれで、特定の法廷弁護士の手腕についてもころころ意見を変えるものだ。持ちこまれた依頼人の担当をほかの法廷弁護士に差し向けることだってある。私の言いたいことはわかるな?」

ああ。ローレンスは暗然たる思いがした。〝言いたいこと〟どころではない、そのものじゃないか。

判事は歯を見せて、キツネのようなずる賢い笑みを見せた。「では、どう思うね、ローレンス卿? 両家は近々、祝うべきよき知らせを得ることになるのかな?」

ローレンスはこみあげてくる苦いものをのみくだした。今夜はなにを期待していたにせよ、世の尊敬を集める高等法院判事に脅迫されるとは思ってもみなかった。脅しの言葉を撤回して失せろと言ってやりたかったが、なんとかこらえた。双子の兄の言うことを聞けばよかったという思いがふたたび、頭をもたげる。

といって、大掛かりな計画に則って物事が動いているなかでは、大した違いにはならなかっただろう。テンプルストーンは明らかに、しばらく前からこうなるよう少しずつことを運んできた。ローレンスが進んでフィービーの手を取って求婚し、自分は脅し文句など口にせずにすむことを願いながら。しかし判事はじっと待つのにうんざりして、さっさと決着をつけてしまおうとしたのだろう。

で、これからどうすべきだろうか。

フィービーと結婚すれば、双方にとって利があるのは明らかだ。ぼくもかつては計算高いことを考えていた。よりよい将来への足がかりとして、進んで彼女と結婚しようと思っていたのだ。

なのに、ロザムンドと出会ってしまった。

「しばらく考える時間が必要です」ローレンスはワイングラスを脇へ押しやりながら言った。「これほど遠慮なく言い合ったのですから、ぼくは脅しに屈するような人間ではないということも申しあげておきます。その点をはっきりさせるためだけに、お申し越しの件についてノーを突きつける可能性だってあるんですよ。ぼくたちのどちらが最終的な勝者となるのか、見てみましょうか？」

テンプルストーンが口を開いたが、こんどはローレンスが機先を制した。「この件については、今夜はこれで終わりにしましょう。ぼくの決断については、じきにお知らせします」

24

その二日後、ロザムンドは朝食の席についていた。食堂の窓から入ってくる七月の明るい陽射しがまぶしい。カップから立ちのぼるアッサムティーの香りをいっぱいに吸いこんでからゆっくりとひと口すすり、満足のため息をもらす。

向かいに座るバートラムは卵とハム、トーストを頬張りながら新聞を読んでいた。バターを塗り、大好きなブラックベリーのジャムをつけたクランペットをロザムンドがひと口かじったところで、彼はきっちり四つ折りにした新聞を差し出してきた。無言のまま指先で記事の上を示してから、また食事に戻る。

弟はなにを読んでほしいというのか、ロザムンドは興味にかられて記事を見た。

つい先日の夜、誰もが花婿に望む独身の紳士《ジェントルマン》が、ロンドン南西部のキューにあるT判事夫妻の邸宅を訪問しているところが目撃された。法学に才のあるLB卿は公爵家の一員にもかかわらず、法廷弁護士として活躍中の珍しい御仁だが、T家の面々とくつろいでこの夜の食卓をともにした唯一の客人だったようだ。もうじき終わる社交シーズンのあいだ、彼はT夫妻の類まれな令嬢、ミスPTと舞踏会で踊ったり祝宴に同行したり、上流階級がこぞって馬車を走らせるハイド・パークで彼女を隣に座らせて鞭を振るったりと、一緒にいるところを何度となく目撃されている。では、この夕食会はいったいどういう意味をもつのだろうか？　より近しい関係を意味する知らせも、そう遠くないのでは？

記事に目が吸い寄せられるうちに口の動きがとまり、クランペットが舌に貼りつく。ロザムンドはのどの奥の塊とともに、それをなんとか飲みくだした。

急に魅力を失ったクランペットを皿に戻し、カップに手を伸ばす。動揺を抑えようと、紅茶をゆっくりとすする。目を伏せたまま新聞をバートラムのほうに押し戻し、音をたてぬようカップをソーサーに置いた。

「いつから社交界のコラム記事を読むようになったの？」と、できるだけさりげないふうを装って尋ねてみる。「こんな下らないことがあなたの興味を惹くとは思わなかったけど?」

「い、いつもなら、たしかにそうだね」バートラムはフォークを皿に置いた。「でもこれは、名前が目についたんだ」

「イニシャル、でしょう? 誰のことを話しているのかも、はっきりしないわ」そう言うロザムンド自身の耳にさえ、虚ろに響く声。

「いや、そうは思わないね。誰のことを指しているのか、ね、姉さんもよくわかっているはずだ。しらばっくれるのはお互いにやめようよ、ロズ。もう、ず、随分前からこんなことばかりしてたじゃないか」

ここでようやくロザムンドは顔をあげて弟の目を見た。同情や怒り、そして傷ついたような感情があふれている。「いつから知ってたの?」

「姉さんとローレンス・バイロンの情事のこと?」

身も蓋もないバートラムの言葉に、心臓がずしりと重たくなる。ロザムンドはこくりとうなずいた。

「ほぼ最初から。というか、少なくとも最初だとぼくが思っている頃から。ぼくは話すときには言葉につっかえるけれど、ちゃんと目も見えるし、頭も悪くないんだよ。姉さんは裁判所にやたら行ったり、調べ物と称して図書館で長々と過ごしていたりしたじゃないか」

やましさのあまり、ロザムンドは頭《こうべ》を垂れた。「嘘をついていてごめんなさい。ああなたを騙すのはいやだったけれど……」

「うん？　いやだったけど？」

「彼と会うのをとめられるかと思ったの」とやっとのことで答える。「それにしたってなぜ、いまごろになって？　これまでだって何度も機会はあったでしょうに、どうしていま、そんなことを言うの？」

バートラムはティースプーンでカップの中身をかき回して、それを置いた。「姉さんは知性もある大人の女性で、物事のあらゆる面を見て自分で判断できる人だからさ。バイロンのことについては、すでにくぎを刺しておいた。ぼくが彼のことをどう思っているかは、姉さんも知っている――言わせてもらえば、それはいまも変わらないよ――なのに、あのまま彼の懐に飛びこんでいった。いったん姉さんがバイロンに好意を抱いたら、それをとめるためにぼくにできることや言えることはほとんどない。物理的に家に閉じこめてしまえば話は別だが、そんなことをするつもりはなかった。ぼくは生まれてこのかたずっと、父上に人生を支配されてきた。姉さんに同じことをしたくはなかったんだ。姉さんには姉さんの人生を生きる権利がある。たとえ、違う道を選んだほうがいいとぼくが思っていたとしても」

「じゃあ、わたしが間違っていると思うの？　彼といるのは罪深いことだと？」

バートラムは姉の目を見つめた。「罪深いとは言わない。人間だから過ちをおかすことはある。それだけさ。ただ……」

「なに？」

彼はため息をもらした。「終わりを迎えたときに姉さんが、ひ、ひどく傷つくんじゃないかと心配なんだ。そして、これはもうじき終わることになってるんだよ」

「わかってるわ」ロザムンドは静かに答えた。

「ほんとうに？　ほんとうにわかってるのか？　なぜいまごろになって、と姉さんは訊いたよね？」バートラムは、破滅を予想させる新聞記事のほうをあごでしゃくった。「彼が姉さんと結婚することは絶対にない。お、お高くとまった貴族だから、テンプルストーンの娘のような、お、お高くとまった貴族と結婚する。そうでなかったとしても、同じような娘と。そうなったら、姉さんはどうなるんだ？」

ロザムンドはテーブルクロスを指先でなぞった。「彼がわたしと結婚するだなんて想像したこともないわ。だから、その点であなたが心配する必要はないのよ。彼との関係が長続きしないのは、前からわかっていたことだから」

「じゃあ、自分が彼と恋に落ちてしまったこともわかっているのかい?」

そう言う弟の目をぱっと見たものの、ロザムンドはすぐに視線をそらした。「わたしが恋に落ちたなんて、なぜ、そんなふうに思うの?」

「ロザムンド」バートラムはすべてわかっているというように言った。「もう、嘘はやめにしよう。この数週間というもの、姉さんはふわふわ漂うように生きていた。ほんとうだよ。あまりに幸せそうで、厨房からほとんど出てこない料理人さえ気づいたぐらいだ。それを端《はた》からだめにしてしまうのは、ぼくだって胸が痛む」

「じゃあ、どうして?」

しゃくりあげるように問い詰める姉の声に、バートラムがたじろぐ。「姉さんの仕事を見ていて、最後の案件ももうじき片がつきそうだとわかったから。これが終われば、姉さんはまた元の生活に戻れる。偽りのない姿に戻れるんだ。男のなりをしないなら、彼と会うのもそれほど簡単なことではなくなる」

バートラムはティーポットに手を伸ばして、ふたりのカップに紅茶を注いだ。

ロザムンドは自分のカップを取り、伝わってくる熱で手を温めた。夏の暑い日だというのに、凍りつきそうなほど冷たくなっている。

「ぼくのせいだ」バートラムが言った。「そもそも、こ、こんないまいましい詐欺行為に姉さんを引きこむべきじゃなかったんだ。不甲斐ないぼくのせいで過ちをおかさせた。ね、姉さんに許しを請わなければならない。父上が残した案件を、ぼ、ぼくが引き継いでいれば、こんなことは起こらなかったのに」

「だめよ、自分を責めないで」ロザムンドは弟の手に手を重ねた。「危ない橋を渡るのは承知で同意したのよ。わたしがみずからの意志でやったことだもの、一瞬たりとも後悔したことはないわ。この数週間は、いままでの人生においてもっとも刺激的で充実していた。すばらしいなんて言葉では言い表せないぐらい。どんなものとも引き換えにはできないし、しようとも思わない」

ロザムンドは手を離して、窓の外を見つめた。「だけど、あなたの言うとおりね。すべてを終わらせるときがきたんだわ。これまで夢のなかで生きていたみたい。そろそろ現実の世界に戻ってこなくては」

「じゃあ、バイロンとは別れるの？」

バートラムの質問をよくよく考えるうち、ロザムンドの胸に動揺が広がった。みぞおちのあたりをぎゅっとつかまれたような気がする。もう終わりにする覚悟はできていない。いまは、まだ。バートラムにはあと少しだと言われたけれど、仕事を引き延ばすことだってできる。あと何週間か。二、三カ月、いえ、四カ月だって……

ロザムンドははっと自分を抑えた。つい先日も同じことを思ったはずだ。ローレンスとの時間は、いくらあっても足りることはない。永遠という時を得たとしても、あっという間に過ぎていってしまうのだろう。

「ええ」と虚ろな声で答える。「別れるわ」

バートラムはうなずいた。「ほんとうに申し訳ない、ロザムンド。だけど、それが正しい行動だよ」

たぶん、そうなのでしょうね。ロザムンドは思った。でも、それならなぜ、こんなに間違っている気がしてならないのだろう。

漠然とした不安と優柔不断に苛まれながら、ローレンスは書斎をいらいらと歩き回っていた。一週間近く経ってもまだ、フィービー・テンプルストーンに求婚すべきかどうか決められずにいた。一見すると、面倒なところなどなにもない問題だ。彼女の父親の脅し半分の宣告を思えば、論理的な選択肢はひとつしかない。

ではなぜ、いまもこれほど気が進まないのだろう?

フィービーのことは愛していない。だが彼女との結婚で、そんな要因を考慮に入れたことは一度もない。単なる便宜上の結婚だ。互いの損得勘定に照らし合わせても、これ以上のものはない。フィービーはぼくの妻として社交界に受け入れられ、いまはまだ享受できずにいる特権を思うままに味わうことができる。ぼくのほうも、法曹界でのさらに高いゴールを目指せる位置につくことができる。テンプルストーン判事が指摘したように、彼の助力があれば法曹界でのありとあらゆる可能性が開かれることとなる。高等法院判事の座だって、夢ではない。逆に言えば、判事にノーを突きつけられたら、その夢ははかなく潰《つい》える。

だがいまは、そんなことなど考えたくなかった。いまにもロザムンドがやってくる。すべらかな柔肌に溺れて、すべてを忘れてしまいたい。

酒の入ったキャビネットに向かい、度数の高いマデイラワインをグラスに注いだところ、執事が戸口に現れた。

「失礼いたします。旦那さまにお会いしたいという女性の方がいらっしゃいました。今日の午後はどなたともお会いにならないと申しあげたのですが、どうしてもとおっしゃいますので」

「女性？　レディ・レオポルドを訪ねてきたんじゃないのか？」ローレンスはワインをひと口含んだ。

「いえ、確かでございます。旦那さまにお会いしたい、とはっきりおっしゃったのですから」

「名前は？」

グリッグスは無言のうちに非難するような表情を見せた。「名前は伏せておきたいとおっしゃいまして。お引き取り願いましょうか？」

ロザムンド――いや、ロス――がもうじきやってくるが、ローレンスは興味をそそられた。この女がなにを求めているのかは知らないが、それほど手間はかからないはずだ。「いや、居間へ通してくれ」

執事がいったん下がると、ローレンスはワインをさらにあおり、グラスを置いた。

居間で待っていると、正体のわからない女性が案内されてきた。つば広のボンネットと厚いベールで顔が隠れているせいでよりいっそう謎めいている。手袋や靴も含めて黒ずくめで、この様子だけでは誰とはわからない。

「こちらはあなたのことを存じあげないようだが」ローレンスは、グリッグスが下がるのを待ってから彼女に話しかけた。「お顔を見せていただけないだろうか。そのほうが、お互いにもっと気安く話ができると思うのだが」

だが彼女は答えずに、一歩近づいてきた。ローレンスはどこか懐かしさを覚えた。

彼女がベールに手をかける。「わたしたちの関係の親密さを思えば、もうそろそろ気づいていい頃よ、閣下《マイロード》」

まさか、ロザムンド？

ベールが取り払われるとともに愛おしい顔が現れる。月明かりに照らされた海のように、シルバーグレイの瞳が魅惑的に揺れている。

ローレンスはその瞳をしばらく見つめていたかと思うと、彼女の手を引いて書斎へ連れていった。ドアを閉めてふたりきりになる。「そんな格好をして、どうした？」

「また、あなたを驚かせようと思って。どうやら成功したみたいね。あなたの反応から察するに、グリッグスもわたしだとは気づかなかったようだわ」

「気づかれなくてよかったよ。で、どうしてドレスを？　今日は〝ロス〟としてやってくるものだと思っていた」

ロザムンドはサイドテーブルのほうへと移動し、置いてあったマデイラのグラスを取りあげた。「あなたの？」ローレンスがうなずくと、残っていた半分ほどを一気にあおる。

「そんなことをして大丈夫か？」アルコールにはあまり強くないのに。

彼女は小さな音とともにグラスを置き、帽子と手袋を脱ぎはじめた。「それほど心配していないわ。今夜はひと晩中、あなたと一緒だから」そしてローレンスの前に立ち、胸に両手を押し当てる。「泊まってほしいとあなたが思うなら、の話だけど。それとも、ほかに約束でも？」

「いや、ない。あったとしても、詫びを入れる知らせを送る」ローレンスはロザムンドの二の腕のあたりをつかんだ。「だが、なにがあった？　どうして、いきなり泊まれることに？　きみの弟がまた、留守にしているのか？」

ロザムンドは首を振り、彼のあごに口づけようと背伸びをした。「いいえ、バートラムは家にいるわ」そして、反対のほうにもキスで甘やかな侵略をはじめる。「変わったことといえば、彼が知っているということかしら」

「知っている？　知っている、ってなにを？　ぼくたちのことか？」

「そのとおり」ロザムンドは耳のすぐ下の一点を探り当てると、舌先で小さな円をそこに描いた。

ローレンスは腕をつかむ手に力をこめて、彼女の体を離して顔をのぞきこんだ。「怒り狂っているんじゃないのか？　いまにもここに怒鳴りこんできて、ピストルを持ち出して夜明けの果たし合いを要求するつもりでは？」

「まさか。バートラムは弁護士よ、忘れたの？　決闘は違法だわ」

「姉に男のなりをさせて法廷弁護士として弁論の場に立たせるのだって違法だが、彼は躊躇しなかった」

ロザムンドは小さくため息をついた。「どうやら、しばらく前から気づいていたようなの。賛成しているわけではないけれど、わたしは大人の女性だから、自分のことは自分で決めるべきだと言われたわ」

ローレンスは目を見張った。「進取の気性に富む、物わかりのいい態度だな。驚いたよ。ぼくなら、それほど寛大にはなれない」

「ああ、誤解しないで。あなたのことはいまも好きじゃないし、わたしたちのことについてはいい顔をしないけれど、邪魔するつもりはないとバートラムは決めているだけ。だから、存在もしない問題を探して気にやむのはやめて」

ローレンスは顔をくもらせた。ロザムンドの話にはしっくりしないところがあるが、首筋にまた鼻先を押しつけられているうち、考えがしだいにおぼろになっていった。しかも、彼女は下のほうに滑らせた手をズボンの前立てから差し入れて、すでにずしりと重くなっていた男の証しをとらえた。

もう待ちきれずにいる昂ぶりに、ロザムンドが手を走らせる。「あなたが欲しいの、ローレンス。階上《うえ》のあなたのベッドに連れていって」

ローレンスは彼女を抱き寄せて唇を求め、熱い思いとともに口づけた。あまりの激しさにふたりとも体が思わず震えるほどだった。「そこまで待てるかどうか、こころもとない」

揺らめく欲望に瞳をきらりとさせながら、ロザムンドはキスを返してきた。「じゃあ、待たないで」

ロザムンドを抱きあげて机まで歩き、書籍や書類を床に払い落とす。どこに落ちようと、ローレンスはかまわなかった。彼女を机の天板におろし、脚を広げさせてそのあいだに立つ。

彼女の唇はしっとり濡れて、サテンのような感触だった。飲んだばかりのワインの甘さを感じながら、いつ衰えるとも知れぬ激しさでキスを深める。舌先でぐるりと口のなかを探索するたび、ロザムンドも負けじと熱烈な反応を返してくる。彼女が舌を這わせ、挿し入れ、絡ませてくるたびにローレンスの欲望がかきたてられた。ロザムンドは彼の髪に指を梳き入れて激しくキスをしてきた。このままやめたくないと言わんばかりの情熱的な口づけだ。

ローレンスはドレスの後ろ身頃にあるボタンを途中まで外し、ボディスを押し下げた。そこにコルセットはなく、身に着けているのが綿のシュミーズだけとわかって思いがけずうれしくなる。リボンを引っ張り、あといくつかボタンを外すと、胸があらわになった。クリーム色の柔肌が、ふれられるのを期待して震えている。最初に胸の頂をとらえた。ロザムンドが悦ぶとおりに指で転がして、ベリーのように硬くとがらせる。腕をつかんで手のひらを体の後ろに置かせ、背中を反らさせると、捧げもののように胸が突き出された。ローレンスは身をかがめてそれを口に含んだ。舌を這わせて強く吸っては、そっと歯をたてて圧を加える。

存分に味わうと、ロザムンドは声をあげながら頭をのけぞらせた。ローレンスはいきなり体を起こし、ドレスのスカートの裾を押しあげて腰から下をあらわにした。厄介なズロースなどもなく、脚がむき出しだ。熱く燃える想いに昂ぶりがますます硬くなり、どくどくと脈を打つ。秘められた場所から放たれる女らしい香りが鼻をくすぐる。脚のあいだの黒い茂みに目を移すと、欲望の高まりにしっとり濡れていた。なめらかな脚を足首から撫であげ、太ももの内側で焦らすように手をとめる。ロザムンドが全身をぞくりとさせ、せつない声をあげるのを確かめてから指を二本、期待に濡れて引き攣れている体の中心にそっと挿し入れた。

だが、彼女のほうもよからぬ企みを温めていたらしい。下着もろともズボンのボタンを外されて昂ぶりに手を添えられた瞬間、ローレンスは心を鷲づかみにされて呆然とした。男の証しに這わせる巧みな手つきに、もう少しでひざから崩れ落ちるところだった。これまで、みだらなレッスンをたっぷりしてやった。いや、少しそれが過ぎたのかもしれない。ロザムンドは覚えのいい生徒だ。

ふたりは火がついたかのように激しく唇を合わせ、やがて体をひとつに重ねるための前戯として舌を絡ませた。

だがふいにローレンスは欲望に駆られた。ロザムンドの体に分け入り、完全に、どこまでもぼくだけのものにしなければ。むき出しの尻をつかみ、机の上で彼女を少し下がらせると、一気に体を貫き、奥深くまで腰を突き入れた。

だが、これでもまだ足りない。

もっと、もっと深くへ。

すべてが欲しい。

ロザムンドという女性のすべてが。

彼女が差し出してくれる物をすべて。そうすれば、ふたりのあいだに秘密はなくなる。隠された真実も、答えがないままの問いもなくなる。

ローレンスはロザムンドの両脚を腕にかけさせて、さらに腰を打ちつけた。脚を大きく広げさせたまま抱き締めて、思うがままに悦びを味わわせる。彼女は抵抗せず、すっかり虜になったように体をあずけてきた。情熱に駆られてとろんとした目を開けたまま、ローレンスを見ている。

彼も目をそらさずに見つめ返し、さらに激しくロザムンドの体に腰を突きこむ。彼女が誰のものなのかわからせるように、ひと突きひと突きに激しい思いをこめる。

「ぼくの名前を言え」

「ローレンス」わずかに開いた口であえぐように息をしながら、ロザムンドがつぶやいた。

「きみはぼくのものだ、と言え」

「わたしはあなたのものよ」

「ぼくだけのものだ」

「あなただけのものだわ」

「ほかの男に抱かれたいと思ったことが、一度でもあるか？」

「いいえ、あなただけよ。ああ、ローレンス、あなただけよ。ずっと、いつまでも」

速く、もっと速くとばかりに腰を激しく打ちつけながらも、ロザムンドを高みに連れていくべく、みずからはまだ絶頂に達しまいとあらがった。

だがふいに、秘部の奥にあるビロードのような肉が激しく震え、ローレンスの抵抗をものともせずに昂ぶりを締めつけて彼の呼吸を奪った。空気を裂くようなロザムンドの悦びの声が聞こえるなか、彼も甘美な悦楽の縁を越え、低いうめき声とともに彼女の体のなかに力強く精を解き放った。

25

夜の明けきらない闇のなかで、ロザムンドは目覚めた。なじみのない周囲の様子に一瞬びくっとしたものの、広々としてとてつもなく寝心地のいいマットレスに気づく。それ以上に、背中にぴたりと沿うたくましい男性の体にも。

ローレンスはなんとも素敵な重みのする腕をロザムンドの腰に回し、片方のふくらはぎを彼女の脚のあいだに割りこませるようにして眠っていた。シーツはふたりの周りでくしゃくしゃになったまま——だが、何時間も前に階上《うえ》にあがってから愛を交わした回数を思えば、それも不思議ではない。

書斎でふたりの体を繋いだあと、使用人に出くわしても正体不明の女性のままでいられるよう、ロザムンドがドレスを整えてボンネットとベールをまた被るのをローレンスは手伝った。いったん寝室に足を踏み入れると、ふたりは互いの服を剝ぎ取り、もつれるようにしてベッドに倒れこんだ。ローレンスは熾烈なまでの欲望とともに彼女を奪った。いまもなお、ロザムンドの鼓動を跳ねさせるほどの激しさだった。

ふたりはしばらくまどろんだのち、起き出して夕食をともにした。熟成が進んで食べ頃のチーズ、ハムやパテなどのコールドミート、ふっくら焼きあがったパンにみずみずしい夏の果実いろいろ。丸ごとの桃にロザムンドがかぶりつくと、あごから裸の胸にまで果汁が滴り落ちた。ローレンスは自分が舐めとってきれいにしてやると言ってきかなかったが、それで終わるはずもなく、全身にキスの雨を降らせ、秘められた部分にはとくに念入りに舌と唇で甘やかな責め苦を与えた。

つづく数時間のうちに、ロザムンドは途中でわからなくなるほど何度も高みに連れていかれた。もちろん彼女もお返しに悦びを与えるよう精いっぱい努め、ローレンスが欲望をこらえるせつないうめき声と、さらに激しい絶頂を迎えて解き放つ声を存分に耳で楽しんだ。

しばらくしてからようやく、ふたりは互いの胸に倒れこむように眠った。ロザムンドにとっては決して忘れられない夜となった——ふたりで過ごす最初の、そして最後の夜だ。

彼女を背中から抱くようにして眠るローレンスの静かな寝息をじっと聞きながら、小さなことまでひとつひとつ思い出す。彼の手を片方とらえ、起こさぬようそっと指を絡め、腕を押しつけさせるようにして抱える。ずっとこのままでいられたらいいのに。ここを出ていかなくてもいい、と誰か言ってくれないだろうか。

背後で、ローレンスがかすかに動く気配がした。ロザムンドは一瞬息を詰め、彼が静かになるのを待ってからふたたび、これ以上ないほどひそやかに背中をこそりと動かした。たとえわずかでも、密接な結びつきを失いたくない。

「そんな動きをつづけるなら、ぼくは自分の振る舞いに責任がもてなくなるぞ」ローレンスが朦朧とした意識のままつぶやく。「さあ、また眠りたまえ」

彼がひと息つくのを待ってから、ロザムンドはふたたび体を動かした。

こんどはローレンスも起き出した。とともに、体のある部分も同じように目覚める。彼はうめき声をあげた。「ゆうべはきみもへとへとになるまで愛を交わしたのに、あれでは足りなかったというのか？」

「まさか、たっぷり愛してもらったわ。だけど、もう目が覚めたの」ローレンスの手を取り、乳房を片方すくうような位置に持ってこさせる。

すでに感じやすくなっていた先端にローレンスが親指を走らせる。ロザムンドは低くあえぐとともに、背を反らせて尻を彼に押しつけた。「また眠って。わたしはこうしているから」

昂ぶりがますます張り詰める。「寝ろ、だって？　こんな状態でどうして眠れるというんだ？　きみはセイレーンに変わってしまった。善良な男を破滅に追いこむセイレーンだ」

「だとしたら、あなたは善良な男でなくてさいわいじゃない？」ロザムンドは息を切らしつつ、からかった。

ローレンスは忍び笑いをもらしながら、彼女の肩に口づけた。「ふむ、たしかに。きみも、ついていたな」

ロザムンドは彼のほうを向こうとした。だが、脚のあいだにローレンスが脚を高く割りこませてきて、そのままの位置に押しとどめられた。

「ローレンス？」

彼は答えもせずにロザムンドの太ももをさらに押し広げ、ほぼひと突きで秘部に昂ぶりを収めた。後ろから抱きすくめたままふたりの体を揺さぶるローレンスを、ロザムンドはいたるところで感じた。彼はつないだ手に力をこめ、時間はたっぷりあるとばかりにゆったりとしたリズムを刻む。ロザムンドは唇を嚙み、この一瞬に全身をゆだねた。もう一度だけ彼に包まれたまま、最後に我を忘れたい。

地平線に夜明けの光が射す頃、ローレンスは強烈な絶頂をロザムンドにもたらした。

胸に暗い影を落とす悲しみは、悦びの声に消し去られていった。

「まだ早いじゃないか」しばらくして、ローレンスはロザムンドの腕に指を走らせながら言った。「なぜ帰るんだ？　朝食を一緒にとろう」彼女の手をつかんで口元へ持っていき、手のひらにキスをする。「昼食どきまでいてくれてもいい。ぼくは仕事があるが、急ぎではないから先延ばしできる」

隣で横たわっていたロザムンドは上半身を起こして唇を重ねた。しばらくのあいだ、甘くも苦い口づけをしていたが、やっとの思いで体を離して起きあがる。「いま出ていくほうがいいのよ。もう家に帰らなくては」

立ちあがると、なにも纏《まと》わぬまま、オービュッソン製の柔らかな絨毯の上をそっと歩く。シュミーズは、ペチコートやストッキング片方とともに床で山となっていた。もういっぽうのストッキングは、ローレンスのひげ剃り台でぶら下がっているのが数秒後に見つかった。ガーターはといえば、ひとつはドアノブに引っかかり、もうひとつは信じられないことに、暖炉の火かき棒にかかっていた。さいわいドレスはまだましで、近くの椅子に帽子や手袋とともに広げられてあった。

ロザムンドはまず下着を身に着けようとした。床からそれを拾いあげようと背中を

――そして尻を――ローレンスのほうに向ける。

「ひとつ言っておくが」と物憂い声。「そういうことをつづけるなら、ドアに鍵をかけて、きみを二度と外に出してやらないぞ」

ロザムンドは振り向き、かすかに微笑みかけてから背を起こして、シュミーズを頭からかぶった。

ローレンスが体を起こす。「どうしたというんだ？」

「別にどうもしないわ」とさりげなく否定する。「なにか、間違ったことがないといけないの？」ロザムンドはペチコートに手を伸ばした。「話したかしら？　手がけている最後の訴訟案件にもうじき片がつくの。依頼人が和解の意志を示してきたから、もう法廷に出る必要もないのよ。明日、遅くとも明後日にはすべて終わるはずだわ」

「ああ、そういうことか」ローレンスはベッドを出ると、ズボンをはいた。

ロザムンドはストッキングやガーターをあちこちから拾い集めて椅子のほうへ歩いた。だが、そこにはすでに彼がいた。

二の腕のあたりにローレンスが腕を回す。「残念だな、ロザムンド。きみがどれほど法を愛し大切に思っているか、ぼくは知っているよ」

ロザムンドは彼の目を見ようとせず、肩をすくめた。「この状況は一時的なものだとわかっていたわ。毎日胸に布を巻かなければいけないのだって、寂しく思うことはない。コルセットだって、昔ほど暑くて苦しいものだと思わなくなったの」

ローレンスはなにも言わずに彼女を抱き寄せた。

数秒のあいだロザムンドは身をこわばらせたが、すぐにあきらめて、体の重みを彼にあずけた。肌のぬくもり、そしてまさにローレンスとしか言いようのない心地よい香りをいっぱいに吸いこむ。胸に顔をうずめ、二度と忘れることのないよう、五感の記憶に彼のすべてを刻みこもうとする。

ローレンスは彼女の背中をゆっくりとさすった。「ほんとうに、いまやめてしまっていいのか？　前にも言ったが、きみはこんなに優れた法廷弁護士だ。単に女だという理由だけでやめてしまうのは、どこか間違っている気がする」

「だけど、詐欺を働いたも同然だもの。法曹界は、わたしを男性だと思っているのだから」ロザムンドはため息とともに背筋を伸ばした。「だめよ、これ以上の無理押しはもうできない。どこにでもいるような、ごくありふれたロザムンド・キャロウに戻るときだわ」

ローレンスが彼女の目を見つめる。「きみは、どこにでもいるようなありふれた女性ではない」

だがロザムンドは、キスしようと身をかがめるローレンスを避けるように体を引き、ベッドに座ってストッキングをはきはじめた。彼は眉間にしわを寄せ、拳に握った両手を腰に当てて彼女を睨みつけた。「じゃあ、ぼくたちはどうなる？　きみが元の生活に戻ったら、ぼくたちは？」

のどの奥になにかがつかえる気がしたが、ロザムンドはそれを無視して、やらなければならないことをするよう自分に鞭を打った。「わたしたちがどうなるか、ですって？　これまでふたりで一緒に楽しいときを過ごしたし、それは心から大切に思っているわ。学ぶところも多かったし」とローレンスに笑顔を送る。屈託のない笑みに見えたらいいのだが、胸のなかではすでに死んでいるも同然だった。「でも、この関係は一時的なものだとあなたもわかっていたはず。さよならを言うには、またとない機会だと思うけど」

ローレンスはあっけにとられた顔になったが、すぐに目つきが険しくなった。「昨日ここへ来たときからそうするつもりだったのか？　ゆうべのことは？　肌を重ねて熱烈に愛し合ったのも、さよならを言う手立てのひとつだったと？」

「ゆうべはもちろん今朝がたもすばらしかった。決して忘れないわ。あなたと過ごしたほかのときも全部。だけど、ふたりの関係は終わりにしなければならない。どちらかが欲望を感じて、それをなだめたくなるたびに、わたしが帽子とベールをかぶってここへ来ることはできないもの。こんなのは、一度でじゅうぶん不道徳だわ」

ロザムンドはドレスを掛けておいた椅子のところへ行き、足を入れて肩まではおった。そして、ローレンスに背中を向ける。「ボタンをはめてくださる？」

一瞬、断られるのかと思ったが、彼は後ろにやってきてボタンに手をかけた。黙ったままひとつずつはめていったが、終わってもロザムンドを離さず、肩に両手をかけて自分のほうに引き寄せた。

「ぼくはまだ、別れる覚悟ができていないのかもしれない」首筋にそっと口づけるようにつぶやく。「このまま、きみを離したくない。昼も夜も一緒にいてほしい」

ロザムンドの鼓動が急に速まり、希望のようなものが胸に芽生える。彼はなにが言いたいの？　まさか、もっと永遠につづくものを求めているはずがないわ。愛してると言われたことだって、一度もないのに。でも、これが彼なりのプロポーズだというの？

ローレンスが言葉をつづけた。「きみの面倒を見させてくれ、ロザムンド。メイフェアのブルック・ストリートにもタウンハウスをもっているが、気に入らないなら、ほかのところに買ってあげよう。ほしいものを言ってくれ。馬車と馬、身の回りの世話をする使用人、服に宝石、なんでもいい。旅行だって一緒に行ける。パリやローマを訪れてみたいと前に言っていたじゃないか。まずはフランスに、それからイタリアへ行こう。どちらも隅々までたっぷり見てまわろう。ロンドンに戻ってきたら、ぼくが手がける案件の手伝いをしてくれ。きみ自身が依頼を受けて法廷に立つのと同じというわけにはいかないだろうが、ぼくはきみの洞察力を高く買っている。そういう形で手を貸してくれないか？　そうすれば、きみも法律の分野での仕事を続けられる。こんどは父上や弟とではなく、相手がぼくになるだけの話だ」

ロザムンドは胸が寒々とした。ローレンスに手を置かれた肩に緊張が走る。「つまり、あなたの愛人になる――ということ？」

「違う、きみはぼくの恋人のままだ」ローレンスの声が変わった。誤りをおかしたのに気づいたのだろう。「ただ、これまでみたいにこそこそせずにすむというだけだ」

「わたしの生活費はすべてあなた持ちで、新しく住む場所も見つけてくれるというのね。なんと寛大な」ロザムンドは残りの服を見つけようと、ローレンスから体を振りほどいた。「でもね、住む場所ならもうあるわ。それに、そんな取り決めをしたら、あなたと婚約者とのあいだがうまくいかなくなるのでは？」

「どういう意味だ？」と警戒するような声。

「もう、いいかげんにして、ローレンス」ロザムンドはうわべだけの笑い声をあげた。「ここまでの関係になったというのに、しらばくれるのはやめにしましょう。つい最近、あなたがテンプルストーン判事の令嬢と婚約したも同然だと読んだのよ」

「婚約などしていない」

「でも、つき合っていたのでしょう？」ロザムンドは振り向き、ローレンスをきっと見据えた。彼の顔に映るやましさに、胃のあたりがむかむかする。「夏中ずっと、あなたは彼女に求愛していた。わたしという存在がありながら」

ローレンスは髪をかきむしった。「ちょっと待ってくれ、きみが考えているよりもずっと込み入った問題なんだ。きみと出会う前にフィービーと出会った。そのときは、彼女との結婚もうなずけるものだった。表面上では、いまもそうだと思う」

「彼女のお父さまのことがあるから？　もちろん、そうよね」ロザムンドは靴に足を突っこむと、手袋を取りにいった。「高等法院での彼の地位を考えれば、裁判官に鞍替えしたいというあなたの希望をかなえるのにも多大なる支援をしてくださるでしょうし」

「たしかに、元々はそういうつもりだった」

「いまは？」

ローレンスがロザムンドと目を合わせる。許しを請うような瞳だ。「テンプルストーンは、ぼくがフィービーに求婚するものだと決めつけている。求婚しないなら、判事を目指すという希望だけでなく、法廷弁護士としてのぼくのキャリアもめちゃめちゃにしてやる、それを生涯の仕事にすると脅してきた。彼女はぼくにとってなんの意味もないんだ、ロザムンド。ぼくたちとはなんの関係もない。いや、あるはずがない」

ローレンスの告白を聞いて、ロザムンドは息もつけなかった。想像していたよりもはるかに悪い。「じゃあ、あなたは彼女とわたしの両方を手に入れるつもりだったの？　ミス・テンプルストーンだけでなく、わたしのことも？」

「違う。いや、そうかもしれない。くそっ、わからない」ローレンスはまたしても乱暴に髪を指で梳いた。よりいっそう乱れたはずなのに、なぜか魅力的に見える。彼はベッドの端にどさりと座りこんだ。「この苦境から抜け出す道はないかと、この一週間ずっと頭を振り絞ったが、なにも浮かばない。唯一の方法は……」と黙りこむ。言いかけた言葉が、あたりに重苦しく漂う。

「法曹界での仕事をあきらめることだけなのね」

「テンプルストーンの言葉ははったりだと思いたいが、彼はそういう人間ではない。

フィービーと結婚しなかったら、ぼくを本気で破滅させるつもりだ。運悪く、彼にはそうできるだけの力がある」

ローレンスの言うとおりだ。テンプルストーン判事は、法曹界ではとくに影響力の強い有力者だ。気に入られれば、判事がうなずいただけで出世が約束される。彼に楯突けば、法曹人としては終わりになるだろう。

そもそもわたしとローレンスを結びつけたのは、法に対する深い愛情だ。弁護士として活動できなくなったら、彼は絶望を味わうだろう。それはわたしの比ではない。わたしの場合、いつかはあきらめなければならないとわかっていた。法廷弁護士として振る舞うのは決して、夢物語以上のものではなかった。だけどローレンスにとっては、裁判の場から追放されて法律の仕事ができなくなったら……死を宣告されたも同然だわ。

わたしに対する愛情がいくらか存在したとしても、それほど大きな喪失感の前ではすぐに消えてしまうだろう。たとえわたしを選んでも、ローレンスはその決断を疎ましく思うかもしれない。いえ、わたしのことも疎ましくなるかもしれない。憎むようになるかもしれない。そんなことになったら、どうすればいいの？

心臓が砕け、何千ものかけらになって散らばる。そのときふいにロザムンドは、自分がすべきことを悟った。

「彼女と結婚して」淀んだ声で呼びかける。

ローレンスがぱっと彼女を見つめる。「なんだって？」

「ミス・テンプルストーンと結婚するのよ」床に視線を落とし、目の奥にわきおこるなにかを抑えようと慌ててまばたきをする。「そうするのが唯一、理にかなったことだわ」

「だが、ロザムンド、ぼくは彼女と結婚なんかしたくない」ローレンスがくぐもった声で答える。「彼女のことは愛していない。ぼくが愛しているのは――」

言いかけた口に手を当てて、ロザムンドは彼を黙らせた。「だめよ。いまはそんなふうに感じているかもしれないけれど、時が経ったらわからないわ」

ローレンスはロザムンドの指を取ったが、手までは押しのけなかった。「どうして、そこまで言い切れるんだ？」

「情熱に駆られたいっときの感情に過ぎないのよ」と嘘をつく。「わたしもあなたも、すぐに忘れるわ」

「忘れられなかったら？」ローレンスが尋ねた。「こんなことを言えた義理ではないが、考え直してくれないか？」

握られていた手をそっと離し、ロザムンドは手袋をはめに行った。「あなたの愛人になるという話？　それに対する答えは、あなたもわかっているはずよ。わたしはプライドが高すぎて、そんな取り決めにイエスと言えない。この数週間で分かち合ったのは、魔法にかけられたなかで見た夢物語のようなもの。だけど、あなたお抱えの娼婦だと世間に思われるのは耐えられない。だから、いやよ、ローレンス。あなたの愛人にはならない」

彼の瞳がいきなり怒りに燃える。「前にも伝えたはずだ、自分をそんなふうに言うのはよせ。きみは、ぼくにとって喩えようもないほど大切な存在なのに」

「そうかもしれない。だけど、世間はそんなふうには見てくれないわ」

沈痛な表情でローレンスがため息をもらす。「また会えるか？」

取りあげた帽子をかぶり、ロザムンドはあごの下でリボンを結んだ。「だめよ。きっぱり別れるのが、どちらにとっても最善の策だと思うの」

彼は笑ったが、心からの笑いではなかった。

「なにがおかしいの？」

「いや、別に。いつもならそんなことを言うのはぼくのほうなのに、と思っただけだ。立場が逆になり、言われる側になるとは思ってもみなかった」

ロザムンドは躊躇したものの、ローレンスのところへ歩いた。「ひとつ、約束してくれる?」

ベッドの端に座っていた彼が顔をあげた。金と緑色の入り混じった美しい瞳が濡れている。「ぼくにできることならば」

「幸せになるって約束して、ローレンス」

答える間も与えずに、彼の顔を両手で包みこんでキスをする。思いの丈をすべて注ぎこみ、ありったけの情熱とともに愛撫する。

そしてロザムンドは気が変わってしまう前に、ローレンスから体を離して戸口へ急いだ。だが最後のひと言は、どうしても口にすることができなかった。

さようなら。

26

それからの一カ月はロザムンドにとって、ひびが入ったガラス越しに世界を見ているような感じだった。ときに鋭く鮮明に映るかと思えば、まるではっきりせず、起こったことも数秒後にはすっかり忘れてしまうありさまだった。彼女はいつもどおりの生活に戻った。もっとも、そう呼べるものが少しでも残っていたかどうかは疑わしかった。なにしろ、日々の暮らしのなかでもっとも大切なものをふたつ、相次いで失ったのだから。

まず、ローレンスとの別離《わかれ》があった。その五日後に、手がけていた最後の訴訟案件に〝ロス・キャロウ〟と署名して、彼の人格を借りた生活にもピリオドを打った。ロザムンドは虚ろな目のまま男物の衣服を脱いで洗濯をさせ、すべてきれいにたたんで旅行鞄にしまった。法服とかつらもそこに入れた。どちらももう必要ないとバートラムに言われたからだ。彼も、法廷に立って弁論を行うのをやめたのだった。

やがてロザムンドは、家のなかをふらふら歩くようになった。幽霊のように、気配を周囲に感じさせなかった。裏庭が眺められる窓辺の椅子に座り、読んでもいない本を開いたままひざに載せていることが多くなった。バートラムは懸命に姉を元気づけようとした。食事どきには少なくとも、ふた口み口は食べ物を摂るよう気を配り、紅茶を勧めたり、会話や仕事をさせようと努めたりしたが、ロザムンドはそのどれにも興味を示さなかった。ローレンスを失って以来ずっと、なにに対しても関心などわくことはなかった。

ただの一度も涙を流さなかった。痛みが深刻すぎて、泣くこともできなかった。眠っているはずの夜も、暗闇のなかに横たわってローレンスを思った。わたしがそばにいなくて寂しがっているかしら。それとも、別れることができてひそかによろこんでいるのだろうか。

はるか昔に愛したトムが亡くなったときのことはよく覚えている。あのときも深い悲しみを覚えたけれど、今回の別離《わかれ》に比べればなんでもなかった。トムの人となりはほとんど知らず、ふたりのあいだにあったのは無垢で屈託のない感情だけ。いまにして思えば、若さの勢いに任せた無分別な振る舞いに驚くしかない。

だがローレンスと体験したことには、無垢なところも屈託のないところも存在しなかった。心をえぐられるようにひりひりと情熱的で、一歩間違えれば正気の沙汰とは思えないほど大胆ですらあった。彼という人間を知り、彼を愛したのは、魂を根底から揺さぶられるようなできごとだった。体の隅々にまでふれられた跡が刻みこまれて、ロザムンドはすっかり変わってしまった。彼女にもいまになってようやく、それが理解できた。

なにより困るのは、とにかくローレンスのことが恋しくてたまらないことだった。落ち着いた会話や丁々発止のやりとり。同じものを見て楽しいと思う感覚。一時間に一度は、彼に話したい、尋ねてみたいと思う事柄があったが、それはできない。

もう、二度と。

だからロザムンドは、すべてを押しのけた。二度と思い出さないような胸の奥底にしまいこんでしまえば、いつかは、すべてを忘れる強さが見つかるかもしれない。

だが別れてから十三日めの朝、抑えていた感情を一気に決壊させるものを見てしまった。「モーニング・ポスト」紙に小さな記事が掲載された。高等法院判事を務める高名なテンプルストーン卿のひとり娘、ミス・フィービー・テンプルストーンが、グロスターシャーとロンドンに領地をもつ貴族、ローレンス・バイロン卿と婚約を結んだと伝える、わずか二、三行のものだった。

バートラムはこの婚約公告を見せまいとした。だがロザムンドも、弟がなにか隠していると気づかないほどぼんやりとしていたわけではなかった。余計なことはせず放っておけと自分を守りたい部分がありながらも、彼女は手を突き出し、新聞を見せてと弟に迫った。

ひとたび記事を読むとロザムンドはテーブルを立ち、いちばん近くの洗面所に駆けこんで吐き戻した。胃のなかが空っぽになると、バートラムに抱えられて二階の自分の部屋へ行き、ベッドに臥せった。腫れた顔や痛む頭に当てるよう、冷たい水に浸した布をメイドが持ってきてくれたが、寄せては返す大波のようなすすり泣きをくいとめるものはなにもなかった。

それから二日間泣きつづけ、起きあがってはまた具合の悪さに吐くということを繰り返してからようやく、救いのない泥沼のような眠りに落ちていった。

薄い牛肉を煮こんで塩で味つけしたスープと、卵や牛乳をたっぷり使ったカスタードクリーム――具合が悪いときでも口に入る物だった――を料理人が部屋まで運んでくれたが、ロザムンドはどちらにも手をつけず、正体もなくすべてを忘れて殻に閉じこもることを選んだ。

そんな状態が三日もつづき、ひどく案じたバートラムが往診を頼んだ。やってきた医者は、これは神経性の虚脱状態だと断じて、瀉血《しゃけつ》を繰り返し、凍えるような冷水とやけどするほど熱いお湯を張った風呂に交互に入るのがよろしいとのたまわった。

バートラムは医者を蹴るようにして追い出した、とロザムンドはあとになって従僕から聞いた。つっかえつっかえではあったものの悪態に満ち満ちた雑言を浴びせられた医者は、ほうほうの体で逃げていったという。

結局、思考力の落ちたロザムンドの負のスパイラルを終わらせたのはバートラムだった。まずは姉にしっかり食事をさせると、温かなお風呂に浸かって気持ちをほぐしてから、部屋着をはおって階下《した》におりてくるよう言いつけたのだ。

感情はどうにか少し落ち着いたものの、吐き気やむかつきはその後もつづいた。とくに朝がひどかった。それからまるまる二週間経ってようやく、ロザムンドは理由に思いあたった。

お腹に赤ちゃんがいるんだわ。

最初は、動揺のあまり信じられなかった。胸のうちではわかっていても、そんなはずはないと自分に言い聞かせた。ローレンスの婚約を知ったあたりに、くるはずの月のものが来なかった。情緒不安定なせいで遅れているのだろうと決めつけていたが、いつもは王宮にある時計のようにきっちり正確にやってくるものだった。だが、予定を八日過ぎても出血がなかったときようやく、ロザムンドは遅れている理由を疑いはじめた。

ローレンスと関係をもった最後のほうの逢瀬の数々、そして彼の屋敷で過ごしたあの一夜を思い返してみると、もらった薬茶を飲むのをすっかり忘れていたことに気づいた。その数日前に薬草がきれていたのに、苦悩に満ちた別離《わかれ》を迎えることで頭がいっぱいで、薬剤師を訪れてさらに処方してもらうことなど思いつかなかったのだ。

いいえ、ほんとうにそうだった？

身ごもって面倒なことになったり、不名誉を被ることになったかもしれないとはいえ、ローレンスのこどもを望む気持ちが無意識のうちにあったのでは？　だけど、わたしにもほんとうのところはわからないし、いまとなってはどちらでも変わりない。このお腹には赤ちゃんがいる。それだけのことだ。

意外にもロザムンドは不思議な落ち着きを覚え、数週間ぶりに明確な目的がうまれた。ローレンスと別れてからはじめて、かすかな希望の光が地平の先に見えたような気がした。

とはいえ、どれほど落胆されるかを思うと、バートラムに告げるのには勇気がいった。それでも望むとおりに物事を運ぶには、彼の支援とともに理解が必要だった。

だが驚いたことに、彼はかなり冷静にロザムンドの告白を受けとめると、何度か目をぱちくりさせながらも両腕を広げて姉を長いこと抱擁した。

「赤ん坊は、う、産むつもりなんだろう？」居間でドアを締め切り、午後の紅茶を飲みながらバートラムが尋ねる。

ロザムンドはうなずいた。「ええ。だけど、それらしい作り話が必要なの。疑いを抱く人が少しはいるかもしれないけれど、わたしたちの知り合いにも信じてもらえるような設定がいるのよ。なんとかしようと考えているのだけど、もっともらしいものはまだ思い浮かばなくて」

バートラムは紅茶を飲んで黙りこくっていたが、空になったカップをふいに置いた。

「北のほうの田舎にいる、親戚のところに身を寄せればいい」

「えっ？」

「そうだよ。親戚の、ロ、ロスと奥さんのところであずかってもらうよう、手紙を書こう。ふたりは、よろこんで姉さんの面倒を見てくれると思う」

ロザムンドは片方の眉をあげた。「わたしが経歴を借りた、あのロスのこと？」

「そのとおり。心配しなくていい。ふたりは、姉さんがロンドンでしていたことを、な、なにも知らないし、知らせる必要もない」

「だけど、ふたりには……赤ちゃんのことはどう言えばいいの？」

「考えてみたんだが、答えが見つかった気がするよ」バートラムは言葉を切り、ティーポットに手を伸ばして自分のカップに紅茶を注いだ。

「それで？」ロザムンドはしびれを切らして尋ねた。「なんて言うの？」

バートラムは姉と目を合わせた。「ああ、つい先ごろ結婚したが、夫はその直後に死んだと言うんだ。思いがけず溺れたとかなんとか。姉さんは動転のあまりロンドンにはいられない、転地療養が必要だということにする。あちらに着いてから身ごもっていることに気づいて、出産するまでいさせてほしいと言うんだよ。ロンドンに戻る旅路で流産するのが怖い、とね」

ロザムンドは眉根を寄せて考えた。「で、ロンドンに戻ってきたときは？」

「同じことをみんなに言うのさ。ただ、少しだけ改変を加える。姉さんは北部にいる親戚のところへ遊びに行き、そこである男性と出会って結婚したが、すぐに未亡人となった。赤ん坊については早産だったことにすればいい。さっき姉さんも言ったように、それでも疑いをもつ人はいるだろうけど、放っておこう。大部分の人は額面どおりに話を受けとめてくれる。ぼくがロンドンにとどまって、姉さんは体験した一部始終を手紙で知らせてきたといって根回しをしておくから、大丈夫だ」

ロザムンドはゆったりと笑みを浮かべた。「見事だわ、バーティ。ふたりでうまく立ち回れば、なんとかなるかもしれないわね」

「ぼくは露ほども疑っていないよ」

「物語をひねり出すのがほんとうに上手ね。商売替えをして、小説を書くべきかもしれないわ。ローレンスのお兄さんみたいに」

ロザムンドは凍りついた。ローレンスの名前がむなしく空《くう》を漂う。彼の名を口に出して言ったのは、この一カ月のあいだではじめてのことだった。ふいに彼女の顔から笑みが消え、軽くなった心がまた重くなる。

「彼には伝えるのかい?」ひと呼吸おいてから、バートラムが言う。

彼とは誰のことか、なにを伝えるのか尋ねる必要はなかった。「いいえ。ずいぶん考えたけれど、意味がないもの。彼はもうじき結婚するのだし、そんな人に赤ちゃんのことを伝えても、物事が面倒になるだけだわ」

「それでも、赤ん坊の父親は彼だ。知る権利があるんじゃないか?」

ロザムンドは、わきおこる後ろめたさを押しのけた。「彼はこどもなんてほしがっていなかった。わたしといるときにも、はっきりそう言っていた。関心をもつとは思えないわ」

だが、それは嘘だとロザムンドにもわかっていた。わたしとのあいだに赤ちゃんをつくるつもりはなかったかもしれないけど、血を分けたこどもが産まれたと知ったら、ローレンスがその子に冷たく背を向けるはずはない。彼がどう反応するのか、正直言ってまったくわからず、それがロザムンドの気持ちをいちばんかき乱した。ローレンスは金銭的な援助を申し出るかもしれない——でも、わたしは拒絶する。こどもが大きくなるにつれて、会いたい、父親として関係をもちたいと言ってくるかもしれない。そうなったら、わたしも彼に会わなければならなくなる——だけど、会ったとしても、男と女として一緒にいられるわけでは決してない。

もっと悪いことに、赤ん坊をよこせと言われたら？　母親からこどもを無理やり取りあげるような冷酷な人だとは思えないけれど、こどもが絡むと、人は思いもよらないことをするものだ。レオと彼の奥さまが育てるから、赤ん坊を差し出せとまで言うかもしれない。あのふたりは養女をもらった。こんどは息子がほしいというかもしれない。わたしが男の子を産んだら、の話だけど。レオとローレンスは双子だから、お兄さんが血筋を盾にそう言うのも当然かもしれない。

もしくは道義上正しいことをすべきだと考え、ローレンスはわたしと結婚するために婚約を破棄するかもしれない。彼の妻になれるのはよろこばしいけど、こんな状況では諸手を挙げて賛成はできない。わたしや赤ちゃんに対する義務感からローレンスが別の女性を捨て、みずからの評判を汚《けが》し経歴を台無しにするのを容認するわけにはいかない。

ふたりでともに人生を歩む出発点として最悪だわ。結婚生活の基礎をなすべき思いが義務感だなんて、みじめすぎる。

わたしは沈黙を守る。バートラムにも、口を閉ざしているよう誓わせなければ。

「お腹にいるのは、わ、た、しの赤ちゃんよ。ひとりで育てるわ」

「姉さんひとりじゃないよ」バートラムが穏やかに言った。「男の子でも女の子でも、ぼくはその子の叔父として、恥ずかしげもなく存分に甘やかしてやるつもりだ。なにが起ころうと、姉さんと赤ん坊はずっと、ここでぼくと一緒に暮らしてくれてかまわないんだよ」

ロザムンドは肩を落とした。頬にひと筋、涙がこぼれる。「あなたがいなかったらどうしたらいいかわからないわ、バーティ」

「もう、やめてくれよ。姉さんが本気で泣きじゃくったら、こっちの気分まで落ちこんでしまうよ」

泣き笑いとともに、ロザムンドは涙を拭った。

「ぼくはロスへの手紙を書きはじめるから、姉さんは荷造りに取りかかるといい」

バートラムは両手で太ももをぱんとたたいて立ちあがった。「夕食の前に、ちょっと横になったらどうだい？　妊婦というのは休息が必要だと聞いたよ」

ここ数日にはなかったほどの安堵感とともにロザムンドはうなずき、立ちあがった。それでも昼寝をしようと横になってみると、これから起こるであろうことをあれこれ考えてしまった。そばにいてほしいと心から願うただひとりの男性の力もなしに、さまざまなことに立ち向かっていかなければならないのだ。すでに命が宿っているお腹をそっとさすりながら、ロザムンドは自分にできる唯一の方法で――誰にも邪魔されない夢のなかで――ローレンスとともにいることを自分に許した。


「いいかげん、その情けない面《つら》をなんとかして消せよ。でないと、誰が死んだのか、おまえが話していないことはなんなのかと、一族郎等からやいのやいの言われるぞ」

ローレンスは窓の外を流れるグロスターシャーの風景から目を離し、悪意に満ちた視線をレオにちらと向けた。「いまの助言は心に留めておくよ。だが、おまえの意見は胸にしまっておいてくれないか？　まったく、大きなお世話だ」

「解剖学的にはぞっとしない話だが、ふれられて痛い部分から二、三本、骨を抜き取る必要があるんじゃないか？」

あらたな愚弄の言葉に反応するより、ローレンスは窓の外に視線を戻した。葉を落とした十二月の木立ちや、霜に覆われた野原の向こうには、この頃の彼の気分と同じく空虚で侘しい風景が広がっていた。

記憶にあるかぎりはじめてローレンスは、クライボーン公爵の、そしてバイロン家代々の地所であるブラエボーンの屋敷での恒例の親族の集まりを楽しみに思えずにいた。毎年、宮殿と見まごうばかりのカントリーハウスにできるだけ大勢の親族が集うのが習わしとなっていた。広々とした部屋の数々やゆったりとした廊下に楽しげな話し声が満ちあふれる。ここ最近では、年々その数を増す甥っ子や姪っ子たちの甲高い叫び声やくすくす笑う声が、さらに賑やかさを加えていた。

じつは、タリアとエズメはこどもの世話をするメイドや赤ん坊たちとともに、先を走る馬車に乗っていた。そこには、タリアとレオの元にやってきたばかりの娘、ジュリアも含まれていた。エズメの夫であるノースコート卿は凍えるような空気や雪をものともせず、賢明にもひとり馬を走らせていた。ローレンスは、自分も彼に倣うべきだったと思った。胸が塞がれるようなみじめな物思いから気をそらしてくれるならば、なんでもいい。いや、頭から振り払うことのできない人物を忘れさせてくれるなら、と言うべきだろうか。

ローレンスはため息をついた。彼女のことなど考えまいとしたが、無理だった。毎朝、起きていちばんに思うのは彼女のこと。毎晩、ベッドに入って最後に頭に浮かぶのも彼女だ。

少なくとも、仕事に集中していればいくらか気が紛れたので、どんどん訴訟を引き受けた。つねに忙しくしていられるよう、山と積まれた案件に没頭したが、法廷での連勝記録が更新されても、ほとんどよろこびは得られなかった。友人や同僚の弁護士たちには称賛されたが、それを彼女と分かち合うことができないのでは、すべては不思議にむなしかった。

もっとなにかが必要だと思い、ローレンスは社交の集まりにも精を出した。自分のタウンハウスに戻ると、ベッドに倒れこんだ。疲れのあまり、服を脱ぐこともできない夜もあったほどだ。

さらには、女たちの存在もあった。よろこんで迎えてくれる柔肌に溺れようと、かなりの人数のベッドを訪れたものの、結局は罪の意識を覚え、どこか間違っていると感じるばかりだった。大勢と肌を重ねれば重ねるほど満たされない思いにとらわれ、女とベッドをともにすること自体をあきらめた。どれほど官能的で巧みであっても、愛人たちのうち誰ひとりとして、ほんとうに求めている女性とは比べものにならなかったからだ。

だが、どんなにあらがっても夢だけは思いどおりにならなかった。張り詰めた昂ぶりをもてあまし、声にならない声で彼女の名前を呼びながら夜中にびくっと目覚めたときのあの絶望感も。

ロザムンド。

だが、彼女は去っていった。過去の女性だ。もう忘れよう。

忘れなくてはいけないのだ。

それでも、ロザムンドがローレンスの人生からいなくなった日から五カ月が経ったというのに、思い出の枷《かせ》から自由になるにはほど遠い状態だった。

彼女はいまなにをして、どう過ごしているのだろうか。ロンドンの家で、弟とともにクリスマスの準備をしているのかもしれない。〝ロス・キャロウ〟はあまりにも急に荷物をまとめて北部の故郷へ帰ったため、鮮烈な印象の若き法廷弁護士の姿を見かけたり、連絡をもらったりした人間はひとりもいなかった。彼はまったく存在していなかったようでもあった。バートラム・キャロウもまた、この〝いとこ〟と同じく、めったに姿を見せなかった。彼が法廷に現れることも、リンカーン法曹院に足を踏み入れることもほとんどないようだ。ローレンスがいるときには皆無だった。

ロザムンドのタウンハウスに立ち寄ってみようかとローレンスは一度ならず思った。だが、そんなことをしてどうなるというのか。古い傷をわざわざこじ開けるだけで、どちらにとってももう遅すぎるという事実を変えることは決してない。なぜなら、まさにロザムンドに助言されたとおり、ローレンスはフィービー・テンプルストーンに結婚の申しこみをしたからだ。彼女は頬にえくぼを浮かべて淑やかに承諾すると、いまは婚約指輪を楽しげに見せびらかしていた。

婚約の知らせを聞いて家族はみな驚いていたが、胸のうちにいくばくかの疑いはあったとしても、祝福の言葉をローレンスに送った。ただひとり、一部始終を知っているレオだけは激怒した。頭が固くて目先のことしか見えず、みずからの幸せよりも野心を優先させた計算高いばかものと言って、弟を非難した。

だがローレンスは、それは間違いだと反論した。おまえは、法律の勉強も仕事についても真面目に受けとめたことがない。みずからが選んだ職業で出世したり、またとない知的業績をあげるチャンスをあきらめるほどの女性などこの世にはいない、と兄に向かって言ってのけた。仕事がぼくを支えてくれる。ローレンスは自分にそう言い聞かせた。彼女を求めてやまない心はやがて、消えてなくなるはずだ。

だが、見るともなしに窓の外を見ているうちローレンスは、自分のほうが間違っているのではないかと思いはじめた。ぼくは、人生で最大の過ちをおかしたのではないだろうか。

しかし、すでに婚約をすませ、もはやどうすることもかなわない。クリスマスにはフィービーや両親もブラエボーンにやってくる。バイロン一族とよりよく知り合うためだ。彼女は、母親とともに婚礼の手はずを整えるのに没頭している。もっとも、現時点で確実なのは六月二十九日という日付と、ロンドンのハノーヴァー・スクエアにある聖ジョージ教会という場所、そして、上流階級の半分ほどが招待状を受け取るという点だけだった。

事情が違っていたとしても、ロザムンドはもう区切りをつけて前に進んでいるかもしれない。彼女の周囲にいる男たちに少しでも分別があれば、求愛しようとする者がひとりはいるはずだ。製造業などで商売を興した将来有望な男とか。目の前にいるのがどれほどすばらしい女性か理解できるほどの知性と、ユーモアのセンスを備えた男であってほしい。利口な男なら、時を無駄にせず彼女と結婚するだろう。なにものにも、誰にも邪魔されず、彼女を自分だけのものにするはずだ。

彼女がほかの男の腕に抱かれていると思うと、ローレンスは激しい嫉妬に駆られた。

これほど強い気持ちに悩まされることになるとは思ってもみなかった。

ロザムンドは、あたらしい恋人に出会っただろうか？

愛するに足る男を、ほかに見つけただろうか。

そもそも、彼女がぼくを愛していたとすればの話だが。ふたりのあいだに存在した激しい情熱は否定のしようがなかったが、彼女にとってはそれだけだったのかもしれない。それでも、彼女の瞳にはそれ以上のものが映っていると思うときもあった。ぼくに見られていないと思っているときにだけ現れる、崇め尊ぶ念のようなもの。愛としか表現しようのない、あの感情。

あの優しさをたたえた瞳を、もう一度見つめることができるなら。

彼女にまた会うことさえかなうなら。

ローレンスは目をぎゅっとつむり、冷たいガラス窓に額を押し当てた。

くそっ、ぼくはすべてをめちゃくちゃにしてしまった。

レオの言うとおりだ。彼女をどれほど愛しているか、もっと前に気づかなかったのは、ひとえにぼくが愚かだったからだ。ほかに責めるべき人間はいない。

「おまえはまだ、結婚してはいない」レオは、ローレンスの思いを見通したかのように静かに言った。「祭壇で誓いの言葉を口にするまで、取り返しがつかないことなどなにもないんだ」

ローレンスは落胆と絶望に満ちた目で兄を見た。「名誉にかけて、ぼくは道義に反しない行動をとる。フィービーとは結婚しなければならない」

「ああ、そうだ。それが紳士としてあるべき振る舞いだな。だが、ぼくたちバイロン家の人間は醜聞《スキャンダル》を糧にして、因習にとらわれずに生きるならず者やろくでなしだ。だいたい名誉というものは、みじめに後悔するばかりの人生と引き換えにするほどの価値があるのか？　よく考えろ、弟よ。生涯の誓いを口にする前に、じっくり考えてみろよ」


クリスマスまで、ローレンスは忙しい日々を送っていた。新年を迎える日までブラエボーンの大きな暖炉でずっと燃やす太い薪を切り出して、運びこむのを手伝った。朝はいとこたちとともに乗馬に出かけた。すばらしいと評判のステンドグラスの窓がある古い修道院まで日帰りの旅に行き、近くの凍結した湖でスケートをしたが、こどもやレディたちにはことのほか評判がよかった。ディナーの後はカードゲームをしたり、シャレード（身振り手振りで言葉を当てる遊び）に興じたり、歌ってピアノを弾いたり、詩や物語の朗読に耳を傾けたりする親戚とともに楽しく過ごした。

と同時に、フィービーになにくれとなく気を遣う婚約者としても励んだ。雪に覆われた庭園を案内したり、祖先の肖像画がずらりと架けられたギャラリーを見せたり、蜂蜜を使った菓子を紅茶のお供に運んでやったり。祝いの行事やゲームのときは必ず、彼女とペアを組んだ。ひとりごとのようなフィービーの言葉に耳を傾けては、彼もまた、聞かせるともなく答えを返しつつ、彼女と結婚したらどうなるのか思いを巡らした。

そうするうちに、まさに窓の外の天候と同じく、ローレンスの心は日に日に寒々としたものになっていった。

考え直せとレオに言われて、そのとおりにしたものの、双子の兄の言葉は頭のなかで絶えず彼を悩ませた。

ぼくは、正しいことをしたい。

だが、誰にとって〝正しいこと〟だろうか。

クリスマス当日にはブラエボーンの屋敷でいちばん大きな居間にみなが集まり、シードルにシナモンスティックや柑橘類を入れて煮出した温かな飲み物やプラムプディングを手にしながら、プレゼントを交換した。ローレンスは陽気な見てくれを保とうと精いっぱい努めたが、それもすぐ限界に達した。

このままうまくすれば、誰にも気づかれずに抜け出せるのではないだろうかと思いながら、飲み物のお代わりを口実に立ちあがって部屋を横切る。楽しそうなふりをするのにはもううんざりだ。どうしても、ひとりになりたい。

ローレンスが戸口まで来たところ、フィービーが反対側から現れた。彼女も同じ考えだったようで、屋敷のどこにいたのか知らないが、そこから戻ってきたばかりのようだ。頬を染め、手紙のように見えるものをポケットにぐいと押しこんでいる。

「どこかへいらっしゃるのですか、ローレンス卿？」

「ええ、でも、ほんの数分です。ぼくがいなくなったのをあなたに気づかれる前に、戻ってきますよ」

フィービーは曖昧な笑みを浮かべた。「みなさん、とても愉快そうに過ごしていらっしゃいますね」

「うちの一族は楽しく騒ぐので有名でね。年末年始の祝いの時期はとくにそうだ」

彼女はうなずきつつ、両親のほうへちらと視線を投げた。ソファに並んで座り、いとも上品にプレゼントの包みを開けている様子は少しぎこちなくも見えた。

いっぽうバイロン一族はといえば、陽気にリボンを解いて無造作に包み紙を破り、笑いながら互いに感謝の言葉を叫び合う。上の階の保育室にいてしかるべきさまざまな年齢のこどもたちも部屋中を駆け回り、大人のなかにまじって、新しく手に入れたゲームやおもちゃで遊んでいる。

「手袋や香水をありがとうございます」フィービーが言った。「とても心のこもった贈り物でしたわ」

いや、そうでもない。ローレンスはひそかに思った。どちらも、母に言われて用意したのだ。だが、フィービーが心から気に入ってくれたのなら、それでいい。

「あの本とハンカチもありがとう。両方とも、ありすぎて困るということはないからね」

「書籍のほうは、パパのおすすめです。あなたも興味深くお読みになるのではないか、と言っていました」

たしかに。残念ながらすでに読んでしまったものだったが、ローレンスも正直に言うほど無粋ではなかった。

一緒にいても、ふたりは黙ったまま立っていた。婚約者同士だというのに、いかにも手持ち無沙汰だ。

適当な言い訳とともにローレンスが居間から出ていこうとした瞬間、甥っ子ふたりのはしゃぐ声に呼びとめられた。ふたりはぴょんぴょん跳ねながら、ローレンスの頭の上、ドア上部に渡されたまぐさ石を指差している。

「ほら、彼女にキスしないといけないよ」十歳になるマキシミリアンが囃《はや》したてる。

「うわーい」マキシミリアンの弟のザッカリーも飛び跳ねながら、両手をたたく。

「見つかっちゃったんだから、ちゃんとやらなくちゃだめだよ、ローレンスおじさん。それが決まりなんだよ」

甥っ子ふたりはこそこそ耳打ちし合い、にんまりした。

ローレンスが顔をあげると、白い実をつけた緑のヤドリギの枝が吊り下がっていた。彼が小さく悪態をつく横でフィービーは目を見開き、口を丸くしていた。

「あのな、おまえたち、ミス・フィービーとぼくはヤドリギの真下に立っているわけじゃない、だから――」

「おいおい、ばかなことを言うな」部屋の向こう側からジャックがローレンスに声をかける。「彼女にキスしろよ」

「マキシミリアンたちの言うとおりよ。あなたとフィービーはまんまと捕まったの」メグが息子たちににんまりした笑顔を向けた。つい五週間ほど前に娘のブリンを生んだばかりだったが、彼女が両腕を回した腰は、出産後にしてはまだ少し太めだった。

「ザッカリーは正しいわ。さあ、覚悟をきめて」

「どうしたっていうんだ、ローレンス？」長兄のエドワードが言い放つ。「おまえが女性にキスするのを渋るところなど、見たことがない。しかも、相手はおまえの婚約者だぞ」

ほかにも親戚連中がなんのかのと声をかけるが、レオだけはしかめ面のまま、胸の前で両腕を組んでいた。そして興味深いことに、母のアヴァも澄んだ緑の瞳に不安を映したまま、あたりを見つめていた。

ローレンスは笑顔を作り、フィービーのほうを向いた。「ふむ、多勢に無勢だな、しかたない。いいですか？」

彼女は頬を桃色に染めたものの、その場を動かなかった。ローレンスは身をかがめて唇をそっと重ねてから、体を起こした

「それはキスじゃないな」アダム・グレシャムが文句を言う。

「そうだ、もっとちゃんとやれ」ガブリエルがそれにつづく。「きみがしかるべきキスのしかたを知っているのは、ぼくたちもみんな知ってるんだからな」

上機嫌な笑い声があたりに響く。

ローレンスはふたたびフィービーを見た。頬がさらに鮮やかな色に染まる。これまで、男の情熱を最大限にこめたキスを彼女にしたことは一度もなく、プロポーズを受

け入れてくれたときに唇をさっとかすめた以上に親密な行為がなされたこともなかった。女好きというローレンス自身の評判や、ふたりが婚約中ということを考えれば、じつにおかしな状態と言えるだろう。

だが、彼女にキスすることこそが、いままさに必要なものかもしれない。心地よくすばらしいものだと証明できれば、もうひとりの女性にふれたときの記憶を胸のうちから永遠に追い出せるかもしれない。

近づいてフィービーを胸に抱き、ローレンスはキスをした——こんどは本気で。目を閉じて、これまでは悦びだけを与えてくれた振る舞いに気持ちのすべてを注ぎこむ。フィービーを女として求めたい、彼女を抱き締めながら我を忘れたい。そんな、せつないほどの期待とともに口づけたが、これは間違っているという思いしか浮かばなかった。このキスは、裏切りにほかならない。心の底から求めてやまない女性への想いを断ち切るために利用した女性たちと交わしたキスよりも、このほうがもっと悪い。笑ったり泣いたり、怒ったり悲しんだりした感情のすべて、愛おしいと思う気持ちを葬ることなどできはしない。

ロザムンドこそがぼくの愛する人だ。いまも、そして未来永劫、ぼくが欲しいと願うただひとりの女性だ。不甲斐ない愚痴を垂れ流すだけのばかものでいるのはやめて、彼女の元へ行くんだ。

ローレンスはキスをやめて、フィービーの体を離した。静かな決意が胸に生まれる——かつてなかったほど穏やかな気持ちだ。

だが、フィービーに見つめられていることに気づいた。なぜか、責めるような視線。そして、周囲は奇妙なほど静まり返っていた。

「ロザムンドって、誰ですか？」フィービーが言う。低いが、きっぱりとしたゆるぎない声。

「えっ？」まさか、ぼくの聞き間違いだ。

「いまさっき、あなたはロザムンドと言ったのよ。はっきり聞こえたわ。ねえ？　誰なんですか？」

「ほら、あなたたち」メグがいかにも母親らしく、部屋にいるこどもたちすべてを集めようとするように両腕を広げた。「もらったプレゼントをまた見てみましょうか。いますぐ遊びたいでしょう？」

「ああ、そうね」グレースも立ちあがり、クレアやマロリー、エズメ、タリア、そしてセバスチャンがそれにつづく。みな、年端もいかぬこどもたちをもめごとの場から優しく連れ出そうとする。

ほかの者たちはとどまった。レオがにんまりするのはローレンスにも見えたが、テンプルストーン夫妻はそうではなかった。

「これはけしからん」テンプルストーン卿が拳を握って仁王立ちになる。「なにか申し開きはできるのかね、バイロン？」

ローレンスは彼を無視してフィービーに向き直り、落ち着いた声で言った。「ミス・テンプルストーン、ふたりだけになれる場所があれば、ぼくたちには話し合うべきことがあるような気がするが」

数秒ほど間があったものの、彼女はうなずいた。「そうですね、ローレンス卿。話し合うべきだわ」

27

一月のヨークシャー・デールズには荒涼たる風景が広がっていた。葉の落ちた木々の枝や粗い石壁が点在するほかは、どこもかしこも雪に覆われた大地が地平の果てまでつづいている。それでも、ロザムンドはそんな景色に美を見いだした。しんとして音もない寂しさのなかにこそ、打ち砕かれてぼろぼろになった心を癒す力があった。

茶色い厚手のウールの外套にすっぽり包《くる》まり、頭にはボンネット、両手にはしっかりした手袋をはめ、足にも頑丈なブーツを履いた温かな格好でロザムンドは歩いた。去年の秋にここに到着してから、こうするのがほぼ日課になっていた。よほどの雪嵐が吹き荒れるときは家のなかで過ごすが、一日中ずっと籠もっていると、いままでにはなかったほど心が乱された。

豊かな白髪を首のあたりでまとめたスーザンは、青く穏やかな瞳をして、祖母のような優しさにあふれた女性だが、〝丘をうろうろ歩き回る〟のはよくないと心配して、外に出るのは控えるようロザムンドに言ってきかせようとした。お腹が大きくなりつつあるいまはとくに。身ごもったこどもは、すくすく丈夫に育っているようだ。

だが、スーザンの夫のロスはそっとしておくようにと言った。「あの娘《こ》は深い悲しみに暮れている。きちんと嘆き、喪に服す時間が必要なんだよ。外を歩いたとて、なにも悪いことはない。むしろ、体を動かすのはロザムンドはもちろん、お腹にいる赤ん坊のためにもなる」

というわけで、ロザムンドはひとり心を痛めながら荒れ地を歩いた。といっても、スーザンとロスが思っているように、亡くなった夫の喪に服していたわけではない。

ふたりはロザムンドとバートラムの拵《こしら》えた話を信じ、広く情け深い心で温かく迎えいれてくれた。後ろめたさを覚えるほどの寛大さだった。はめていた金の結婚指輪のせいで説得力が増したのか、ほんとうかと疑われることもなかった。その指輪は、かつてロザムンドの母親がしていたものだった。身ごもっていることを打ち明けると、ふたりはよろばしいと言って励ましてくれた。赤ん坊は、ロザムンドのこれからの人生に幸《さち》と恵みをもたらしてくれるだろう。性別はまだわからないその子の父親とともに過ごした、よろこびに満ちた日々を思い出すよすがになる、と。どれだけ追い払おうとしても、忘れることのできない愛の日々。

ローレンスのことなど考えるものですか。ロザムンドは固く締まった雪の上をざくざく歩きながら言い聞かせたが、その言葉は自分の耳にさえ嘘っぽく響いた。こんな決意を毎日しては、そのたびに破ってしまうのだった。

そんな物思いを察するように、お腹のなかで赤ん坊が動く。はたはたとした柔らかな胎動は生命の神秘を伝え、彼女をいつもよろこばせた。

この先なにが起ころうと、わたしにはこの赤ちゃんがいる。そしてバートラムも。

遠く離れていても弟は、過去に存在したある一時期とロザムンドとをつなぐ最後のよりどころとなっていた。少なくとも週に三度は手紙をよこしてロンドンの最新情報を知らせたり、法曹界の知人や同僚たち、友人や隣人たちの近況を伝えてくれた。しかも驚いたことに、彼はいま小説を書いているという。趣味の大工仕事も再開し、ロンドンに戻ってきたときに使えるよう、ベビーベッドを作っているらしい。

クリスマス休暇の時期にはバートラムも北部へ来るつもりだったが、雪が多くて変わりやすい天候を鑑みてロンドンにとどまり、赤ん坊が生まれてくる四月が近づいてからの訪問を計画していた。

弟にはまだ話す勇気がなかったものの、ロンドンに戻りたいかどうかロザムンドは自分でもわからなかった。じっくり熟慮を重ねた計画ながら、そうするのがほんとうに賢明なのだろうか。あの街には思い出がありすぎる。いつかローレンスとばったり出くわす可能性も否定できない。そんな危ない綱渡りはとてもできない。交際する範囲は異なるかもしれないけれど、ローレンスはバートラムと同じ開業弁護士だ。彼の耳に噂が届いたらどうする？　赤ちゃんのことを知られたら？

そんなこんなでロザムンドはすっぱりロンドンを引き払って心機一転、仮住まいではなくここで新しい生活をはじめようかと考えていた。ロスやスーザンも同意してくれるだろうけど、ヨークシャーは子育てにはもってこいのすばらしい地域だ。愛すべき弟も含めて、大切に思っているものをすべてロンドンに置いてこなければならないことだけが残念だけど。

ふいに空が曇り、肌寒くなってきた。ロザムンドはキャロウ夫妻の家への道を引き返した。すでに、熱い紅茶のことで頭はいっぱい。きっと、甘いクッキーも待っているはずだ。

裏口の踏段でブーツについた雪を落として、家のなかへ入る。燃える薪のにおいに混じり、焼きたてのパンや干しぶどう入りの丸パンのイースト香が鼻をくすぐる。

玄関からつづく廊下の端でボンネットや手袋を取り、外套のボタンを外そうとしたところ、すぐそこの台所からスーザンが慌てて出てきた。

いつにもましてきらきら輝く青い瞳が、隠しきれない知らせがあることを物語っている。「ああ、よかった。戻ってきたのね」ひどく落ち着かない様子で、両手を体の周りにさまよわせる。「あなたを探すのにモーティーを遣ろうかと思っていたところなのよ。でも、彼はまだ納屋で旅行用の馬車とそれを引く馬たちの世話をしていて」

「旅行用の馬車と馬たち？」

キャロウ家にあるのは二輪の軽装馬車《ギグ》だけで、それを引く馬は一頭だけ。近隣の街のハロゲイトへ旅するときや、日曜に近くの村の教会のミサに行くときに使っている。法曹界から引退してからというもの、ロスは大型の馬車やそれを引く馬を複数頭維持する費用を負担するのは無意味だと考えていた。彼もスーザンも、家から半日以上走らなければならないところへは、そもそも出かけなくなっていたからだ。

「それがね、とても優美な馬車よ。あなたにお客さまがいらっしゃったの」とスーザンが言う。「ロンドンから」

「バートラムが？」ロザムンドの口元に笑みが浮かぶ。「なんのかのと言っていたけれど、やっぱり来たのね？」

「いいえ、あなたの弟さんじゃなくて、お友達だという紳士《ジェントルマン》。この三十分ほど、居間であなたをお待ちよ」

ロザムンドの心臓が急にばくばく言いはじめた。「その紳士というのは、名前をおっしゃった?」

スーザンは眉根を寄せた。「いいえ。あなたを驚かせたいんですって。こんなふうに、しかもクリスマスでもないのにあなたの居場所を探して会いに来るなんて、きっとあなたや亡くなったご主人の知人に違いないと思ったから。それ以上うかがわなかったのだけど、間違っていた?」

ロザムンドは首を横に振り、無理に笑顔を作った。「いいえ、とくに差し支えないわ、スーザン。あなたの言っているのがどなたか、わかっているつもりよ」

福々しいスーザンの顔に安堵の色が浮かぶ。「ああ、よかった。お茶はすでにお持ちしましたからね。あなたにも一杯、持っていきましょうか?」

「いえ、大丈夫。いまは結構よ。その紳士はあまり長居なさらないと思うわ」

「外套を脱ぐのを忘れないで」スーザンは、家の表側にある居間に向かうロザムンドを叱るように言った。

だがロザムンドはその言葉に従わず、さらにきつく外套を体に巻きつけた。お腹はまだ目立たないが、突然の訪問客が予想どおりの人物ならば、この状態を彼の目にふれさせるような危険はおかしたくない。とはえ、彼はすでに知っているに違いない。

そうでなければ、遠く離れた北部までわざわざやってくる理由がない。

手の震えを抑えながら、居間のドアを押し開けてなかへ入る。

そこにはローレンスが立っていた。相変わらず凜々しく輝いていて、記憶のなかの彼よりも背が高く見える。暗い色合いの地味な服装ながら、穏やかな気品といかにも貴族らしい洗練されたたたずまいが、キャロウ夫妻の慎ましい家のなかではひどく場違いな感じだ。

ローレンスがいるものと心構えはしていたものの、姿をふたたび目にしたとたん、たちまち衝撃に襲われて、思考力も呼吸もすっかり奪われた。ひざががくがくして崩れ落ちてはいけない。ロザムンドは無意識のうちに手を伸ばしてドアノブをつかんだ。

まさにその瞬間、窓辺に立って外を眺めていたローレンスが振り向いて彼女をとらえ、緑と金色の混じった瞳に温かみが宿る。

「ロザムンド」なじみ深い声が愛おしむように低くつぶやく。

それを聞いてロザムンドは胸が締めつけられた。のども詰まるようで、声を発することが一瞬できなかった。代わりにローレンスをじっと見つめた。最新の姿を目に焼きつけようと、二、三秒ほど見惚れてしまう。

だが少し近づいてみると、目や口の周りに緊張が刻まれているのに気づいた。五カ月前にはなかった憔悴の色。なんともやりきれない顔をしている。この赤ちゃんのせい？　真実を知って、道義上の責任を取るしかないと思っているの？　彼にとっては起こってほしくなかった事態の責任を？

ロザムンドは意気消沈して目をそらした。

「親戚の方に紹介してくれるかな？」ローレンスは窓辺から離れて言った。「申し訳ないが、ぼくは善良なる彼女にきちんと名乗らなかったから」

心を落ち着けるために深く息を吸い、ロザムンドはドアノブから手を離して部屋のなかへと歩を進めた。そのすぐ後ろをスーザンがついてくる。「もちろん。ローレンス卿、僭越ながらミセス・スーザン・キャロウを紹介させていただきます。スーザン、あちらはローレンス・バイロン卿よ」

スーザンは大きく目を見開き、信じられないという顔でロザムンドを見つめた。

「バイロン卿？」

ロザムンドは、スーザンが間違えてバ、イ、ロン卿と呼びかけたのは訂正しないことにした。ありがたいことに、ローレンスも同じように思っているようだ。

「詩人のバイロン卿とご親戚ではないのですか？」とスーザンが尋ねる。

「いいえ、まったく」ローレンスが答えた。「いとこの曾孫《ひまご》などというのはうっとうしくて邪魔なものですが、大詩人とぼくの一族のあいだにはそんなわずかな繋がりさえありません」

「そうですか、まあ、驚いた」スーザンはつづけた。「あなたさまが……そういう方だとは知りませんでした」とひざを折ってお辞儀をする。「無礼がありましたらお許しくださいませ。まったく他意はありませんでした」

「無礼があるとしたら、こちらのほうです、ミセス・キャロウ。何者なのか、最初から名乗るべきだったのですから。あなたは寛大にも、ミセス……ジョーンズを驚かせたいという、ぼくのちょっとした思いつきにも調子を合わせ、彼女が戻ってくるのを待つあいだも丁重にもてなしてくださった」

少なくともこの程度は知っているとばかりにローレンスは、ロザムンドに片眉をくいとあげてみせた。ロンドンを発つ前ロザムンドは、でっちあげとはいえ亡くなった夫にも名前があったほうがいいとバートラムと話し合った。ポール・ジョーンズというのはどこにでもいるような、じゅうぶんありふれた名前に思われたのだ。

「ただ残念なのは、ご主人のロス・キャロウがスキプトンに午後から出かけていらっしゃることだ。できれば、彼にもお会いしたかった」

「夕食には間に合うよう帰ってくるはずですよ。どうぞ、今夜は一緒に食卓を囲みませんか？　主人も閣下にお目にかかれたらよろこぶと存じます。あなたさまも法曹界にいらっしゃるとおっしゃいましたよね。もう引退しましたが、ロスも法廷弁護士だったんですよ」

「夕食の時間までこちらに滞在する時間的余裕は、ローレンス卿にはないと思うわ」ロザムンドは、ローレンスが返事をする前に口を挟んだ。「こちらへは大事な話があっていらしたの。それがすんだらお戻りにならなければ。そうですよね、閣下《マイロード》？」

「おそらくは。予定は未定だが」

スーザンはロザムンドとローレンスの顔を見比べ見比べしていた。ふたりのあいだに流れる微妙な感情に気づいてはいるものの、訳がわからず困惑している。

ロザムンドは彼女のほうを向き直った。「スーザン、さしつかえなければ、閣下とわたしを少しふたりきりにしてもらえる？　ご自身でおっしゃったように、彼はロンドンの開業弁護士でいらっしゃるの。わたしとしなければならない話は内密のものなのよ。わかってもらえるでしょう？」

「ああ、もちろんですとも。そう、なるほど」スーザンの表情がぱっと晴れた。「気の毒なポールに関係する話でしょう？　だったら、あなたたちだけにしてさしあげなくてはね。おふたりのうちどちらでも、なにかご入用《いりよう》だったら声をかけてね」

「ええ、そうするわ」

ロザムンドは、出ていったスーザンがドアを閉め、廊下に響く足音がゆっくり消えていくのを待ってから顔をあげた。

「気の毒なポール、だって？」ローレンスが繰り返す。「まさかとは思うが、ぼくと別れてからほんとうに結婚して、いきなり未亡人になったわけではないだろうね？」

ロザムンドは両手を組み合わせた。「いいえ。わたしの弟と話をしたなら、あなたもご存じのはずでしょうけど。わたしの居場所は、バートラムから聞いたのね？」

「ああ。だが、長々と説得した末にようやく聞き出したんだ。彼はのっけからぼくに門前払いを食らわせたかと思うと、口の悪さでは右に出るものがいない魚売りの女も裸足で逃げ出すような罵詈雑言を浴びせてきた。そんなときのバートラムには吃音など出る幕もなかった。怒りのあまり、言葉がつかえる間もなく口から出てくるんだろう。彼が法廷弁護士としての仕事を再開するのに必要なのは、義を踏みにじられたことに対する正当な怒りの感情だけかもしれない。頭から湯気を出しているときの朗々たる調子といったら、じつに見ものだった」

「バートラムは優秀な弁護士だと言ったでしょう？　不安と緊張が募ると声が出なくなるだけなのよ」

ロザムンドはいちばん近くの椅子にどさりと座りこんだ。この数週間ではじめてと言っていいぐらい、ふいに疲労感を覚えた。しかし、この段階では無意味にも思えたものの、外套を巻きつけてお腹のあたりを隠すことだけは忘れなかった。

そして、ため息をもらした。「バートラムはこうするのが最善だと思ったのだろうけれど、あなたに話してしまう権利など、彼にはなかったのに」

顔をあげると、ローレンスの瞳に一瞬浮かんだ希望の光が薄れ、やるせない感情を表すようなしわが目元や口元に戻っていた。「きみがどう思うか、バートラムにも警告された。自分の言い分が正しいと主張するつもりなら、慎重にことを進めるべきだ、とも」

「証拠を挙げて論理的に説を展開するのはあなたもお得意だから、今回も難なく目的を達することでしょうね」

「さあ、それはどうかな」

ロザムンドが顔をあげると、驚いたことにローレンスはそばでひざまずいていた。ふたりの目の高さがほぼ同じになる。

「きみがぼくを憎んでも当然だ。実際憎まれても、きみを責められない。ぼくはきみを相手に恥ずべき振る舞いに及んだ。それについては心からの謝罪を申し述べたい。

昨年の夏にふたりのあいだに起こったことはすべて、ぼくの行動に起因する。きみにつきまとい、策を弄して思いどおりに動かした。最初はきみを競争相手と思ったからだが、男性と偽っていることに気づいてからは、きみが欲しくてたまらなくなった。だが、そんなことは言い訳にもならない。きみがどういう女性だったか、いや、いまもどんな女性なのかを知っていながら、恥もやましさも覚えぬまま誘惑した。卑劣きわまりない男だ」

ローレンスにこんなことを言われるとは、ロザムンドは思ってもみなかった。罪の意識に駆られて、ここまで会いに来たの？　わたしと情事に耽ったのを後悔し、それを消したいと思っている？　過去の記憶からわたしを消し去りたい、と？

もちろん、そうに決まっている。赤ちゃんのことがあるからだ。

ぬくぬくと暖かい外套に包まれながらも、ロザムンドは身震いした。心臓のあたりにはとくに重苦しく冷たいものが居座る。でもローレンスが赦しを求めているのなら、それを拒むのはやめよう。この男性を愛しすぎていて、彼ひとりにだけ責めを負わせることはできない。正直に言えば、わたしも等しく負うべき責任なのだから。

「あなたが不誠実だったことなど、一度だってなかったわ。こうすると決めたのはわたし。誰に強いられたわけではなく、自分の意志で選び取ったことよ」

ローレンスが首を横に振った拍子に金色の毛がひと束、はらりと落ちる。それを額から払ってやりたくなる衝動にロザムンドはあらがった。ついこのあいだまでは、考えもせずに手を伸ばしていただろうに。

このとき、彼がふたたび口を開いた。「きみは自分の意志で選んだ行動だと思っているだろう。だが、いみじくもきみの弟に指摘されたように、経験豊富なのはぼくのほうだった。しきたりや世の習いをじゅうぶん理解し、結果としてなにが起こるか予測してしかるべきだった。きみは汚《けが》れなき娘だった、ロザムンド。ぼくはそんな無垢な処女《おとめ》を唆《そそのか》して堕落した道を歩ませた。ぼくの身勝手な欲望を満たすために」

ローレンスは手を伸ばしてロザムンドの手を片方握った。「さらに悪いことに、愛人として囲いたいと言って、またしてもきみを貶めた。その間もほかの女性との結婚を考えていたというのに。そのことだけでも、きみはぼくを煉獄にたたき落としたいだろう。出ていけ、もう二度と顔も見たくないと言われて当然だ。だがその前に、もう少しだけぼくの話を聞いてもらえないだろうか。伏してお願いする」

この手を引き抜くべきだわ。心を強くもち、帰ってくださいと言わなくては。ロザムンドもわかっていたが、ローレンスに手を握られたまま、もう二度とふれることもないかもしれない手の感触を愛おしんだ。

「ロザムンド、きみなしですごしたこの数カ月はまさに地獄の苦しみだった。きみのいない毎日、毎分毎秒がつらくてたまらなかった。きみを恋しく思うこの気持ちもいつかは薄れ、そのうちきみを忘れる、あと少しの辛抱だと自分に言い聞かせた」

顔をあげてローレンスの目を見つめた瞬間、ロザムンドの鼓動が変なふうに跳ねた。

「だが、恋しい想いが薄れることなどなかった。だって、ぼくはきみを愛しているから。どれほど時間を重ねても、きみを忘れられるとは思えない。ぼく自身の名前や、呼吸のしかたなどはあっけなく忘れてしまったのに。きみに対して言語道断のひどい振る舞いに出たのはわかっている。だが、頼むからぼくを許してくれないか？ まだ遅くはない、と言ってくれ。このみじめな思いからぼくを救いだしてくれ、ロザムンド。そして、ふたたびぼくのものになると言ってくれ。ぼくと結婚する、妻になる、と言ってくれ。そうしてくれるなら、ぼくはこれからの全人生をかけて、きみを幸せにする。結局のところ、ほんとうに大切なものはきみ以外にはないのだから」

結婚？

わたしが聞き違えたのよ。そんなこと、あるはずがない。

それに、ローレンスがわたしを愛していると言った？

さっき、雪道で転んで頭を打ったのかもしれない。いまも幻覚を見ていて、ローレンスなどここにはいないのかも。こんな、夢のなかでしかありえないようなすばらしい言葉も、みんな幻だわ。

「だけど、あなたはわたしと結婚なんかできない」

「そんなこと、誰が言った？　拒絶する権利があるのはきみだけだ」

「でも、あなたの婚約者は？　婚約の公告を見たわ。あなたには結婚を誓った相手がいるのに」

「たしかにそうだったが、いまは違う。ミス・テンプルストーンとぼくは別々の道を歩むことにした」

「で、でも、どういうこと？　なぜ？」ロザムンドはへどもどと言葉を継ぎ、これまでバートラムがどんなふうに感じていたかをふいに思い知った。

「婚約は破棄した。ほかの女性を愛しているから結婚の約束を果たすことができない、とクリスマスに告げた。ふたりでいろいろ話し合った結果、フィービーは捨てられた女として人目にさらされるよりも、ぼくを自由にすることに同意してくれた」

「だけど、醜聞《スキャンダル》が……彼女のお父さまは……」

「ああ、控えめに言っても判事は激怒していた。その数日後、フィービーが何年も愛を育んできたと思われる若者とグレトナ・グリーンに駆け落ちしたときは、さらに怒りを募らせていた。と、ぼくは聞いている。幼なじみのふたりだが、結婚したいと言われても判事は首を縦に振らなかっただろう。その男は判事の下で働く事務官のうちのひとりの長男だそうだが、フィービーに結婚を申しこむに足る家の出ではなく、財産もなかった。だが判事も、彼らがひそかに文を取り交わすことまでは阻止できなかったのだろう」

ローレンスは苦い笑みを浮かべた。「婚約を破棄したいとぼくが言うと、フィービーはひどく安堵した表情になった。あまりにも晴れ晴れとしているので、笑い出すか、もっと悪いことには泣き出すかと思ったぐらいだ。ぼくのことはとても好きだし、社交シーズンにあれこれ求愛されたのは女心をくすぐられていい気分だったと言っていた。両親をよろこばせるためフィービーは、ぼくと結婚したがっていると自分に言い聞かせもした。だが婚約が公になると、やはり誤りだと思うようになったらしい。ぼくに対してもさらに感情をかきたてようと懸命に試みたものの、どうしてもできなかったと言うんだ。こんなことになっていろいろ残念だが、恨みや苦々しい思いを抱くことなく道を分かつことができてさいわいだ、とフィービーには話した。それだけの話さ」

「じゃあ、あなたがフィービーと結婚しなくても、テンプルストーン判事は、あなたの出世の邪魔はしないの？」

ローレンスはふっと肩をすくめた。「どうだろうか。するかもしれないし、しないかもしれない。まあ、そのうちわかる。もっとも、正直言うと弁護士としてのキャリアも、かつて考えていたほどやり甲斐があるものでも、重要なものにも思えなくなってきた」

「だけど、あなたは法の秩序を愛しているし、法知識をあれほどあざやかに駆使してみせるのに。辞めるには惜しいほど、才能にあふれた法廷弁護士だわ」

「きみだって、ぼくと同じくらい優れた法廷弁護士だ。なのに、法曹界で活躍するのをあきらめなければならなかった。理由はただひとつ、きみが女性だからだ。ぼくが同様に法曹界を去らなければならなくなったら、残念には思うだろうが、この世の終わりというわけではない。金を稼ぐ必要はないし、人生をかけてやってみたいと思う興味深いことはほかにもいろいろある。だが、ぼくとは結婚しないときみに言われたら、それは死ねと言われたも同然だ。きみへの愛で胸が痛くて苦しいのに、ぼくのことなど愛していないと言われたら、そのときこそ、ぼくにはこの世の終わりだ」

「あなたを愛していない、ですって？」ロザムンドは握られていた手をそっと引き抜き、ローレンスの頰を包みこんだ。温かくて、剃ってから一日経って伸びたひげが当たってちくちくする。記憶のなかにあるままだ。「はじめて出会ったときから、あなたを愛していたわ。そのときは、自分の感情が愛だとは認識していなかったかもしれないけれど。そうでなかったら、ありとあらゆる警告を受けていたにもかかわらず、あなたの仕組んだ罠に自分からかかりにいくはずがないでしょう？　名だたる放蕩者のあなたにみずからの身を捧げたのよ。愛よりほかに、どんな理由があるというの？もちろん、わたしはあなたを愛しています。これまでの数カ月が地獄だったのは、あなただけじゃないわ」

ローレンスの瞳が内側からふっと輝く。「じゃあ、ぼくと結婚してくれるね？」

「ええ。あなたが間違いなく、わたしをちゃんとした妻にしてくださるなら。わたしは貴族の出ではないし、あなたのご家族に反対されるかもしれないけれど」

「家族はきっと、きみに感謝するだろうな。きみと別れてからずっと、レオにはちくちく嫌味を言われっぱなしだ。きみの手を離すとはなんたる大ばかものかと宣《のたま》い、早く探し出して連れ戻せと言ってきかなかった」

思わず笑みがもれる。「あなたのお兄さんのことは好きだわ。でも……」

「うん？　でも、なんなんだい？」

手をひざの上に戻すと、外套の下に隠れたお腹の小さな膨らみに前腕があたる。

「じゃあ、ほんとうに知らないのね？　バートラムは話さなかった？」

ローレンスが眉根を寄せる。「話さなかった、ってなにを？」

ロザムンドは椅子に座ったまま、そわそわと体を動かした。「あなたがここに来たのはひとえに義務感からだと思っていたの。真実を知って、自分がすべき正しいことを果たすためにだけやってきたのだ、と」

「真実とは、なんのことだ？　ロザムンド、頼むからはっきり言ってくれないか。いまのきみの話は、きちんと意味を成しているとは言い難い。ぼくが知らないことというのはいったいなんなんだ？」

ローレンスの手にふたたび手を伸ばし、ロザムンドはそれを外套の合わせ目からなかへ引き入れて、少しふっくらしたお腹に手のひらを当てさせた。「これよ」

彼ははっと身をこわばらせた。まぎれもない驚きの表情。「ロザムンド、きみは……」目を見開きながら外套を押し開け、形をより明らかにするように、大きくなりつつあるお腹に手のひらを滑らせる。

「そうよ。あなたのこどもを身ごもっているの」

さまざまな感情がローレンスの顔をよぎる――驚きと困惑が大きなよろこびとせめぎ合っていたかと思うと、やがてやり場のないいら立ちに、そして怒りへと変わった。

彼は立ちあがり、ロザムンドを見おろすような形になった。「ぼくに話すつもりはなかったんだな」質問というよりも、念押しするような言い方。「ぼくには知る権利がある。そうは思わなかったのか？」

「もちろん、あなたにはその権利があるし、わたしだって打ち明けようと思ったのよ。どれほど告げたかったことか、あなたにはきっとわからないわ。だけど、体の状態に気づいた頃にはあなたは婚約していた。そんなときに真実を告げても意味はないような気がしたの。あなたの人生をめちゃくちゃにするとわかっていながら、そこにまた自分から戻るなんて。こどもなどほしくないと、あなたははっきり言っていたし。そんなことであなたを束縛するなんて、できなかった。紳士としての名誉を守るためだけに、大切にしていたものをすべてあきらめるようあなたに強いるなんて」

ローレンスは胸の前で腕組みをした。「つまり、血を分けたこどもをぼくから遠ざけておくつもりだったんだね？　その存在さえも知らせずに？」

ふたたび悲しみをたたえた表情でロザムンドは首を振った。「こんどは、わたしが赦《ゆる》しを請う番ね。もう結婚などしたくないと言われてもしかたないわ。結婚するにしたって、ひどいスキャンダルになってしまう。もう六カ月近いから隠すことはできないし、早産だと言うこともできない。あなたのご家族にあきれられても当然だわ」

ロザムンドは涙で目が痛くなった。「お願いだから、わたしを嫌いにならないで、ローレンス。ごめんなさい、よかれと思ってこうしただけなの。ほかにどうすればいいかわからなかったのよ」

長い沈黙が訪れた。なにを期待すればいいのかロザムンドが意識する前に、ローレンスは彼女を椅子から立たせて胸に抱き寄せた。「ばかなことを言うな。まるで、ぼくがきみを嫌いになるみたいな口ぶりじゃないか。そんなことはありえない。いまになってもまだ、わからないのか？　ぼくはきみを愛している、そして、お腹のなかの赤ん坊を愛している。残念なのはこれまで何カ月ものあいだ、きみひとりに重い心痛を負わせてしまったことだけだよ。ぼくはきみと一緒にいるべきだった。だがそもそもは、ぼくがきみの手を離さなければよかったんだ」

ローレンスはさらにロザムンドの体を引き寄せ、いきなり唇を重ねて口づけた。彼女もすべての気持ちをこめてキスを返した。ローレンスを愛おしく思う感情があふれる。手と手を重ねながら、不安や胸の痛み、よろこびや安堵の気持ちをキスに注ぎこむうち、離れ離れになっていたつらさがやわらいでいく。

ずいぶん経ってからローレンスは体を離すと、ロザムンドの外套のひもを解いて脇へ放りやってから、まず自分が椅子に座り、彼女をそっとひざの上に座らせた。

ふたたび唇を重ねると、しばらく経って息を継ぐまでふたりともキスをやめなかった。

「ここに赤ん坊がいるのか」ローレンスがロザムンドのお腹にゆっくり円を描くように手でさする。「こればかりは予想していなかったな」

「最後のほうは二、三度、薬茶を飲むのを忘れていたのかもしれないわ。ごめんなさい」

だが、彼は微笑んだ。「ふむ、少なくとも薬剤師を責めるわけにはいかないな」

「じゃあ、怒っていないのね?」

「きみが身ごもったことを? いや、まったく。ぼくの家族がどう思うか、って? よろこぶにきまっているさ」ローレンスはロザムンドの疑うような目を見て笑った。「ほんとだよ、バイロン家のことをきみはまだ知らないな。ぼくたち一族はスキャンダルを糧にして繁栄してきた。そろそろ、上流階級の度肝を抜くような格好のネタをあらたに供給してやるべきだ」

ロザムンドは笑みを誘われたが、別の考えが頭に浮かび、神妙な面持ちになった。

「どうしましょう、ロスとスーザンになんて言えばいいのかしら? ふたりとも、わたしのことは慎ましい未亡人だと思ってるのに、よからぬ放蕩貴族の子を身ごもった愛人だなんて」

「じき、その放蕩貴族の妻になる女性だ。特別許可証を手に入れたらすぐ、きみと結婚する」

「バートラムもきっと安心するわ」

「彼を訪ねて玄関に立ったぼくが殺されずにすんだのは、それが理由だろうな。ぼくは、きみを愛していると彼に告げた。きみの人生にぼくをまた招じ入れてくれるよう説得できたら、すぐに結婚すると約束したんだ」

「わたしの答えは疑ってもいなかったのね」

「いや、そこまで自信があるわけではなかった。彼も、どちらに転ぶかわからないと思っていたようだ」

ロザムンドはくすりと笑い、ローレンスにキスをした。「だけど、ロスとスーザンには真実を話さなければならないと思うわ。ふたりともとてもよくしてくれたのよ。そうするのが、せめてものお詫びのしるしだわ」

「ぼくに任せてくれ。ある程度までは真実を話そう。だが、きみがロス・キャロウを名乗って弁護士免許を借り、夏の数カ月のあいだロンドンで優れた法廷弁護士として活躍していたことは、ロス本人にも秘密にしておきたいだろう?」

「ええ、それはたしかに。あなたや赤ちゃんのことだけでも、ロスやスーザンには仰天の事実なのに、それ以上知らせる必要はないわ」

「では、ぼくと赤ん坊のことだけでじゅうぶんだ。しかし、このポール・ジョーンズとかいうやつのことは不思議だったんだ。きみと結婚して身ごもらせ、あっという間に死んでしまった。それもわずか数週間のあいだとは悲惨すぎる」

「二カ月、よ」

「ほう、それぐらいだったのか？　レオがつぎの小説の題材にすると言うかもしれないな」

「バートラムのほうが先だと思うわ」

「きみの弟も小説を書くのか？　まったく、一族のなかに何人、作家がいることになるんだろう？」

「どうやら、弁護士より多くなりそうね」

ローレンスが真面目な顔になる。「恋しいかい？　法の世界が？」

「ときどきはね。刺激的で、胸躍る経験ができてよかったと思っているわ。だけど、それ以上にあなたがいなくて寂しかった」

「きみ以上に大切なものなどない。誰もきみに代わることはできない。あれはぼくの本心だよ。きみはずっと探していた心の友だ、ロザムンド・キャロウ。ぼくの人生に必要不可欠な人なんだ。さあ、またキスしておくれ。ぼくがきみを人質に取って身代金を要求するんじゃないかと心配して、スーザンが入ってくる前に」

ロザムンドは髪に指を梳き入れてローレンスを引き寄せた。「いつでもお望みのときにわたしを人質に取ってかまわないわよ、マイロード。だって、あなたにはもう二度と、つないだ手を離してほしくないから」

「二度と離すものか」ローレンスは唇で彼女の唇をかすめた。「約束するよ」

訳者あとがき

バイロン一族の双子の弟、ローレンスの物語をお届けします。

ローレンスはクライボーン公爵エドワードの末の弟（もうすぐ二十九歳）。双子の兄レオとともに法学を学び、いまは弁護士として開業しています。裁判では負け知らずの優秀な法廷弁護士で、将来は勅選弁護士にのし上がり、高等法院判事の座も狙うという大志を抱いています。社交シーズンのさまざまな催しで現役判事の娘の相手をするのも、便宜上の結婚をして、法曹界に多大な影響をもつ〝義父〟に後ろ盾になってもらうのを目論んでのこと。そんなドライで現実的な考え方をする彼がリンカーン法曹院で出会ったのが、北部から出てきたばかりという新人弁護士〝ロス・キャロウ〟でした。

しかし〝ロス〟は、弁護士を父と弟にもつロザムンドが親戚のアイデンティティを借り、男装して振る舞う仮の姿でした。ふとしたアクシデントで言葉を交わすことになったロスに、ローレンスは不思議なほど惹かれてしまいます。滑らかな肌、すっと鼻筋の通った若々しい顔立ち。度胸のよさ、機知に富んだ切り返し。強大な影響力をもつ公爵家の一員に見つめられたら、たいていの人間はへどもどして目をそらすのに、少しも譲らず毅然とした態度を崩さない様子に、ローレンスは好奇心と、それ以外にもよくわからない感情をかき立てられます。法廷で原告と被告それぞれの代理人として対峙したらどうなるだろうと想像していたところ、その機会は思っていた以上に早く訪れました。彼が原告側の依頼人を務める裁判で、バートラムが被告側の代理人を務めていましたが、その共同弁護士がロスだったのです。

ロスとバートラムはいとこ同士というふれこみだったものの、実は姉弟《きょうだい》でした。法廷弁護士だったふたりの父親イライアスが急逝したため、手がけていた数々の案件に片をつけるためにバートラムが法廷に立つことになったのですが、実は彼は吃音がひどく、もともと人前で話すのが苦手。緊張やストレスにさらされると、論を張るのも不可能になります。ロザムンドは父から法律について幅広い教育を授けられ、高い知性と判断力をもとに論理的な考え方をする女性ですが、この時代はまだ、女に職業選択の自由はなく、弁護士として働くことなど論外でした。

高圧的な判事の前でまともに話せなくなったバートラムに代わり、ロザムンドは胸をどきどきさせながらも依頼人のために遺品の所有権を主張し、みごと勝利を収めます。人生はじめての敗北を喫したローレンスはぽっと出の弁護士にしてやられた悔しさもあってか、ますますロスに興味を抱き、みずからのテリトリーであるジェントルメンズ・クラブへ彼を招待して人となりを探ろうとしますが、夜の飲み物に紅茶を所望し、椅子に浅く腰掛け、はては頑なにベストを脱ごうとしないロスの男らしくない様子に疑念をもちます。さらには、ふたりで出かけたおりに丸みを帯びた彼の尻に欲情してしまったローレンスは、みずからの性的指向まで信じられなくなり、真相をなんとしてでも探ろう、と一計を案じます……。

ロザムンドは聡明で理知的、ふだんは冷静さを失わずに行動して精神的にも自立していますが、いわゆる適齢期を逃し、弁護士である父と弟の業務をサポートしながら暮らしてきました。しかし男装して法廷弁護士として活躍し、思いがけず趣味や関心の合うローレンス卿と会話を楽しみ交流するうち、自分のなかにあるとは思ってもみなかった自信を見出していきます。弟バートラムからは、あんな放蕩者には近づくなと警告されていたものの、この世のものとは思えぬほど美しいローレンスの巧みな誘惑を受けてついには陥落し、めくるめく官能の世界に溺れていきます。ふたりは忙しい日々の合間を縫うようにして法曹院内の小部屋や馬車のなか（！）などで愛し合います。

法廷弁護士としての生活はもちろん、卿との逢瀬を重ねる日々もいつか終わるとわかっていながら、ロザムンドはローレンスを心から愛している自分に気づき、彼との幸せな未来を夢見てしまいます。そんなおり、彼が高等法院判事の娘フィービーと婚約間近というゴシップ欄の記事に大きなショックを受け、いまの自分はどうすべきなのか、彼女は深く考えた末にある行動に出るのですが……。

愛と結婚は別ものだと兄にもうそぶいていたローレンスが、自分のほんとうの気持ちに気づく日はくるのか。法曹界での未来と真実の愛を天秤にかけた末にどんな結論を出すのか、そしてロザムンドは幸せになれるのか。読者の皆様も、最後まで見届けてください。

さて、本作でバイロン家全員の恋模様が語られました。『あなたに恋すればこそ』のはじめで触れられた長兄エドワードの幼少期から数えると、三十年ほどのあいだに繰り広げられた涙や笑い満載のストーリーの数々。華やかな舞踏会や恋の駆け引き、所属する階級が違えば住む世界もまったく違う、リージェンシーならではの雰囲気をお楽しみいただけたことと思います。〈バイロン・シリーズ〉五作および〈キャベンディッシュ・スクエア〉三部作は、大家族のメンバーそれぞれがお互いを深く思いやる温もりにあふれています。折にふれてのご再読、あるいは本作をきっかけに、きょうだい全員の物語を新たにお読みいただければ、幸いです。

二〇一八年十月

ザ・ミステリ・コレクション

最後《さいご》の夜《よる》に身《み》をまかせて

著者 トレイシー・アン・ウォレン
訳者 相野《あいの》みちる

発行所 株式会社 二見書房
東京都千代田区神田三崎町2-18-11
電話 03(3515)2311［営業］
03(3515)2313［編集］
振替 00170-4-2639

印刷 株式会社 堀内印刷所
製本 株式会社 村上製本所

落丁・乱丁本はお取り替えいたします。
定価は、カバーに表示してあります。

ISBN978-4-576-18178-3
http://www.futami.co.jp/